擎翼棉棉 下

牛莹 著

重庆出版集团 重庆出版社

目 录

第二十五章 ○ 出苗 /1

第二十六章 ○ 情敌 /8

第二十七章 ○ 虫害 /17

第二十八章 ○ 打药 /29

第二十九章 ○ 显神通 /37

第 三 十 章 ○ 解决问题 /46

第三十一章 ○ 草害 /57

第三十二章 ○ 人性 /64

第三十三章 ○ 除草 /76

第三十四章 ○ 赌注 /85

第三十五章 ○ 误会 /92

第三十六章 ○ 解开心结 /104

第三十七章 ○ 博弈 /113

第三十八章 ○ 红蜘蛛 /127

第三十九章 ○ 夜间工作 /138

第 四 十 章 ○ 飞手服务 /147

第四十一章 ○ 酸甜苦辣 /157

第四十二章 ○ 新订单 /168

第四十三章 ○ 盔甲和软肋 /179

第四十四章 ○ 并肩作战 /186

第四十五章 ○ 反击 /196

第四十六章 ○ 未来可期 /206

第四十七章 ○ 一对活宝 /216

第四十八章 ○ 同行是冤家 /223

第四十九章 ○ 火灾 /231

第 五 十 章 ○ 最后的希望 /237

第五十一章 ○ 永远幸福下去 /241

第二十五章 出苗

时间转眼来到了四月下旬。

村里正常播种春耕的时间就是四月中旬之后，在四月底五月前播种结束。按惯例这个月份的风沙、降雨和降温等自然灾害比较频繁，但今年的大风和沙尘天气似乎都提前撒到了余飞播种的时候，到了中旬以后，再没遇到这类坏天气。

当地气温一直维持在 10℃~26℃，所以对于村里还在用传统方式种植的其他棉农来说，是难得一见的好气候，播种极其顺利。

自从播完种之后，余飞和白敬宇隔天就去一趟地头查看情况。有了全天站岗守卫的摄像头和气象站，他们就没必要天天往田里走了。棉田里实时监测的图像、气象和土壤数据半小时就上传到服务器一次，白敬宇和余飞在家里的显示器上就能清晰知道棉田里的情况。

一周之后，早起的余飞去村头屠夫那儿割了最新鲜的排骨和肉回来，刚走到巷子口就看到晨跑回来的白敬宇站在门口。

"怎么了，为什么不进去？"余飞快步走过来。看到白敬宇正拿着手机认真在看棉田监控。看他不说话，她立马紧张问道，"是不是田里出事了？"

白敬宇接过她手里的重物，把手机递给她："你看看。"

余飞着急拿过来，仔细看了之后，发现原本一片黄土色的地面上，出现了星星点点的绿色。起初她以为自己看错了，等她揉了揉眼再仔细看的时候，终于确定了那就是出苗的棉花。余飞满脸激动："发芽了，我们的棉花种子出苗了。"

白敬宇也凑过来，两人挨在一起，看着手机小小的屏幕，脸上全是欣慰的笑容。

"看，这片的苗也出来了。"余飞笑得嘴都合不拢，有种自家孩子终于出息了的激动和兴奋。

"还有西北角那一片，也全出来了。"白敬宇怕她看不清，提着菜的手指还指了指显示器上的位置。

"你俩在门口看啥呢？"余妈走出堂屋，就看两人脸贴一块儿在看手机。

"妈，咱的棉花农场出苗了。"

"啥？哎哟，我得赶紧跟你爸说。"余妈乐颠颠地转身回房了。

自从经历了两次风灾，老两口也是提心吊胆，现在听到终于出苗了，老余头长舒一口气，余妈则赶紧去给菩萨上了炷香，感谢菩萨保佑农场。

余建国把余飞和白敬宇叫进屋里，叮嘱两人赶紧去棉田看看情况，让他们赶紧去掏苗。以他种棉花的经验，只要一出苗，就需要天天在地里看苗出得好不好；苗子要是出得不好，就得赶紧雇人掏苗。

余飞笑着跟余爸说："爸，您是不是忘了我们现在是科技种植，不需要掏苗？"

余建国张了张嘴："哎哟，我真是老糊涂了，怎么忘了这事？"

大家都笑了起来。

吃过早饭，白敬宇和余飞骑着摩托车来到棉田边上，看到一颗颗小小的、只有两片子叶的小苗从薄膜镂空的小方格里钻出来，余飞忍不住拿手帮它们把头顶上的土给小心拨开。

这是他们播完种的第七天，棉花通常在播种之后的7~15天出苗。余飞没想到他们的宝贝这么争气，第七天就努力钻了出来。

她拿出手机给刚钻出土的小苗拍了不少照片，然后把这些照片发给文涛、陈双和甄妮看，她要让大家都感受到她这一刻的快乐。

看她这么开心，白敬宇拿出手机："我们一起跟小苗拍一张吧。"

这是棉田的新旅程，余飞想也没想，就笑着凑到了镜头前。白敬宇举着手机，身子微微倾向她这边，他们身后，是广袤无垠一望无际的棉田。余飞笑得一脸灿烂，白敬宇拍下了这张照片。

"再等几天，如果出苗率达到百分之八十五以上，我们的后续就有保障了。"余飞看着那些小小的绿色，双手合十，期待又忐忑。

"这些种子都是经过专业人员处理的，我们在播种前又给土地加了营养，应该没问题的。"白敬宇对自己亲力亲为的棉田还是有信心的。

回到家，余飞就收到了甄妮发过来的视频连接。余飞神神秘秘地快走两步，进自己房里才点了接通。

甄妮刚看完余飞发的图片，不停感叹："你种出的这棉花苗也太可爱了吧，跟我小时候科学实验养过的黑豆芽似的。"

余飞边笑边回复："黑豆芽的小叶子是椭圆偏长。棉花苗的子叶是两边对称的半圆。虽然也有点椭圆，但这是竖着的椭圆，不是黑豆那种横着的椭圆。"

"什么是子叶？"甄妮不懂就问。

"子叶是植物暂时性的叶性器官，长在幼苗的最靠近根的部位，是种子在形成胚时就具有的一部分，一般在种子萌发时提供营养物质。像豆类就有两片肥大的子叶。"

"这么说黑豆那两片可爱的椭圆小嫩芽也是子叶？"

"是的。真叶才是植物真正意义上的叶子，一般由托叶、叶柄、叶片构成。棉花从子叶展平到出现第一片真叶，还需要一段时间。"

"哇，感谢扫盲。我之前还以为子叶就是它们真正的叶子。毕竟我最喜欢这种小小嫩嫩的绿幼苗了，炒肉涮火锅一级棒。"

余飞忍不住笑："说好的减肥呢？"

甄妮装傻："谁说了？我说了吗？"

"我说的，我现在真胖了不少，全是白总手艺的功劳。"

"你说得我都想马上去尝尝了。说真的，这次能看到出苗，你还真得感谢白敬宇。"

余飞想到当时差点被两次风灾整崩溃的自己，都有些不好意思："当时真的要绷不住了，好在他摁住了我爆发的小宇宙。"

甄妮满脸八卦："我想采访一下回乡创业的女青年飞哥，白敬宇从你的仇人变合作伙伴，现在又跟你住在一起，你有什么感想？"

余飞自己也忍不住笑出来："还能有什么感谢？出来混，总是要还的呗。我俩现在也说不上谁欠谁了。"

甄妮在那头也笑得不行，说："对了，你拜托我买的轮椅我前几天已经寄出去了，不出意外的话，明天应该就能到县里了。"

"我妮办事就是靠谱。"

余飞看余爸天天都只能躺在床上，这样下去，骨骼和肌肉都会受到影响，

3

所以这段日子她一直在留意轮椅的事。直到前几天她兼职的工资到账了,才托甄妮买了一个打折的轮椅,想着要给余爸一个惊喜。

甄妮在那头说:"谢什么,我还得谢你照顾我舅生意呢。不过我舅说了,这款轮椅就是最基础的款式,没什么特别功能,就是个能推着走的椅子而已。"

"这个就很好了。我爸一直想去看我们的棉花农场,但因为没法站起来一直看不到。现在有了轮椅,就能把他带到棉田边上了。"

"哇,我也好想去看棉田,还有几个月就到暑假了,等着我。"

余飞在屋里跟甄妮聊天的时候,白敬宇也在自己房里跟老蒋开会。"我现在有个想法。"白敬宇边用纸折着一只小青蛙边说。

"什么想法?"老蒋问。

"我想在公司招收飞手,做个飞手训练营;然后成立擎翼飞行队,专门给种植户打药。"

老蒋一脸疑惑:"你要做服务?"他们卖机器都包教学,没有单独去培训飞手的。

"对,既然卖不动机器,就先卖服务。等农户习惯了产品,就能促进产品销售。"白敬宇摁了一下纸青蛙的屁股,小青蛙像是上了发条一样,在桌上一连蹦了好几下。

"可这种植户分散在全国各地,我们公司就在海城,培养飞手也只能在海城。海城没有农田,每次给种植户打药我们的飞行队要坐飞机、高铁过来,这个费用你核算到服务费里,种植户能接受吗?光是打药你打算收多少钱一亩?"

老蒋心说你要做服务,那当初曼歆介绍那单你就应该接啊,好歹是同城呢;但这话他也就自己吐槽一下,没敢说出来。

白敬宇把一份自己做好的文档发过去:"你先看看这个。以棉花为例,整个种植期间的浸种期、苗期、初花期、盛花期、花铃期、打顶都需要打药,且每次打药都要打好几遍。如果雨水过大,棉花疯长,那就不是打几次的问题,是需要频繁地控旺,那就更多了。根据今年国家最新统计的数据,全国有 4700 多万亩棉田,而棉花在一般情况下是一年一熟,每年各个节点喷药最少需要 6 期。按照喷防期粗略计算,每年棉花田的病虫害防治面积就有 28500 万亩次。如果每亩作业价格按 10 元计算,那么在棉花植保市场上,无人机一年的作业收入就将接近30亿元。"

"一年30个亿？"老蒋坐不住了。

"按你刚才说的制约原因，我们也不可能把全国的市场全都做了，只要能打开海城周边乡镇的市场，就按十分之一来算，也有3个亿。我们前期培养出飞手之后，在意向合作大、辐射范围广的地方先设立服务部。飞手驻扎在服务部，服务方圆200公里内的客户，这样就能第一时间提供打药服务。"

老蒋估算了一下："招人、培训、确定据点数量，然后租场地，据点还得有物流。这里外算下来，你这个卖服务的想法，前期需要投入的成本就不是小数目了。再说这服务怎么卖也是个问题，要是100公里外的一家农户让我们去给他打10亩地，这100块连油钱都不够来回的，这行得通吗？"

"按我的估算，一个植保服务队大概配备4个队员、一台货车和4架植保无人机，每一次出去服务的成本算下来还是不低的。现在大部分的农户手里的农田是1.5亩到10亩之间。如果每次出车只服务一家，那成本就太高了，肯定行不通。所以我想搞个拼单团购模式，同一个地方的服务范围要达到300亩地以上，我们才会接单。这个应该也不难达到。毕竟种植期都差不多，打药的时间也是一样的。一个村子里的联合一起打，这样算下来，我们的成本就能在一个可控的范围内。"

老蒋摸着下巴想了想："即便是这样，我估计也就拉平成本而已，利润不太乐观。"

"我组建这个飞手团队不全是为了赚服务费，推广产品才是根本目的。你想想，每一次出单，就是几十户农民体验到了擎翼一号的能力，这传播和推广的速度是很快的，而且这还是精准的用户人群，这对擎翼一号后面的销售，是可以起直接作用的。我们还可以在服务过程中，根据用户反馈继续改进无人机产品，建立和完善农业植保数据库，这些都是隐形收益。"

老蒋认同他的说法，但还是忍不住提醒他："我们的目的最终是要把产品卖出去，可要是种植户尝到了低价服务的甜头，以后大家就只租不买怎么办？"

白敬宇笑道："公车和共享单车票价便宜，那为什么大家还会买私家车？还不是因为想要按着自己的时间和安排出行，不用再花时间等公车？对农民来说，打药都是关键期，时间才是最宝贵的。现在愿意留在农村种地的人越来越少，这也意味着以后大部分的地，会集中在少数租户手里。只有依靠智能机械设备，才能快速完成大面积的种植任务。对于包下大面积田地的农户来说，不会想要浪费时间去跟人拼单。"

"这么说来，等市场接受产品，就解散飞行队？"

"不会强行解散，因为有人买机器，也会有人继续买服务。但我估计到了那个时候，很多有干劲和想法的飞手，会出来买下一台或者几台属于自己的机子然后组队，去给那些只想买服务的农户服务。我们的飞手转化成了我们的客户，我们的服务队自然而然就会缩减据地。"

老蒋没话说了，老板都想到这份儿上了，肯定计划了不是一两天了，他还能说什么？

白敬宇的确想了很久，从余飞跟他提了之后，他就开始在做计划了。

"这事您打算什么时候开始啊？"

"马上开始。到时候棉田效应加上擎翼飞队，双管齐下，擎翼一号就能更快被市场接受。"

"行，我一会儿就跟大家开会说这事。"

"那个，开完会给所有同事都买个下午茶，我请。"

老蒋惊了："我天，除了要弄飞行队，还出什么大事了吗？"白敬宇除了研发产品时上不封顶，平时可是个省钱到抠门的老板，这忽然请客，吓老蒋一跳。

白敬宇把刚出苗的照片全都发了过去："棉花今天出苗了。"

老蒋点开这些照片，看到了那张合照："我只看到美女了，棉花苗在哪儿？"

白敬宇这才发现自己忘了把这张合照从打包发出去的照片里挑出来了。既然看到了，他就介绍说："这位就是跟我们合作的余飞。"

老蒋打趣道："我说你怎么愿意待在农村，原来有这么漂亮的合伙人在那儿。"

"跟人没关系啊，我在这儿是为了事业。"

老蒋笑："你是老板，你说什么就是什么吧。不过等棉花丰收的时候，你可得把老板娘给搞定了。我把话放这儿，兄弟们砸锅卖铁都在后面支持你，你可别丢了我们擎翼科技的排面。"

白敬宇也笑："我尽力。"

刚挂断跟老蒋的视频不久，严志高的视频连接就发过来了："哎哟喂，听老蒋说你们擎翼科技就快有老板娘了。你行啊，棉花种不种得出来不知道，找女朋友你是认真的啊。上次我就看出来你对人飞哥有意思了，话说都这么久了，到底追上了没有？"

"迟早的事。"

喝着水的严志高差点喷出来："那就是没追上呗。"

"你到底有事没事？"被看穿的白敬宇笑说。

严志高一秒正经："有事。你明天来我这一趟，学校这边明天上午十一点搞了个关于职业的讲座，请了好几个职场人士给这些孩子科普行业知识。我这边自作主张给你报了个名，每人就讲二三十分钟。我觉得你过来给孩子们讲讲擎翼一号，讲讲农业科技产品，挺好的。"

"行。"白敬宇应下来，现在棉田里也没什么活，他去给这些从小在乡镇长大的孩子们讲讲关于农业的科技产品，是挺有意义的。

"明天你把飞哥也一起拉来吧，我请你俩吃饭，我给你当参谋。"

"你别给我帮倒忙。"

严志高拍着胸脯："兄弟我找过的女朋友排起来能把你那六百亩棉田围两圈，你还不信我？"

白敬宇犹豫了几秒："行，那我跟她说。"

那头的余飞网上业务也忙得不行，跟甄妮刚聊完，陈双和文涛就在他们的三人群里陆续发话了。陈双比她还激动，发了一长串的感叹号：我快哭了，这苗出得太不容易了。文涛则给她发了个放鞭炮的图：守得云开见月明，恭喜恭喜。我现在都忍不住组织人上你家棉田去看了。

余飞赶紧回说：文书记你可得稳住，从现在到丰收还早着呢，可别让我再打脸了，咱就先憋一阵再说。

文涛想想也是：行，我这段时间正在忙着在村里弄个菜市场的事，等忙过这段时间再说。

余飞刚要问他进程，就看到张谦发来一个消息：你的卡卖出去了，什么时候有空来县里？

余飞想了想，回复道：我明天正好要去一趟县里。明天下午你有空吗？

对方很快回道：有空。

余飞明天要去县里把甄妮寄过来的轮椅给带回来，再给余美送些衣物和钱。自从余美决定学音乐之后，周末都不回来了，抓紧一切时间来学专业课。

7

这一趟正好去跟张谦见个面。

余飞现在没法确定跟他见面的时间,因为陈双刚约她明天一起吃午饭,她已经答应了。所以她给张谦回复说:那行,我明天到了给你电话,大概在下午两三点。

张谦秒回:没问题,那我们明天下午见。

晚上吃完饭,白敬宇跟收拾碗筷的余飞说:"那个,明天上午严志高让我去给学生做个有关职场的讲座,就二三十分钟的时间。你有没有安排?没有安排就一起去吧。"

余飞也正想跟他说她明天要去县里的事,现在听他这么一说,笑道:"好,我正好要拿东西给余美,我们明早九点出发吧。"

白敬宇没想到邀约这么顺利,心里高兴:"好,那就九点。早上我把饭菜给余叔余婶做好,中午我们跟严志高吃顿饭,估计得下午才能回来。"

余飞把碗筷洗好放进柜子里:"我中午约了人吃饭,就不跟你们一起了。你办完事了就自己先回来吧,我自己坐车回就行。"

白敬宇的脸僵了一下:"我没什么事,等你一起回吧。"

"我现在还不确定几点能结束。"余飞想了想,"要不这样,我们三点半还是在县一中集合。要是到时候有什么急事,再电话联系。"

第二十六章　　情敌

第二天,白敬宇演讲完下来,严志高给他递了瓶水,感叹说:"你这张脸竟然也会约不到姑娘,这飞哥真不是一般人啊。"

"她有事。下午三点半在这儿碰面。"

"那行吧,我们自己去吃。走,我带你去一家新开的川菜馆,在这地方能吃到这么正宗的川味太不容易了。"

此时余飞和陈双刚从公交车上下来,白敬宇开摩托车把她载到学校门口,他去演讲,她就自己去找陈双了。

陈双挽着余飞的手:"我跟你说啊,这店是刚开不久的,火得很。听说这里的水煮鱼特别好吃，一会儿点来尝尝。"

"好。余美的数学老师什么时候来？"余飞问。

陈双说余美最近的文化课掉得有些厉害，特别是数学，所以今天吃饭的时候特意请了余美的数学老师过来跟余飞说说情况。

"马上到了，她弟在附近上班，她跟她弟一起过来。"

余飞刚要问为什么数学老师她弟也来，就听陈双朝街对面招手："张姐。"

余飞抬眼看去，就见川菜馆门口，一个身材微胖的女人身边，站着一个穿着深蓝衬衣、黑色西裤的年轻男人。男人转头看过来的时候，明显愣了一下。余飞也愣了：这不就是她下午两点要约的张谦吗？

张谦原本不愿意过来吃这顿午饭，但架不住他姐的软磨硬泡，他只能过来见见他姐嘴里一直不停夸的这位县一中的"学霸"。张谦没想到"学霸"就是他这段时间一直心心念念的女孩，早知道是她，他一早就让他姐安排了。以前张谦是不相信什么缘分的，但现在他信了。

张姐和陈双还没开口介绍，张谦就淡笑着迎上来："余飞，这么巧。"

余飞也没想到这么巧，笑说："我没想到你姐姐是我妹妹的数学老师，真是太巧了。"

"看来这顿午饭我们可以吃得从容些了。"张谦本还想着过来喝杯水就走，现在就算是赶他他也不走了。

"对，我之前说要请你吃饭，择日不如撞日，这顿我请。"余飞跟张家姐弟说。

"不行，这顿我来。在场就我一个男士，就让我来吧。你要是实在过意不去，下次再单独请我。"

余飞想到要是她去买单，他面子上可能会挂不住，便笑着点头："也行，下次单独请你。"两人的话让陈双和张姐都对视一笑，这都不用她们介绍了。

四人边说边往里走，陈双跟余飞走在后面，小声问："你跟张谦怎么认识的？"

"他就是去帮我们弄网线的电信经理。"

四人中最高兴的莫过于张谦的姐姐。她对自己弟弟什么样最了解，看平时连句话都不多说的弟弟现在对余飞这么热情，瞬间就明白弟弟的心思了。本着下大力撮合两人的心思，落座的时候，她特意先坐在陈双旁边，让自家弟弟坐在余飞旁边。陈双也看出了张谦的心思，看这年轻人不错，也想让余

9

飞多接触接触。"

这一桌四人，只有余飞一个人压根没想这么多，是单纯想要跟张谦姐姐问余美的学习情况，并感谢张谦帮自己卖出了那张二手卡。

他们的菜上来的时候，店门被推开，白敬宇和严志高走了进来。长得好的人天生就是焦点，白敬宇一眼就看到了坐在靠在收银台旁边那桌的余飞和张谦。

严志高顺着他的眼神看过去，正好看到张谦拿着漏勺，捞起几片嫩滑的鱼片放到余飞碗里。严志高看热闹不嫌事大："原来飞哥是来相亲的。"

白敬宇沉着脸："别瞎说，坐一起吃饭就是相亲？你脑子里还有没有点别的东西？"

严志高找了可以看到余飞那桌，但他们又看不清这边情况的一张桌坐下："我可不是瞎说啊，那坐对面的可是余美的数学老师。张老师今天上午还在办公室里说中午要给她弟介绍相亲的姑娘。坐在余飞旁边的男人一看就是张老师她弟啊，你看那鼻子都长得差不多。"

白敬宇依旧不愿面对现实："那男的叫张谦，之前去西贝村给我们拉网线，余飞那时就跟他客气了一下，说要请他吃饭。没想到这男的还真不客气。"

严志高笑了："是吗？既然都认识，那我们过去打声招呼？"

"不去，没什么可说的。"白敬宇拿起菜单，黑着脸看起来。

严志高可太喜欢看白敬宇这副死鸭子嘴硬的样子了，忍着笑说："哎你说这男的就帮你们拉了条网线，飞哥就单独来县里请他吃饭。你说你帮了她这么多忙，她怎么没想着请你吃顿饭呢？"

"我们天天一起吃饭，用不着搞这些虚的。"白敬宇把菜单翻得咔咔响。

"有道理啊，请客都是请外人，家里人不搞这一套。不过我看那小子看飞哥的样子有些不对劲啊，以我这么多年的经验，他肯定对飞哥有想法。"

白敬宇压根就不想搭理严志高，还用他多年的经验？只要长了眼，只要没有瞎，正常人都能看出那张谦对余飞有意思。让他郁闷的是余飞。陈双就在跟前，为什么她不跟陈双一起坐，非要跟张谦一起坐，难不成还真看上张谦了？什么眼光！

严志高点了菜，等菜上来了，他特意给白敬宇夹了几块鱼肉："尝尝好不好吃，这可是跟张谦夹给飞哥那几块一样的味道。"

白敬宇横了他一眼，严志高憋着笑："你不会真把那小子当对手了吧？"白敬宇不说话，严志高摇头："你可真给他脸啊？我就这么跟你说吧，你就坐着，什么都不用干，女人就能自己过来扑你。你看从你进来到现在，那些女服务员、女客人，有一个算一个，看你的眼神恨不能把你给吞了。就你这样的天赋型选手，还把他当对手？只要是个没瞎的女人都知道选谁了吧。"

白敬宇看了余飞一眼，竟然心里没底："她不一样。"

"有什么不一样？"

白敬宇放下筷子，把余飞和云上科技的事说了出来。严志高听完，一脸"这都不是事"的表情说："孽缘也是缘，自信点！我就不信这世上还有你追不上的姑娘。"

白敬宇懒得理他，拿起筷子，转头看到余飞正给张谦倒茶，张谦的眼都要黏她身上了。白敬宇瞬间就没了胃口。严志高摇头："你小子完了。"

等余飞他们吃完结账出来，白敬宇和严志高早走了。余飞把轮椅放在陈双的办公室里，而且也跟白敬宇约好了三点多在学校碰头，在店门口就要跟张谦姐弟告别。

张谦好不容易再见到余飞，哪有不送的道理？他打着送亲姐的名号，开着公司配的金杯面包车，把三人一起送到了县一中的医务室门口。张老师想着让亲弟跟余飞再趁热打铁多处处，知道余飞要找车把轮椅拉回家，就让自家弟弟送佛送到西，把余飞和轮椅送回西贝村。

张谦正有此意，所以在余飞下车时开口说："今天我正好没什么事，我把你送回去吧，你也不用再麻烦找车了，我还可以检查一下之前拉的网线情况。"

余飞刚要拒绝，就听到一阵轰鸣声，一辆绿色摩托车在她旁边停了下来。白敬宇把头盔摘下来，对站在余飞旁边的张谦点了点头，然后跟余飞说："事情办完了吗？办完我们就走吧，我请好车了。"

张谦脸色有些难看，余飞已经下了车。"你等会儿，我去把轮椅搬过来。"既然白敬宇请了车，她就省事了。

"我来。"白敬宇从摩托车上下来，双手抱起轮椅，长腿快走几步，把东西放进了旁边的小货车上。

看事情都搞定了，余飞转头跟张谦说："张哥，白总请了车，我坐他车回去就行了。网线挺好的，你不用多跑一趟了，来回也要不少时间。要是网线有什么问题我再给你打电话,今天谢谢你了。"

张谦心里不舒服,但余飞已经这么说了,他只能点点头:"好,你们小心开车,到家了给我发条信息。"

"好。"余飞应着,接过白敬宇递来的摩托车帽,长腿跨上车,跟不远处的张老师和陈双挥了挥手。陈双看着黑脸的张家姐弟,尴尬地朝余飞挥了挥手。

张谦看着余飞的背影,久久移不开视线。张老师扯了扯陈双的手:"小陈啊,这男人谁啊?"

陈双当然知道张老师想问的是什么,赶紧解释说:"这是白总。就是之前跟您说的住余飞家、跟她一起种棉花的海城老板。"

张老师越发觉得不放心,吃饭的时候陈双的确说起过这件事,但她以为那白总是个大腹便便的老板,谁想到是这种翩翩公子?她一直觉得自家亲弟哪哪都好,跟余飞是再合适不过的郎才女貌,如今看到这个白总跟余飞站在一起,才知道什么叫般配。张老师心里不舒服,开口便说:"这白总怎么能住余飞家呢?孤男寡女的,村里应该很忌讳的。"

陈双一听不乐意了:"这怎么就孤男寡女了,我余叔余婶不也一起住的吗?张老师,我还有事,先回医务室了。"

看陈双大步走了,张姐走到有些泄气的亲弟身旁:"真看上余飞了?"

张谦涨红脸不说话。

张姐看到这还有什么不明白的,想了想,说:"行,那姐帮你,但你自己可得吃点苦。"

"只要能跟她在一起,我不怕吃苦。"张谦说。

张姐笑道:"瞧你那熊样。我看那白总也未必真看得上余飞,毕竟人家是海城的老板。我前两天听你姐夫说,现在西贝村的村支书,也就是陈双的丈夫文涛,想要搞个什么网络通村计划,想要让西贝村全村都通上网和手机信号,用网络和通讯来助力西贝村脱贫。为了这事他这阵子没少找你姐夫。你姐夫说公司现在正在商议。这事要是成了,到时候我让你姐夫把你派到西贝村驻村工作。你只要不嫌在村里生活条件苦,就能天天找到机会跟余飞接触。有了机会,还怕她看不到你的好?"张谦的姐夫是县里电信一把手,调他去西贝村也就是一句话的事。

张谦立马表态:"姐,我不怕苦,你让姐夫派我去吧。"

余飞和白敬宇开车回家，两人的车速比货车快，路过镇上的时候，白敬宇拐进了镇上的集市里。余飞急了："你这么乱走，一会儿货车不知道把货送哪儿怎么办？"

白敬宇一脸淡定："我把地址给司机了，他会在家门口等我们的。"

余飞这才放下心来："你来镇上干什么？"

"买鱼。"

"买鱼？"余飞不解。

白敬宇在镇上的菜市场里买了条接近五斤重的大草鱼。余飞不知道他为什么忽然想要吃鱼，她中午吃了不少鱼，其实已经不太想吃鱼了。但白敬宇这个交了生活费的金主想吃，她也没理由反对。

两人买了鱼回到家，货车果然在门口停着。白敬宇和司机把东西一样样往下搬。车里除了轮椅，还有严志高家里给他寄来的许多吃不完、用不完的食物和日用品。

余妈看着这么多的好东西，以为都是余飞买的，想到自己儿子还在外面吃苦，余飞在家倒是吃香喝辣的，顿时就气不打一处来："有点钱就花，你哥也不知道咋样了，有这钱你给你哥寄去多好。"

白敬宇把放在车厢最里面的轮椅搬下来："余婶，那些东西都是我买的，这个轮椅才是余飞买的。"

余妈看着轮椅，又看看余飞。自家老头一直离不开床，她也希望老头子能坐在轮椅上，这样就可以在家里到处转转，但这轮椅不便宜。她想过让余飞买一个，但之前棉田遭了几次风灾，余飞也不像在海城上班时那样轻易给她钱了，加上老头子时不时警告她，让她别再开口问余飞要这要那，她才一直没跟余飞张口。余妈没想到，余飞会自己给老头买了轮椅。

"走吧，让余叔试试这轮椅合不合适。"白敬宇推着轮椅，拉着余飞进了余爸的屋。余妈讪讪跟了进去。

余建国看到余飞竟然给自己买了轮椅，一边埋怨女儿乱花钱，一边对这个能带他走出这个房间的轮椅爱不释手。

"爸，这个轮椅没花多少钱，我朋友帮我要的内部价。以后有了这个，你就可以出去看看我们的棉田了。"

"好，好。"余建国已经很久没走出过这个屋子了，现在被余飞推着出了房间，笑得合不拢嘴。

"妈,您推着爸到外面逛逛,我和白总先去做饭。"

"哎,好。"余妈推着轮椅,兴高采烈地出了门。

余建国一出来就被邻居围过来问长问短了。他已经很久没说过这么多话了,他不厌其烦地一遍遍告诉大家,这轮椅是他女儿余飞给他买的。

看余爸这么高兴,余飞也算了却了一桩心事。她心情不错地跟白敬宇说:"等我处理完配菜再叫你过来炒,你先忙自己的吧。"

白敬宇看她并没有一回家就着急给张谦发信息,他心情不错地点点头,告诉她自己一会儿需要怎样的鱼片,厚度多少,长度又是多少。

"嗯,我尽量。"余飞没嫌他要求多,应下就进厨房。

等白敬宇再进厨房,发现余飞已经把每个菜都弄好了,每个碟子都按着颜色和大小依次排列好,摆放得井井有条,让有轻微强迫症的他怎么看怎么舒服。

"水煮鱼你喜欢吃辣点、麻点的还是温和些的?"白敬宇问她。

"我?我都行,你喜欢吃什么口味就做什么口味。"余飞其实是想跟他说,她不想吃水煮鱼了,但看他一副跃跃欲试的样子,她就没把话说出来。

"好。你出去吧,这里一会儿油烟比较大。"白敬宇穿上围裙,开始做菜。

过了好一会儿,听着厨房里一阵阵淋油的声音,回了院子的余妈心疼道:"这做一顿饭得浪费多少油啊。"

余爸吸着鼻子,闻着香味:"这油大的饭菜就是香。"

余飞摆好碗筷盛好饭,就听到菜起锅的声音。她进厨房端菜,发现灶台上有两大碗鱼片。

"余叔余婶吃不了太辣的,我给他们做了酸菜鱼。你和我吃水煮鱼。"白敬宇边脱下围裙边说。

"好。"余飞没想到他心思还挺细,看着色香味俱全的两盆鱼,她食欲又被勾上来了。

吃饭的时候,余爸余妈对这道酸菜鱼赞不绝口。白敬宇特意给余飞夹了好几片滑嫩的鱼肉:"尝尝。"余飞吃了一口,麻辣鲜香。

"好吃吗?"他问。

"好吃。"她实话实说。

"我做的好吃还是中午吃的好吃?"

余飞差点呛到,他知道她今天中午去吃水煮鱼了?难不成他中午也去吃了？既然中午吃了，那他为什么晚上还要再吃？余飞想不通白敬宇的做法，但想到他精益求精的性子，她忽然福至心灵：估计他是嫌弃小县城里的川菜馆做的水煮鱼不够正宗，所以才又亲自做了一遍。嗯，八成就是这样。

"你做的更好吃。"余飞一脸认真地评判道。

白敬宇看着她的表情，笑着又给她夹了好几块："那就多吃点。"

"好，你也吃。"余飞刚要吃，就听到手机进来一条 qq 信息。她放下筷子点开，看是张谦发来的，问她到家了没有。余飞赶紧给他回：张哥不好意思，我忘了给你发信息，我一个多小时前就到家了，谢谢你的关心。

坐在她旁边的白敬宇开口说："赶紧吃饭，鱼肉凉了就不好吃了。"

"好。"余飞放下手机，愉快地吃了起来。

吃完饭，两人又照例去了白敬宇房间一起讨论苗期的种植计划。白敬宇负责把技术要点说清楚，余飞则需要仔细算种植成本。

种棉花其实可以简单分成四个步骤：耕、种、管、收。耕种完成了，出了苗，现在就到了管理环节。棉苗出土后，就得抓住晴天及时查苗补种。如果是遇到晴天高温，更要及早查苗、辅助放苗，小心高温灼伤棉苗。等棉苗长大，就到了收获的季节。

转眼又过了一周。

棉花农场的出苗率达到了百分之八十五以上，且子叶肥厚、平展、微下垂，子叶节较粗，这些都是棉农最想看到的壮苗。有些早出苗的壮苗，已经长到三四厘米，余飞和白敬宇都欣喜不已，此时的棉田已经变成了一片绿油油的海洋。

"你以前种过棉花吗？"余飞站在田埂上，问不远处的白敬宇。

"种过，帮我外公外婆打下手。"

"海城也有种棉花的？"

"我初中之前跟外公外婆生活在锦城。他们不在之后，我才去海城找我爸。"

余飞有些意外："原来是这样。那你来这里种棉花，这么久不回去，你父亲应该很想你吧。"

"不知道，我们一年只联系一两次。"

余飞再次一怔："为什么？"

"可能是从小就不亲吧。"白敬宇深吸了一口气,"其实我还挺羡慕你跟余叔的感情的。"

余飞看向连绵的棉田:"我爸对我是挺好的,要是没有他,就没有现在的我。我真的很希望这六百亩棉花能丰收,这样明年我才能带他去海城做手术。"

白敬宇看向她:"我们一起努力,棉花会丰收的。"

两人在田间巡视了一天,晚上回家的时候,余飞问开车的白敬宇说:"我们这边传统种植棉花有句俗话说'大苗欺小苗,小苗不结桃'。意思是说大苗形体大,有较强的争光、争营养优势,而弱苗则处于劣势条件下,越是被动,两者差距越是拉大,形成这样的群体结构,就不会获得理想产量。我们现在让玉米跟棉花一起种,玉米长得快,吸收的营养多,会不会影响棉花生长?现在棉苗已经长出来了,我们是不是可以把玉米苗都给拔了?"

把玉米跟棉花一起播种是白敬宇请教网站上的一位棉花种植专家之后,做的一个尝试之举,除了玉米长得快、可以帮着棉花挡风之外,禾谷类作物对棉花地的一些病菌也具有一定的抵抗性。

五六月份都是秧苗招病的重灾月,白敬宇想了想:"现在拔还有点早,等过了风期和雨季再说吧。"

余飞也权衡了一下,说:"也行,那我们明天先去田里清扫一下膜面,保持膜面干净,这样采光好些、增温才能快些,让剩下没出苗的也赶紧出来。"

晚上吃完饭,老蒋在网上跟白敬宇汇报公司情况。"一个好消息和一个坏消息,你要先听哪个?"老蒋问。

"好消息。"

"好消息是我按你之前给出的计划书落实了招人和培训计划,服务广告也打出去了。现在还真有业务电话打过来咨询,我们正在跟其中几个客户商量合作细则。"

"不错。"白敬宇抽了张纸开始折飞机,"那坏消息是什么?"

老蒋顿了顿:"云上科技在上市前的这段时间一直在招兵买马,招揽了许多行业高手,还兼并了几个有自己特色和专利的无人机公司。现在他们要集大成,弄一批具有压倒性优势的新机型。据说这批机型不仅有消费市场的机型,还有农业植保机型。"

白敬宇眉头一挑:"他们要进军植保行业市场?"

"谁知道呢？当初他们死活不同意你在云上开发农业方面的市场，现在把你逼走了，自己又开始搞，这林睿就是个垃圾。"老蒋在那头骂起来。

白敬宇思忖几秒后，说："如果他们是真的愿意在农业领域投入精力研发，对整个农机行业的发展来说也是件好事。毕竟更多有实力的企业参与进来，才能更快跟上国外智能农业的步伐。"

老蒋愤愤地说："他们才没想过要发展什么农业智能领域。他们纯粹就是来捣乱的，想要故伎重演，用低价和广告把客户吸引过去，然后伺机吞并或弄死我们。"

"那他们就试试。"拼技术这方面，白敬宇就没怕过谁。

此时余飞在自己屋里把兼职的文件发给对方之后，甄妮又来找她聊天了。两人聊了会儿各自身边发生的新鲜事。甄妮忽然想到了什么，跟余飞说："对了，云上科技在我们学校的课程最近有所改动，他们好像也开了有关农业无人机方面的内容，这云上科技很有可能也要进军农业无人机领域了。这下他们跟白敬宇的擎翼科技就成了竞争对手。白敬宇现在就是个刚创业的小公司，跟云上科技压根儿就不是一个级别的。云上科技在行业里是出了名的赶尽杀绝，白敬宇跟你一起种棉花也算是孤注一掷了。要是这茬棉花没种出来，云上科技又一直在后面紧逼，这擎翼科技可能真要破产了。"

"人在做天在看，我相信邪不压正。白敬宇的公司虽然小，但他们公司设计出来的产品都非常好，擎翼科技不会这么容易就被击垮的。"

"我的妈呀，某人在几个月前还恨不能诅咒姓白的，现在竟然这么挺他！"

"此一时彼一时。他现在是我的合作伙伴，一荣俱荣，我当然要挺他。"

"昔日仇人变亲密队友，离亲密爱人还会远吗？"

"收起你的想象，小说看多了。时间不早了，赶紧休息吧。"

第二十七章 虫害

第二天一早，余飞和白敬宇吃完早饭就出发去棉田了。不知为什么，车开在路上，即便是有风，余飞还是觉得有点热。她今天只穿了件T恤和一件薄风衣，在15℃的天气里应该是合适的，但她就是感觉热了。

"你有没有觉得今天温度高了？"她在后座上问。

"是高了。"今天白敬宇穿得也不多，但也隐隐有些出汗了，这种体感让他有些暗暗担心。

"温度升高是不是可以促进没发出来的种子发芽？"余飞还惦记着那些没出芽的种子。

"气温升得快，要是薄膜不及时打孔散温，能不能让那些种子发芽不知道，已经出芽的苗肯定会被烧伤。"

"对啊，我怎么忘了这一茬了？"余飞瞬间紧张起来，"可就算是打孔，光靠我们两人也没法在一天内做完啊。"

"从气象站采集到的数据来看，从后天开始才正式到高温。你先问二婶，上次她帮请的那些女工愿不愿来打一两天的短工。"

事到如今也只能这样了。

电话打不了，余飞跟白敬宇只能开车去村委办公室找了二婶。二婶一听是找女工，立马大喇叭开始广播。

"二婶，你让她们快点过来，超过八点就不用来了，因为打孔不能在烈日下，要上午十点前和傍晚之后，来晚了就干不了活了。"

"放心，二婶知道。"

广播又播了好几遍。

离开之前，余飞又叮嘱二婶："后面几天都是晴天高温天气，您要提醒二叔及早查苗、辅助放苗，小心高温灼伤棉苗。"

二婶家离村委近，听完余飞的话，就回家跟自家老头说去了。二叔不以为意："我种了几十年地，他们一个海城来的没种过棉花的毛头小伙，一个没经验的小姑娘，懂啥？现在咱棉田里刚钻苗，就等着晴天大太阳呢。你没事少听他们胡咧咧，你看看他们那地，光是播种就播了三次。我们要是听他们的，那不毁了？"

二婶想想也是，也就不再提这事了。

余飞告别二婶，又去找了文涛。文涛刚上任，村里好几户都是在他的动员下今年重新种植的棉花。她得告诉文涛，让他去提醒那些农户。文涛没有怠慢，一一通知了那些农户。但无一例外，没人愿意相信这两个种棉新手说的话。

余飞和白敬宇开着摩托车回到了棉田。村里广播很管用,二三十位大姑娘小媳妇已经陆陆续续来到了田里。

他们播种的时间比其他棉农早一个月,别人的棉田里刚出芽,正是棉苗最弱的子叶期。他们棉花农场里的棉株不少棉苗已经长出第一片真叶,株高长到接近四厘米,红茎占到棉株高度的50%。这时的棉苗抵抗天气和病虫害的能力,都比只有两片子叶的时候要强了不少。

小风徐徐,小苗在风中轻轻摇曳。

余飞和白敬宇分别教大家如何在地膜上打孔抠膜。

"你们就像这样,在子叶变绿展平的幼苗旁打孔。我们要在上午和傍晚时间尽量多放,实在来不及全放时,隔1米放一个气孔也可以。"余飞边说边给她们做示范。

大家都是干活的好手,看完余飞的示范就开始干。

白敬宇在抠膜的过程中,发现有些棉花出土的子叶上都戴着"钢盔"。这些"钢盔"其实就是种子壳,如果叶子上一直戴着这个,就会影响子叶展平,进而影响棉花子叶的光合作用和棉苗生长,严重的还会导致大小苗和晚苗的出现。他把这些"钢盔"苗指给余飞看:"一般遇到这种情况,你们会怎么处理?"

余飞见怪不怪:"棉花子叶出土戴帽现象年年发生,只是占比多少的问题。一般出现这种情况,要么就是播的种子太浅或种子覆土薄,土壤挤压的力太小,易出现戴钢盔现象,要么是播种太深,覆土厚,棉花苗出土困难,种子芽势降低,也能造成戴钢盔,又或者是温度问题,日温高,膜内返墒快,棉苗来不及脱壳,种子壳易戴帽。我们棉田里除了温度我们没法把控,其他的我们都尽量做到最好了,所以出现的这些帽子,大概率就是温度问题。我们现在只要在保持膜面干净的同时,再多打点孔,达到透光增温但又不能让温度增得太高太快的效果,就能达到出苗早、少戴帽的目的。"

白敬宇看着她:"这些都是你从余叔那学到的?"

"不是,我从一个叫'新农天地'的网站上看来的。上面有很多农业专家发上去的学术研究和最新的实验论文,很实用,你没事也可以上去看看。"

"好。"白敬宇笑笑,没想到她竟然是从他建的网站上学到的这些知识,看来这个网他是真没白建。

即便大家都手脚麻利,但抠完六百亩的地膜,也到了晚上十点多。余飞和白敬宇累得不轻。开车回去的路上，白敬宇的手都发颤了，他努力控制住车把，这才把摩托车安全开回了家。

本以为余爸余妈已经睡了，没想到两人还在等着他们："爸，妈，你们怎么还不休息？"

"我们哪儿睡得着啊，听隔壁月英婶子说了，你们请了不少人去田里帮忙抠膜给苗降温，田里现在怎么样了？"余爸问。

"有了这些孔，应该可以降温了。"余飞说。

余妈从锅里端出饭菜跟白敬宇说："你俩饿坏了吧，快来吃东西。我也做不了啥好吃的，就凑合弄了些馒头稀饭还有一碟拍黄瓜。哦对了，小飞养的鸡今天下了好几个蛋，我用水煮了，这就给你们拿。"

"谢谢余婶。"差点累散架的白敬宇洗了手，跟余飞各自拿了个馒头就着稀饭吃了起来。

余妈把鸡蛋给余飞剥好放进稀饭里，余飞怔了一下，这么多年，余妈从来没这么对过她。"谢谢妈。"她有些受宠若惊。

"一家人，谢啥，赶紧吃。"余妈的心也是肉长的，余飞对他们怎么样，她心里清楚。

白敬宇看得清楚，心里却有些不是滋味。缺爱的人，得到一点儿甜头都会念念不忘，铭记于心。就像他，自从知道他每年的生日蛋糕是白季礼送的，且还在背后帮了他很多，他对白季礼的厌恶，就不知不觉消散了。只要他还记挂自己，自己就能原谅他。

每年的五月份都会出现周期性的高温天气，超过二十三四度的气温持续了四五天，西贝村似乎一夜入夏了。

因为高温，棉花像打了一支兴奋剂，浑身上下处在一种"亢奋"状态，生长迅速。但所谓"过犹不及"，高温和强光就是一把"双刃剑"，在目前持续的高温天气下，必然会出现高温干旱和病虫害的现象。

这几天余飞和白敬宇都在密切关注天气。当看到接下来的一周依旧是持续高温，之后就开始大范围的阴雨降温天气时，他们彻底坐不住了。

棉花从播种到出苗，易受到多种病原菌的侵染。低温和高湿的环境都不利于棉苗正常生长，且容易被病菌侵蚀。在棉花播种出苗期间，如遇低温阴雨天气，特别是温度先高，然后突然降低时，苗病的发生概率就非常大。

棉花从出苗到现蕾为苗期,持续时间为三十天左右。由于苗期是以生长为主,即长根、茎、叶为主的时期,棉花长势比较弱,抗逆能力差,容易遭受病虫害等自然灾害。整个棉花苗期,余飞和白敬宇不仅要预防低温冻害,还要防止高温烧苗,更要小心病虫害来袭,时刻不敢掉以轻心。

现在首先要解决的是高温问题。按照春季气候的一般规律,降温之前往往会先有晴暖升温天气,如今气象站收集到的数据也显示棉田正在经历一个温度极大的波峰和波谷。现在西贝村最高气温已经是25℃或以上,后面几天还会继续攀高,那他们的棉田里的膜内温度就有可能已经达到了40℃以上。

虽然他们之前已经抠开膜降温透气,但按这个温度来看,抠膜明显是不够的;若不及早揭膜,这个连续性并再度升高的气温,必将导致高温灼苗。

晚饭刚做好,余飞跟白敬宇商量:"明天早上,我想再请上次的女工过来帮忙。早上气温升至12℃以上时就开始揭膜,这个时候膜内膜外温差、湿度差相对较小,揭膜不至于因温湿差太大,引起植株蒸腾过速,生理水分失调等现象。"

白敬宇点头:"我也是这么想的,事不宜迟,我们现在去找二婶帮忙请人。"

"不用麻烦二婶了,她现在带孙子估计已经睡了。我直接去通知小燕姐和小仙姐,让她们帮着通知其他女工,明天早点去田里帮忙。"

请村里人做了几次兼职,余飞早跟那些干活好手都熟络起来了,尤其是小燕姐和隔壁月英婶子的媳妇小仙姐,两人都是热情又能干的性子,每次有事招呼她们一声,保证能把活干得挑不出毛病来。

白敬宇看着外面全黑下来的天:"行,我跟你去。"

"不用,你先吃饭,她们住得都不远,我一会儿就回来了。"余飞在这村里住了十多年,晚上自己出门一点都不怵。

但白敬宇不这么认为,这里路灯不明,家家户户闭门早,她一个女人要真遇上什么,求助都没地方:"我现在没事,跟你开摩托车去,速度快些。"

听他这么说了,余飞也就不再坚持,跟父母交代了一声,就跟白敬宇出去了。余妈拿着两个刚煮好的鸡蛋冲出来:"拿着,路上趁热吃。"余飞笑着把鸡蛋放进了口袋,这种有人关心的感觉真是太好了。

车子开到一户两间连着的低矮土砖房前面停下,余飞刚下车,就听到里面断断续续的叫骂声。余飞犹豫了几秒,叩了叩老旧的木门:"小燕姐在吗?"

两分钟后,张燕披着头发出来开门,右脸上隐隐有个巴掌印。余飞和白敬宇都是眼尖的人,一眼就瞧出不对劲了。

看到门口的余飞和白敬宇,张燕有些尴尬,用长发遮了遮脸上肿起来的地方:"小飞,你们找我有事?"

"小燕姐,你没事吧?"余飞担心问道。

张燕苦笑摇头:"没事,我爸喝醉了。你们找我有什么事?"

看她不愿多说,余飞也没有再问,说:"明天想要请你和几位婶子再去棉田帮干几天兼职,你有时间吗?"

一听有活干,张燕眼睛都亮了:"有,我一会儿就帮你去通知其他人。对了,这次要干多少天?"

余飞转头看向摩托车上的白敬宇,白敬宇想了想:"现在还不确定,先预定一周吧。"高温天气要持续大概一周,这一周早和晚都要掀膜和覆膜。这六百多亩,的确要请人帮着干。

"没问题。明天我们保证早点过去。"

"谢谢你,小燕姐。"

"说反了,我谢你才是。你每次请我们干活,都是当天结算,钱给得还实在,帮着一起干活的婶子们哪个不感激?"

"你们的活都干得很好,这都是你们应得的。"余飞说完,忽然想到了什么,从兜里掏出那两个还热乎的鸡蛋递给张燕:"来,趁热在脸上滚一下,明天就消肿了。"

"不用了,小飞。"张燕推辞道。

余飞把鸡蛋塞到她手里:"拿着吧,跟我就别客气了,以后田里的活还多着,还得请你帮忙。"

张燕眼眶有些发红:"……谢谢你,小飞,要不是你请我干活,我都不知还能上哪儿赚钱。"赚不到钱,她和她妈在家里的日子就更难过了。

"放心吧,小燕姐,以后田里有活我第一个找你。"

张燕接过鸡蛋,她家在村里算是日子过得不好的那拨,家里就她一个女孩。她爸是个泥瓦匠,时常去镇上找活干,但赚的还没喝的多。她原本可以出去外面打工,但她妈精神有些不太正常,家里常年离不了人,她就只能留在家里照顾她妈,还要天天忍受喝完酒就朝她撒酒疯的亲爸。

村里人没人不知道,她到现在还没嫁出去,就是她爸要的彩礼太高。她爸说了,谁出的彩礼多就把她嫁给谁。刚才就因为这个,张燕不同意,就被他爸打了。

从余飞回来创业种棉花,第一次请她们过去帮忙的时候,张燕就对余飞心存感激。她也想像余飞一样,自己干出一番事业,但她知道自己只是个初中毕业的村姑,永远成不了余飞。"小飞,你哥现在怎么样了?听村里人说他在外面被抓了?"张燕平复了情绪,问道。

"他已经出来了,双方都有责任。"

张燕沉默几秒:"出来就好,能在外面找个活干就别回来了。你哥就是太容易冲动了,虽然有点懒,但其实人不坏。我先回去了,路上黑,你们慢点开车。"

从张燕家离开,余飞心里有些不是滋味。她之前跟张燕并不算熟悉。之所以认识,是因为她哥余强一直喜欢张燕,但因为出不起张燕家要的彩礼,所以只能一直干耗着。

看余飞心情低落,极少八卦的白敬宇主动开口:"张燕跟余强有交情?"

"他们之前谈过恋爱。余强这人是混,但对小燕姐倒是真心的。小燕姐也是真喜欢余强,不然也不会这么多年都等他。如果当初她爸不把彩礼定这么高,他们现在估计连孩子都有了。"

"所以你是在为他们可惜?"

余飞微不可闻地叹气:"有缘无分,总是遗憾的。"

"缘分也是需要争取的。喜欢一个人不能只动嘴,这样的感情是廉价的。如果余强真心喜欢对方,就应该去努力赚钱,而不是一天天在家混日子,等着女方家降彩礼。"说完,他看了眼后视镜里的她,说,"如果对方是我真心喜欢的女孩,彩礼再高,我也会想办法给她赚到,不会让她受委屈。"

余飞有些微微惊讶,沉默几秒:"你说得对,余强的确没做到一个男人该有的担当。"

"你们这儿的彩礼一般是多少?"白敬宇问。

"各家的不一样吧,我没怎么打听。"

"那你们家的,余婶说过吗?"

余飞一怔,不知道他问这个是什么意思。她很清醒,从不觉得白敬宇和她之间会出现什么爱情。他们只是因为特定的原因,才会在这一年绑在了一起。一年之后,他们就路归路,桥归桥,所以她对他现在的问题,更愿意理解为好奇。她想了想:"我妈是我妈,我是我。我以后要是想嫁给一个人,不会用彩礼来为难他。我有手有脚,可以跟他一起打拼。我相信我们能过上自己想过的日子。"

白敬宇一怔,随后慢慢扬起嘴角,不愧是他看上的女孩。

第二天白敬宇和余飞六点半就到了棉田边,来帮工的小燕姐她们也早早来了。

白敬宇先给苗田上水,再让膜两头通风,然后缓慢揭膜,让秧苗能较好地适应膜内外环境。女工们学着他的样子,一行行地把棉苗的地膜掀开,等到下午四五点的时候,再把膜给重新盖上,怕晚上温度下降会把棉苗冻伤。

这活不难,有了张燕和小仙姐带着大伙儿,白敬宇和余飞可以腾出手去观察棉苗情况。

昨晚从外面回来,余飞和白敬宇又讨论了好一会儿有关棉花苗期可能发生的病害。苗病的危害可分为根病和叶病两种类型,根病发生较为普遍的是立枯病、炭疽病、红腐病和猝倒病,而叶病则有轮纹斑病、疫病和褐斑病。这些病害严重时,常造成棉田缺苗断垄。

两人蹲在田边仔细观察棉苗叶子的情况,白敬宇拿出地温测量仪器插进土里测温。苗期病害发生的轻重、早晚跟棉苗期温度密切相关,现在这种高温高湿的环境利于病菌发展和传播,两人恨不能拿着显微镜来逐个排查每一株棉苗。虽然温度不低,但因为他们及时给棉田掀膜降温,这么抽检了一圈下来,整个棉田倒也没出现什么异常情况。

余飞他们的棉田不远处就是二叔那十亩棉田。中途余飞去上厕所,路过二叔棉田时发现棉苗上的子叶上出现了针头大小的红色斑点。她蹲下来揉了揉眼睛再仔细看,确定自己没有看错。二叔家的棉苗现在只有两片子叶,这些红褐色小圆斑和不明显的轮纹不仔细看根本看不出来。

"白总,你过来一下。"余飞抬头叫站在不远处的白敬宇。白敬宇快步走过来,蹲下看余飞给他指的地方。余飞问:"你说这是不是轮纹斑病?"

白敬宇仔细辨认之后,说:"你判断得没错,这个又称黑斑病,是由多种链格孢菌侵染所引起的病害。现在的红斑就是轮纹斑病早期的表现，再发展下去，会逐渐扩展成黄褐色的圆形至椭圆形病斑，边缘为紫红色，一般具有同心轮纹。这个病严重时子叶上会出现大型的褐色枯死状病斑，造成子叶枯死脱落。叶片和叶柄枯死后菌丝体会蔓延到子叶节，造成茎组织甚至生长点死亡。"

"那我们得赶紧告诉二叔，现在还是早期，早打药还来得及。"余飞说。

下午回去的时候，余飞和白敬宇先去了趟二叔家。二叔听说自己棉田里害了病，急得马上骑上车就去田里看情况。

三人开车去到棉田，天色已经暗下来了。余飞打着手电筒，二叔家的棉田刚放完苗，且并不是每一株棉苗上都有红点。在余飞的仔细指点下，二叔才在棉田里看到余飞说的那些红色斑点。他瞬间就放心了："嗨，这哪是什么黑斑病，我前段时间施肥施多了，苗上才长了红斑，过段时间地里把肥消化了就没了。一看你俩就是没经验。"看余飞还要再说，二叔又开口堵她："不要以为有红点就是黑斑病，这病是棉花生长的中后期才会出现。你们啊，还是见得少了。"

二叔说着就上了田埂。余飞记得"新农天地"上也有棉农错把黑斑病当成施肥过度，最后延误了补救期的例子。她认真跟二叔说："这病虽然大多数都出现在真叶期，但子叶也不是绝对不会出现。现在太晚了看不清，二叔您明天白天最好再来仔细检查一下。病虫害的爆发点是温度问题，这几天高温过后就会迎来一波大降温和降雨，到时候要真是病虫害，就难以收拾了。"

"明天我还得去县里开会，没时间。你们第一次种棉花就喜欢大惊小怪，二叔说没事就没事，放心吧，都回吧。"

看二叔开车走，白敬宇跨上摩托车："岂能尽如人意，但求无愧于心。回家吧。"

余飞坐上车，极不放心地回头看了一眼二叔的棉田。

回到家，余飞第一件事就是打开电脑上了"新农天地"。她找到那篇文章，对着那张图片看了好几分钟，确定自己没有看错，这才抱着电脑急急去敲白敬宇的房门。

白敬宇也正在看有关黑斑病的问题，看她进来，就知道她要说什么了。

余飞着急说："我刚才又查证了一下，觉得二叔家的棉田百分之八十就是黑斑病。我们的棉田挨得这么近，你说有没有可能也已经染上了？可我们每次的抽查都很仔细，也没发现异常，这是怎么回事？"

白敬宇指了指屏幕上的资料："棉花黑斑病的传播途径以棉籽为主，棉籽带菌率高达47.5%～84%，尤其种壳上最多。棉籽播种后病叶及棉籽上的分生孢子借气流或雨水溅射传播，从伤口或直接侵入。早春低温高湿，苗期发病重。在适宜的条件下，温度越高病害越重。我们的棉田虽然跟二叔的离得近，但如果种子是没问题的，那就不一定会染上。"

余飞眉头紧锁："也就是说，二叔他们播种的种子本身就带着病菌？"

白敬宇点点头："很有可能。我听文涛说，村里人还是按照以前的种植习惯，去县里自己买种子，而购买的渠道也未必正规。"

"虽然我们的棉田现在没事，但二叔那边要是一直不采取措施，我们的棉田会不会也危险？"

"会。所以我打算先把跟二叔家邻近的边界棉田都提前打药预防。明天我们去种子超市看能不能买到药剂。"

余飞点头，但还是担心："病源不解决，我们再防治也没用。我一会儿就在网上跟文涛说一下，如果二叔家的棉田种子出了问题，那别家的棉田说不定也有问题。让文涛去跟其他棉农都提个醒，让他们仔细检查，及早做准备。"

吃晚饭的时候，余飞没有食欲，吃了一小碗饭，自己冲了杯白糖水，喝完就洗碗回房了。余爸看余飞喝糖水，知道她心情不好。他想帮忙，却什么忙也帮不上，只能暗暗着急叹气。

看白敬宇准备回屋，余建国从房里出来偷偷叫住他："小白总忙吗？不忙的话，陪我这老头子聊两句呗。"

白敬宇停下脚步："余叔我不忙，您还不睡吗？"

余建国示意他小声点，压低声音说："人老了没这么多觉，你把我推到你房里，让我看看电脑里的棉田吧。"

"好。"白敬宇知道余叔担心棉田的情况，他推着老爷子进了自己的房间。

显示器上调出夜晚的棉田画面，白敬宇说："晚上看不太清，您要是想看，我明天白天请辆面包车，带您去实地看看。"

余建国赶紧摆摆手："不用不用，叔看小飞情绪不高，所以想问问你们今天田里的情况。"

白敬宇把今天的事告诉了余叔。余建国叹了口气:"二叔他们是当年跟我一起种棉花的,经验不比我少。你和小飞是第一次种棉花,村里人不听你们的劝告也很正常,不要太往心里去。"

"余飞主要是担心二叔那边的虫害会传染到我们的棉田里,加上后面的天气会大降温,很有可能集中诱发病虫害。我们这边已经打算提前打药预防了。"

余建国一脸担心:"提前打药?你们是想要全打吗?我知道你之前说打药可以用农业无人机,但这可是六百亩,你们几天才能打完?"

"余叔,我们不需要全打完六百亩,只需要规划好跟二叔和其他棉农的棉田接壤的部分,喷邻近的就可以了。用无人机来打,如果没有什么意外情况的话,一天应该就能完成。"

"一天能打完?"余建国一脸不敢相信。那边的棉田位置他再熟悉不过,跟其他棉农接壤的部分,怎么算也有两百亩往上,那无人机一天就能喷两百多亩?要知道传统的人工背负式喷雾器,一个熟手一天也就能打十亩。就算是由拖拉机牵引的喷雾打药机,每天顶多也就能喷一百多亩。这玩意儿租起来贵不说,还容易压伤、压死苗株,所以这边的棉农基本都是靠人工喷药。

白敬宇点头:"余叔,等喷药的时候,我们录个视频,回来给您看看。"

"好,好。"余建国一脸期待,随后叹了口气,"种棉花这活不仅累人还磨人。耕、种、管、收四个阶段,管是最薄弱,也是最费心的一环,但想要做好也不是不可能,无非就是用心和细心。你俩想要种好棉花,要操心和辛苦的事就多了。"

"余叔你不用担心,这片棉田对我和余飞来说都很重要。我们既然决定要种,就会用心去种的。无论发生什么事,我们都会想到办法解决的。"

"好,好,有你帮着小飞,我放心。"

两人又聊了一会儿棉田的事,余建国把自己管理棉田的经验跟白敬宇说了,希望自己能帮上点儿忙。

余飞在屋里跟文涛说完,又过来找白敬宇说棉田打药的事,发现余爸竟然在白敬宇房里:"爸,您怎么还不睡觉?"

"我过来跟小白总聊聊天,现在就回去。"余建国竟然有些慌。

白敬宇站起来:"怪我,刚才我跟余叔请教了几个问题,一下就忘了时间。"

余飞看两人在她面前打马虎眼，忍住笑，问余爸说："那现在说完了吧，可以回去睡觉了吗？"

"可以可以。"余爸跟个孩子似的边笑边点头。余飞想过来推轮椅，白敬宇先她一步，推着余叔回了房。

从屋里出来，余飞一连打了两个喷嚏。

"从明天起，跟我一起去跑步吧。如果需要买菜，我跟你一起跑着去买，不买菜时我们就绕半个村跑一圈。"

"啊？"余飞不知道他为什么会忽然叫她去跑步。她知道他每天去跑，但她从未想过一起跑。她每天熬夜做兼职和学习农业知识太累，所以每天都会比晨跑的白敬宇晚起半个小时左右，她可太需要多睡这半小时了。

白敬宇像是知道她要拒绝，开口说："你最近是不是很容易出现疲劳感，还有无力和困倦？从你食欲下降的表现来看，应该是你经常熬夜，身体机能有所下降了。你今晚打喷嚏也是体质虚弱、免疫力下降的表现。余飞，种棉花是个长期的累活，别没等棉花丰收你就倒下了。跟我每天去跑半小时，我保证你以后熬夜都熬得毫无负担。"

余飞最近的确因为压力和熬夜，时常感觉到疲惫，就连高考时那么拼命看书也没看坏的眼睛，视力也有所下降，最近她看东西竟然都有些模糊了。她知道白敬宇也是每天熬夜的人，而且熬得比她还狠，可他每天都精力充沛，头脑清醒，难道真是每天跑步的缘故？想到种棉花的长久事业，她忽然就有了想要试试的冲动："那好，我明天跟你去跑步试试。"

白敬宇一脸"这就对了"的表情："早点休息，少熬夜。打药的事明天跑步再说，明天还有一场硬仗要打。"

"你不是说只要跑步，以后熬起来毫无压力吗？"

"你现在不是还没跑吗？就算跑起来了，你之前已经处于亏电状态，是不是也需要先把之前欠下的电拉平？"白敬宇的歪理甩起来一套套的。

余飞决定先来一周，看看效果："那明天六点院子集合。"

"好。"白敬宇扬起嘴角。

余飞转身回屋，背着身子朝他挥了挥手："赶紧回去睡觉，晚安。"

"晚安。"他一直看着她把堂屋的门关上，才转身回了房。

第二十八章　打药

回到房里的两人压根儿没法早睡，余飞还有一堆事要做，做完兼职的工作，还要算棉田的账。她要算明天去买预防虫害药剂的费用，提前准备好钱。她相信人会骗人，但数字不会。

从租下棉田的第一天开始，她就每天记账。购买种子每月还的贷款、每天的水费、请工人的兼职费用、药肥等等，她都要一一做好记录。

从记录上看，之前因为风灾的缘故，他们来回播种，其中光是种子、肥料、地膜和滴灌带就重复购置了好几次。即便是这样，细算下来，竟然跟传统种植的前期费用相差不大。正因为这些数据，余飞才越发相信白敬宇对她说的盈利 30 万的承诺。

而此时白敬宇也还在忙。

他处理完公司的事，又开始摆弄无人机。虽然不知道明天能不能在种子超市买到药剂，但他还是提前把两台无人机的所有锂电池都充满了电。

以擎翼一号现在的性能，一次可携带 10 升农药，飞行时间约 10 分钟。可以喷洒的面积为 15 亩左右。他算过这次喷洒的跟二叔棉田接壤且需要防控的田地面积，大概是 300 亩。以每次可以喷 15 亩来算，300 亩就需要喷 20 次。

现在这里的两台无人机，一台是他修好的撞树的那台，另一台是老蒋后面跟其他设备一起寄过来的。有了两台机器，他和余飞一人操作一台，分别飞 10 次就能完成任务。为了保证时效性和不让无人机过度放电，白敬宇为每架无人机配了 6 块电池，以防止电池电压下降过快。等明天作业时，没电的电池同时用发电机充电，20 分钟就可以充满两块。这样同步持续操作，只要不出现意外情况，半天就能喷洒完成。所以上午买了药下午去喷，时间也很充裕。

第二天白敬宇开门出来，发现一身运动装的余飞已经在院子里等他了。白敬宇笑着快步走过去："以后等人这种事就让男生来做，你在这儿等我，让我情何以堪。"

"又不是去约会,哪来这么多事儿?"余飞已经做完了热身运动,"走吧。"

"谁说不是约会?"他自己说完,笑着追了上去。

沉睡了一夜的西贝村还未醒来,清晨的田地被大雾笼罩着,空气中弥漫着浓浓的青草味。两人一起并肩跑在乡间的小路上,默契让两人即便不用说话,也会在岔路选择同一条路。跑了半小时后,太阳终于撕开大雾,阳光喷薄而出,整个天空一下子明媚了不少。

第一天跑下来,余飞的确累得够呛。怕她一会儿去棉田太过疲惫,最后一段路是白敬宇跟着她一起走回来的,顺道放松一下筋骨。余飞擦了擦汗,说:"一会儿吃完饭我们就去种子超市买药,我跟文涛说了今天要打药。他说等我们调好药剂,开辆面包车过来载我们和机器去棉田。"

"好。"白敬宇点头,拖拉机开着太慢了,有辆面包车载工具还是更方便些。

吃完早饭,两人开着摩托车去了种子超市,还真给他们买到了药剂。回去的路上余飞给文涛发了信息,让他一小时后过来。

此时文涛正跟其他棉农去田里检查黑斑病,发现除了二叔家的棉田出现零星的黑斑病棉苗,其他人的棉田目前倒没出现什么异常情况。即便是这样,基于后面的天气变化,文涛还是希望大家能提前预防。然而村里的棉农对文涛的话没当一回事,尤其是刘老柱父子俩,因着之前的事对余飞他们还存有心结,一直骂骂咧咧的,说余飞无事生非。

白敬宇和余飞在家调好了药剂,文涛就如约开着一辆面包车来到余飞家门口。三人把机器和药水搬上了车,一起朝着棉田出发。

白敬宇坐在副驾驶,跟开车的文涛说:"谢了,文书记,这么早就过来帮我们。"

文涛笑说:"我这次来也是带着任务的。棉花的苗期容易出现病虫害,我想把你们用无人机打药的过程拍成视频,等去县里开会时给领导们汇报,顺道再好好推广推广。"

余飞凑过来:"不愧是我涛哥,够意思。"

文涛笑说:"擎翼一号也算是我拉来参加推广会的,我有义务帮白总多推广。"

白敬宇看着这个一直在用力帮他的质朴男人，默默把这份人情记在心里。

到了棉田，三人把无人机和电池等设备搬下车。

白敬宇先是给一块棉花田规划喷洒地块。他站在田边操控着遥控器，擎翼一号开始围绕田块飞了一圈，两分钟后，平板电脑上就已经出现了无人机一会儿要喷洒的图形。

白敬宇只跟余飞说了一遍操作步骤，她就可以准确无误地按要求操控另一架无人机了。两人配合，短短十分钟，三百亩的地块就测量完毕，航线也在平板电脑里自动生成。

来帮着掀膜的女工们都在远一些的棉田里好奇地看着这两架"玩具飞机"在棉田上空飞来飞去。

"飞哥不是说今天要打药吗，这玩具飞机是干什么的？不会是用这玩具飞机来打药吧？"大梅婶子问住在余飞隔壁的小仙。

小仙摇头："不知道。"

对方撇撇嘴："你怎么啥都不知道？怪不得你婆婆不让你管家，你男人每月寄回来的钱也落不到你手上。"

在旁边干活的张燕忽然开口说："不知道咋了？人家家里的事关你啥事？你这么想知道，自己去问飞哥啊。"

嘴巴笨拙的小仙感激地看了张燕一眼。

大梅婶子看张燕呛她，气得指着张燕："我跟小仙说话，关你屁事儿。"

"当然关我的事。飞哥让我管着你们，她请我们来干活不是聊闲天的，不想干就走人。"张燕直接顶了回去。

每天来棉田掀一次膜盖一次膜，就能赚七八十块。虽然六百亩的面积说不上轻松，但对于干惯农活的她们来说，还真不是个累活。村里女人赚钱机会少，能有个赚钱的地方，谁也不愿意走。所以听张燕这么一说，大梅婶子只能闭嘴，但心里却咽不下这口气，朝旁边呸了一声："狗仗人势，怪不得嫁不出去。"

张燕是来干活的，她不想浪费时间跟这种人吵，要是真闹起来，耽误了棉田的事，到时候说不定连她也没法干了，所以张燕就当没听见，继续掀膜。

早上十点之前，女工们把膜都掀开之后就陆续走了。家里有的是活儿等着她们回去干，想留下看热闹也没时间。

等人全走了之后，余飞和白敬宇才开始打药。农药对人体还是有危害的，他们要避开人多的时候。余飞拿出两个口罩递给他们，自己也戴上一个。上次去县里，她特意让陈双帮她买了一沓，就是准备着打药时用的。

白敬宇把机子从箱子里拿出来。先是安装了充满电的电池，然后连接了手机程序，开启擎翼一号的遥控器，检查遥控器各项参数，一切正常之后他校准磁罗盘和卫星信号。一切准备就绪后，他往药箱里倒入准备好的十升药水，然后检查水泵和喷头。确定一切正常，白敬宇解锁遥控器，擎翼一号垂直着徐徐飞了起来。

文涛拿起手机开始录制，白敬宇操作机器飞到了棉田上空，对着规划好的棉田区域进行喷洒。前后不超过十五分钟，刚才还在空中作业的无人机，已经回到了白敬宇身边，稳稳地下降到起飞点。

白敬宇迅速加满药，换电池，无人机再次重新起飞，新一轮的航线作业又开始了。余飞完整地看完了白敬宇的操作流程，不再浪费时间，也开始了操作。

两人打了一个小时左右，就喷了接近三分之一的面积。在这么短的时间内喷了这么多，别说文涛，就连余飞都激动不已。

之前县里的农机推广大会上，擎翼一号撞到了树上，还让宋奶奶受惊了。这些琐事让操持整个大会的文涛分了不少心思，都没能好好仔细观察这个农业无人机的作业。如今，他终于能近距离真真切切地看到这个机器工作的样子了，这种高效的方式给他留下了极其深刻的印象。

相比传统的人工背负式喷雾器，它的效率提高了几十倍。即使是跟需要好几个人配合，每天能作业接近两百亩的担架式喷雾机相比，无人机喷药的效率也要高出两三倍。更让文涛觉得这个机器了不起的地方，是植保无人机既不会毁坏田里的苗，操作也不算太难。只要多练习，农民也可以轻松掌握。有了这个机器，一位农民种一百亩以上的地，不再是天方夜谭。

兴奋的文涛问正在给电池充电的白敬宇："棉农用负压大药箱打药慢的原因，除了人力有限之外，也是为了力求喷洒农药时做到全面到位，无论是叶子的正面、背面、茎秆都要均匀喷洒到农药。擎翼一号是直接从作物上面飞过去喷药，会不会有漏盘或者喷不到的情况？效果如何保证？"

白敬宇边把另一块满电的电池装到机器上，边回说："擎翼一号在飞行过程中不断地调整各个旋翼产生的升力来保持飞行姿态的平稳。起飞时，螺旋桨产生的巨大气流加上机身足够的重量，可以形成强大的下压风力，把药液下压，同时会把棉花叶片翻转，使药液充分接触到作物整棵植株及叶片正反面。因此，不用担心叶子下面会喷不到药。至于作用，在虫害严重的棉田里打完药后，五到六天后再去检查病虫害的数量，就可以直观看出有效与否。"

文涛感慨说："虽然农业和农村相对城市和高新科技是个遥远的存在，但亲眼看到这一幕，还是不得不说，科技的确在飞速改变我们生活，无论是在城市还是在农村。"

"完全同意。"站在旁边操控机器的余飞笑说。

文涛看她熟练地操作机器，说："虽然现在的农村和农民对于这种新科技不接受，仅有的讨论大多也是猎奇、调侃和审判，但我相信，在他们看到了你们最终种出来的成果后，一定会改变想法。白总，我真的很看好你们公司设计的产品，你的公司一定会成功的。"

四五点钟，余飞和白敬宇已经把要喷的部分喷完，正跟下午来盖膜的女工们一起把膜盖上去。余飞给每个女工都发了口罩和手套，叮嘱她们小心别沾到刚喷的药。

此时村口小卖部里，刘大柱正把刚进回来的五毛钱一包的各式辣条和山寨版的奶片，一元一包的各式鸡爪、鸭脖、火腿肠一一码到货架上。

刘老柱坐在门口抽烟，旁边屋麻将桌边有人开口："听我媳妇说，那两人今天给棉苗打驱虫药了，刘叔你们棉田咋样，不去看看？"

村里人现在都不说余飞和白敬宇的名字了，把他们称为"那两人"。只要一说"那两人"，村里人就都知道指的是那两个人傻钱多的。

刘老柱把烟屁股弹出去，把披在肩上的外套往上拱了拱，沉着脸："看什么？"

刚才说话的男人是大梅婶子的老公，站在旁边看人打麻将，一直也没混上位置，干脆就过来跟刘老柱唠嗑："听我媳妇说，二叔家棉田染病了，那两人怕被传染上，才开始打的药。你那十亩棉田不也跟二叔家不远吗，不去看看是不是真招虫子了？"

刘老柱没好气地横了他一眼："这么大个男人，一口一个媳妇说。你媳妇叫你回家喝奶，你咋还在这儿？"

这话让在小卖部里打麻将的人都哄笑起来。男人愣了一下，心里虽然不爽，但也不敢得罪刘老柱，只能在面上讪笑道："刘叔看你说的，这咋还气上了呢？我这不是为你好吗，哪句话说错了？"

"好个屁，你就不该开口说话！那两人连棉花都没种过，他们瞎折腾你就让我去看棉田？你埋汰谁呢？光长饭量不长脑的玩意儿，用你那瓜子大的小脑仁好好想想，村主任那田里要是真长虫了，他还天天没事人似的去县里开会？说那俩愣头青傻，我看你比他们更傻。"刘老柱没好气地站起身，瞪了男人一眼，掀开布帘往自家后院去了。

男人一脸发蒙，才想起那两人之前差点把刘大柱弄进去，自己这么一说，不就正踩在刘老柱的尾巴上了吗？

上完货的刘大柱跟大伙一块笑了会儿，过来递给男人一根烟："我爸就这脾气，谁赶上了谁倒霉，别往心里去。"

"不是，你爸这两天咋火气这么大？"

刘大柱从货架上抽出一包辣条，撕开袋子，丢了根进嘴里："花钱多了不痛快。"

话音刚落，擦完柜台玻璃的刘妈把抹布往儿子身上一扔："吃吃吃，进回来的东西大半都进你那狗肚子里了。"

刘大柱被脏抹布差点扔到脸上，也恼了："我是狗肚子，那你是啥？"

刘妈气不打一处来，抄起门口的扫帚就要过来打人。

店里人来人往，打麻将的和周围站一圈围观的都转过来准备看热闹。跟刘大柱沾了点远亲的王桂花吐掉嘴里的瓜子皮，过来拉住刘婶说："哎哟，这大柱没几天就要娶媳妇了，就别再让人看笑话了。等他娶了媳妇，让他媳妇好好管管他。"

刘妈指着混不吝的儿子骂道："家里的钱都豁出去给你娶李家那老姑娘了，还不知道给家里省点钱。咋地，这是快娶媳妇了就想要饿死你亲爹娘了？"

"嫌贵你们可以不娶啊，反正我想娶的也不是她。"着急抱孙子的又不是他，刘大柱才不着急。

刘妈看着儿子这副欠揍的样子，恨恨地说："你倒是想娶那飞哥，可惜人家看不上你这熊样。"

说到余飞，刘大柱表情明显沉了几分。他阴着脸一脚踢在门口的椅子上，从自家小店走了出去。

身后刘妈骂骂咧咧说他是个败家玩意儿，王桂花在旁边劝道："男人结了婚就好了，到时候他不干，你就让他媳妇干。花这么多钱娶回来的，得可劲用。"

余飞那边跟女工们把膜都盖好了，这才跟白敬宇回了家。因为文涛有事提前走了，没有车拉工具的余飞和白敬宇只能顺道搭了村民的电动车回家，再把拖拉机开出来把机器拉回去。

路上，白敬宇跟余飞说："我觉得我们有必要买辆能运货的面包车了。以后用无人机的时候会越来越多，摩托车带不了这么多东西。拖拉机又太笨太慢。"

余飞笑着捂着口袋："我这儿可没闲钱买车了。"

白敬宇知道她一分钱要掰成两分花，也没指望她掏钱："车的事，我来想办法。"

要是刚合作那会儿，余飞肯定美滋滋地赶紧同意。但现在不一样了，她知道他创业也很艰难，特别是现在云上科技还对擎翼科技进行打压，想要除之而后快，他的压力比她只大不小。这个时候，她作为合作伙伴怎么还能占他便宜？余飞叹了口气："算了，我知道有个大修厂是卖二手面包车的，价格公道，质量也不错。我们一人出一半的钱，这样压力都能小点儿。"

看她竟然还为他着想，白敬宇嘴角扯了扯："好，那我们找个时间去看看。"

余飞本以为他会推辞，毕竟男人不都是要面子的嘛。可没想到这男人竟然不按常理出牌，她怎么就忘了她是光明正大地抠，他是拐弯抹角地抠呢？

余飞暗暗后悔：余飞啊余飞，你都穷成啥样了还充大头，为什么要多这个嘴呢？瘦死的骆驼比马大，你这等着赚救命钱的人，去担心人家市值几百上千万的公司，这就是做圣母的报应啊。但话已经说出来了，余飞也没脸反悔了，只能硬着头皮想着多接点兼职，咬咬牙把这半辆二手车的钱给攒出来。

两人回到家，余建国就急急让媳妇把他推到院子里："白总，小飞，你们今天都喷完了？"

余飞把东西搬下车："爸，都喷完了。"

白敬宇知道老爷子后面还要问什么，就提前说："一共三百亩。"

"好，好，太好了。"余建国看着他们放下来的无人机，激动道，"这真是个宝贝啊。"

"爸，一会儿给您看看文涛今天给我们拍的视频。"余飞说着要推余爸进屋，白敬宇又先她一步，出力把余叔推进去了。

累了一天，晚饭一家人就凑合着吃余妈做的馒头稀饭。其实这本就是农村家庭里最正常不过的晚饭，但因为白敬宇来了，吃惯了他做的饭，其他人做的都成了凑合。

余飞在饭桌上拿出手机，打开视频让余爸余妈看无人机在棉田农场上空打药的情景。

余建国边看边感叹："没想到咱家的棉田里也能用上这么好的东西。"

余妈也啧啧称奇："这跟电视里的神仙洒药水似的，往下一倒，虫子就跑了。"

大家被逗得哈哈笑，这种其乐融融又充满希望的开心氛围，自从余强被人追债，余爸倒下，家里被人搬空之后，余家就再也没有出现过了。而对于常年独自生活的白敬宇来说，更是鲜少能体会到这种浓浓的烟火味。他忽然就明白了余飞为什么如此执着地要守住这个家。

吃完饭，白敬宇回房里跟老蒋开会。老蒋跟他汇报完公司最近的情况，忽然幸灾乐祸地笑道："上次不是跟你说那个跟屁虫学我们做农业无人机吗？好家伙，抄袭抄出问题了，现在云上科技的产品被人挂到网上，骂得狗血淋头。"

"什么情况？"

"他们不是财大气粗地一出就好几个机型吗？全是粗制滥造，他们不出问题谁出问题。我跟你说，那帮不要脸的看我们搞了飞行队，又照猫画虎，结果怎么样？自己的产品不过关，他们的飞队把自己的产品玩炸了。现在被全网群嘲，搞得他们在官网上不得不跟公众道歉，哎呀，真是大快人心啊。"

老蒋在那头说得唾沫横飞，白敬宇却没觉得有多痛快。炸机被群嘲的虽然是云上科技，但对于消费者来说，他们看到的是农业无人机这个产品出了问题。云上科技损坏的不是他们一家的名声，而是整个行业的名声。他现在为了打开市场已经很艰难了，现在被云上科技这么一搞，更是雪上加霜。

白敬宇沉下脸，问老蒋说："你是不是跟仕达的高层有亲戚关系？"

"对啊，我老娘舅在那儿，怎么忽然想起这事？"

"我听说云上科技上市的时候在账本上做了手脚，你看能不能想办法打听一下这件事,看到底是什么情况。"

老蒋一顿:"谁跟你说的?"

"现在还不能说,你先帮我打听一下。"

老蒋来劲儿了:"那帮孙子把我们坑得这么惨,要真找出点证据,咱就让他们回家玩泥巴。你放心吧,我去好好问问,有消息告诉你。"

第二十九章　　显神通

一周之后,气温陡然下降,还下了好几天的雨。

余飞的棉花农场不用再请人来掀膜了,因为下雨,余飞和白敬宇都没去棉田。吃完早饭,余飞在白敬宇的房里边看显示屏上的棉花田数据,边讨论接下来的种植步骤。

正说到关键点,就听院子外有人喊:"小飞,小飞你快出来啊,棉田出大事了。"

余飞一听到棉田两个字,赶忙起身跑了出去。门外披着雨衣的二婶哭丧着脸,一副急得不行的样子。

"二婶?出什么事了?"余飞刚问完,就感觉刚才还淋在头顶上的雨忽然没有了。她转过头,发现白敬宇不知什么时候拿了把雨伞撑在她头上。

二婶擦了把脸上的雨水,焦急地说:"小飞啊,我家棉田遭虫害了,就是你之前说的黑斑病,你快去看看吧!你二叔现在正在棉田里查看灾情,他不好意思来请你们去帮忙。二婶厚着脸皮过来求你,你和白总之前就能看出是什么虫害,肯定有办法帮我们的。"

余飞听完没有马上跟她走:"二婶,棉苗病虫害的防治主要是抓早,早发现早防治。我十天前跟您和二叔说预防的时候可以控制,不代表现在还能控制。就算现在控制住了,能挽回多少,谁都不知道。"

白敬宇赞同地看了她一眼,她没有马上承诺,也没有圣母心发作,而是先摆清楚立场,这样的理智是他欣赏的。

二婶后悔不已,但也没办法了:"你说的二婶都知道,你们就先跟我去田里看看吧。你二叔都快急疯了。"

余飞跟白敬宇对看了一眼,白敬宇开口说:"好,我们跟您去看看。"

此时雨下得不小,白敬宇把院子里新买的那辆二手五菱给开了出来,车子在雨中朝着棉田开去。

这车是昨天晚上刚买回来的,开回来的时候村里没多少人看到,此时二婶看着这辆半新不旧的车问:"这车是你们买的?"

"对,运工具去棉田方便。"余飞没想到这车子一回来就派上了用场,要是没有这车,他们今天就得淋着雨去了。

想到昨天白敬宇跟她一起去提车,在她掏钱的时候没用她花钱,说她带他找到性价比这么高的车,就相当于给他省了一半的钱,这一半钱就当是她出的。那一刻她觉得这男人也太会了,她收回之前说他拐弯抹角地抠这句话。

二婶看余飞他们下着雨过来帮忙,有些愧疚:"这次我们家遭虫害,要是别家靠我们这么近,早被传染了。可你们通过那些机器,不但提前知道天气和病虫害,还预先打了药,现在棉田一点没受影响。二婶真的后悔没听你们的劝告。当初你们打药的时候,村里不少人都觉得你们傻,现在看来,傻的人是我们。"

余飞所有心思都在种棉花上,对村里的风言风语压根没放心上:"任何新鲜东西被接受都会有个过程,希望村里的棉农都能早日看到科技的力量吧。"

二婶忙不迭地点头:"看到了,这次是真看到了。"

车子开到二叔的棉田边,看到披着雨衣的二叔正呆呆地坐在田埂边看着地里的棉田。二婶冲下车拽他:"你这是咋了?赶紧起来。"

二叔呆滞的眼神慢慢收拢,脸和裤子都已经湿了。看到老伴,他一言不发,动也没动。二婶吓坏了,边用力拉边说:"老头子你可别吓唬我,就这十亩棉花,赔了就赔了,咱不种了还不行吗?"

二叔心里更难受,这是不种就行了的事吗?作为刚上任的村主任,他积极带头响应号召种棉花,却第一个把棉苗给种死了,以后他在村里还有脸吗?村里人怎么看他?文书记怎么想他?

雨越下越大,白敬宇和余飞也过来帮忙。二叔看到两人,心里更是难受得慌,但作为长辈,他还是要有长辈的样子。二叔顺着力气站了起来,一脸羞愧地跟两人说:"小飞,白总,二叔之前错怪你们了。"

"二叔,你先别说这些了,咱先上车,别淋感冒了。"余飞拉着人就往车上去。

等二叔二婶上了车,白敬宇和余飞又折回田边,在雨中仔细查看棉田里的病虫害情况。

经过一段时间的高温之后,之前看到的零星棉株上出现的黄褐色病斑,现在已经遍布整个棉田,抬眼望去,基本每株棉花上都已经染上了。如今降温降雨,如果不尽快打药处理,湿度会让病情迅速严重恶化,造成不可挽回的后果。

两人回到车上,正听到二叔打喷嚏。余飞看二叔衣服已经全湿了,便跟白敬宇先开车送两人回家。

车子一路往村里开,二婶边帮他脱掉雨衣边心疼埋怨:"你说你都这把年纪了,做事怎么还这么没数。要是折腾病了你让我咋办?"

二叔垂着头:"这么点小雨,病不了。"

二婶恼了:"前两次小飞他们过来提醒你棉田有虫,你就说是小事,现在呢,小事还不是变大事了?我告诉你,你要是真生病了,没人伺候你。"

"我现在好好的,谁让你伺候了?"二叔恼她又提让他没脸的事,没好气道。

余飞不想让他们再吵下去,开口说:"二叔二婶你们先别吵了。我刚才和白总查看了田里的情况。现在棉田大半面积都已经受害,子叶上全是圆形黄褐色病斑。这种病在幼苗期爆发对棉花收成影响很大,再严重下去,就会造成大面积死苗。"

说到棉田的事,二叔声音弱下去:"都怪我看走眼了,收成不收成的,现在就看老天爷了。"

二婶看向余飞,一脸恳求:"白总、小飞,你们能不能帮忙想想办法,用你们说的科技,那个什么科学农业的方法来帮帮你二叔?"

二叔听到这儿,想到他们的棉田打了药之后,到现在啥事没有。他像是看到了希望,对两人说:"白总、小飞,你们要是真有办法就帮帮二叔,二叔现在是真没办法了。以后你们有什么事需要二叔帮忙的,就尽管吱声,二叔一定帮。"

其实在自家农场喷完药之后,余飞和白敬宇在关注自己棉田的同时,也在密切关注二叔家的棉田。虽然喷药后自家的棉田没出现任何异常,但他们不敢掉以轻心，毕竟低温高湿的天气，旁边就是传染源。

其实对于二叔会来找他们帮忙这件事，余飞早就做好了准备。她开口说："二叔，之前没有您帮忙免一年租金，现在也没有我们的棉花农场。我和白总要是不想帮您，今天也就不会来这么一趟了。但我先跟您说一下，现在打药的效果肯定没有十几天前打药作用大，我们只能在有限的时间里尽可能地抢时间尽快打完。"

余叔当然知道跟病虫害抢夺棉苗，早一天和晚一天，差别有多大："我知道。我听文书记说你们用的那个无人机，一天就能打好几百亩，我那十多亩估计半天就能打完了吧？"

"不用半天，半小时内就能打完。"余飞说。

"啥？半小时？"二叔张了张嘴，艰难地咽了口口水。他就算是年轻的时候，打十亩地也得从早上打到半夜，才将将能打完。要是现在去打，那一天估计连五亩都打不上，弄完十多亩地，怎么也要三天。如果再耽误三天，估计田里的苗也就没救了。现在余飞他们能给他半小时打完，那棉田还是有希望的。"那啥时候打？"二叔恨不能马上就把那棉田里的虫都给弄死。

"从气象站收集到的数据来看，中午之后雨就停了，后面几天也没雨。我们一会儿就回家拿机器，下午有两级风。等两三个小时左右，小苗叶面上的水分应该就被蒸发了。现在暂定下午四点左右打药，具体的要到了现场再确定。"白敬宇说。

二叔二婶都愣了，没想到现在的小年轻做事这么利索，说打今天就马上能打了。他高兴的同时也有点担心："可我没准备药啊，我得现去买，也不知道县里这会儿能不能有货。"

余飞开口说："二叔，种子超市里就有卖，这是文书记给我们拉来的便民点，非常便利。药量的配比上，我们建议加点量，毕竟现在的情况已经比之前要严重了。不过这个也得看您，要是您觉得不用加，那就按以前的配比来。"

"就按你们说的，加量，我回家换了衣服马上就去种子超市买药。"二叔现在哪还敢不听他们的建议。

把二叔二婶送到家门口，余飞和白敬宇刚要走，二叔叫住他们："小飞啊，你等回来算算这个工费多少，二叔把钱给你。"

"二叔您就别担心这些事了，先把病害解决了再说。我们先回去准备了，您看着时间,一会儿在棉田会合。"余飞关上车门,白敬宇一脚油门,车子开了出去。

下午十二点半左右,雨果然停了。三点左右,余飞和白敬宇带着无人机提前来到了棉田边,没想到二叔和二婶已经等在田边了。

看他们来了,二叔赶紧过来帮着搬东西。看他们从车上就拿下来一台机器,二叔担心地说:"就一台够用吗?"

"够用了。"白敬宇把遥控器递给余飞。这十多亩,一台机器飞一趟就搞定了,连电池都不用换。

下雨过后,棉苗上还残留水珠子是不能打农药的,会影响药效。最好是在阳光充足的中午喷药,利用阳光的蒸腾作用,这样才能更好地发挥药效,消灭病菌。余飞和白敬宇一直在等,一会儿下来查看一下湿度,发现还是太潮了。

过了四点,二叔有些急了:"白总,小飞,今天还能打上药吗?"一般村里人干活都是赶早不赶晚,下午三四点还没开始干,那基本上今天就不用干了。

"能打。"白敬宇看了看风速,示意余飞可以开始了。

来的时候,余飞特意要求这次让她来独自操作。有了这几次的喷药经验,余飞熟练地组装了各个配件,灌好药水,检查仪器没有问题之后,开始遥控装了药的无人机在田间喷药。相较于上次,她这次喷药时明显淡定多了。

二叔和二婶看着这个比玩具飞机大些的机器在余飞的操控下,在他们的棉田上空飞过,却没看到有药水喷在棉叶上,有些急了。二婶说:"小飞啊,不知道是不是二婶眼睛不好使,我咋没看到有药喷出来呢?"

"二婶,我现在是在规划喷洒的路线,还没开始喷。规划好了,机器就可以自己按着路线来喷,这样可以减少漏喷和重喷的概率。"

余飞说这话的时候,无人机已经把路线规划好了,药水跟着气旋的压力,细密地打在了棉苗上。

"哎呦,喷了喷了。"二婶兴奋地指着从无人机上喷下来的药,跟老伴说。

"看到了。"二叔也激动起来,"这速度太快了,咔咔的。"

半小时后,余飞和白敬宇已经收拾好了机器,二叔二婶还有点意犹未尽,不敢相信这十亩地不到半小时真就打完药了。

"这,这就好了?"二叔问。

"好了，等过几天过来看看打药的情况。"余飞说。

"那要是……"二婶没把后面的话说出来，但大家都明白她的意思。

"小飞都说过几天来了，你哪这么多事？"二叔瞪了媳妇一眼。余飞和白总已经尽力帮忙了，他们又不是神仙，哪能保证一定有用？况且人家一早就提醒过他们，是他们自己不听，这怪得了谁？

二叔看着余飞棉田里那些苗壮生长的棉苗，再看看另一边自己那瘦小染病的小苗，叹了口气。二叔就不明白了，自己明明种了这么多年的棉花，怎么连两个没种过棉花的人都比不过？可事实就摆在眼前，吃了亏的二叔也虚心了不少，跟白敬宇和余飞问起种植经验。"你们那棉苗长得这么好，除了打药，这期间还给棉苗追肥了吗？"二叔问。

"没有。棉花苗期需要的肥量只占其一生总量的5%左右。我们在耕地的时候已经施足了底肥，所以在苗期不需要再施苗肥。"白敬宇说。

二叔不知道他这5%是怎么算出来的，但有一点白敬宇说得没错，在苗期，棉苗的确不需要太多的水和肥。"你说的这个5%的量是怎么控制的？"二叔觉得新奇。传统的浇水施肥都是靠经验和感觉，一行一根软管，灌溉的时间都是约摸着，没有谁敢说就一定能精确到百分之多少，所以二叔就想知道白敬宇他们是如何做到的。

"通过水肥一体化技术。"白敬宇说。

二叔看向余飞棉田里从大管里又分出的无数支小管："是那个东西吗？这不是你当初播种的时候一起弄的吗？"

白敬宇点头："没错。这就是水肥一体化的管道。播种机在播种的时候，就把播种、覆膜和铺管一起弄了。"

"播种和铺膜我们知道，可这水肥一体化是干什么用的？为什么要这么多管？"二婶忍不住问。

"水肥一体化是灌溉与施肥融为一体的农业新技术，主要是借助压力系统，将水和各种肥料，按土壤养分含量和作物种类的需肥规律和特点，配兑成肥液与灌溉水一起，通过可调控压力的管道系统供水、供肥。这些水肥通过这个设备，就能均匀、定时、定量地给棉花根系输送营养，具体的比例是我们可以人为精确干预的。"

二婶听完依旧一头雾水："白总，我们就是个庄稼人，你刚才说的那些我们都不太懂。你就说这个什么系统的，精确到这么细到底有什么用吧。"

余飞开口说:"二婶,这个水肥一体化的最大作用,就是可以省肥节水、省工省力、减轻病害、增产高效。"

这下二叔二婶算是彻底听明白了,盯着那些管子看了又看:"这些管子这么厉害?小飞你可别蒙我们啊。"

余飞笑笑:"可别小看这些管子,这可是分了干管、支管和毛管三级。这三种管相互垂直,可以让管道长度和水头的损失减少到最小。咱们传统的浇水和追肥方式,作物饿几天再撑几天,不能均匀地'吃喝'。而滴灌水肥一体化,能让棉花天天吃饱饭,种出来的质量肯定比饱一顿饥一顿的强。再说精确到百分之几,是为了保证了水肥平衡,同时也提高肥料的利用率,减少浪费。"

二叔和二婶都在心里算着,这一年下来,好像真能省下多少钱哩。有了比较,二叔越发上心了:"那省工省力又是怎么说?"

"传统的沟灌施肥费工费时,非常麻烦。而使用滴灌,只需打开阀门,合上电闸,几乎不用工。"余飞说。

二叔忽然一拍大腿:"想起来了,之前文书记就专门跟大伙提过你们棉田里有专门送水和肥的管子,说只要安装了这个,后面管理起来就不费劲了。原来就是这个水肥一体化。"

余飞点头:"没错。"

二叔感慨道:"真是长江后浪推前浪啊,看来我们的老思想都要被淘汰了。之前村里没人相信你们光靠两个人就种出六百亩棉田,可现在二叔相信了。这科技真是个好东西啊,看来我们得活到老学到老了。"

余飞和白敬宇回到家,余爸就急急问他们打药的情况。

余飞一脸轻松地跟老爸描述打药的经过,听完的余建国没有跟着高兴,反而有点担心:"小飞啊,帮人帮好了,别人不一定谢你。但没帮好,别人铁定怨你啊。"

余飞知道她爸是担心她帮了二叔没落好,安慰道:"爸,二叔之前帮过我们,我们不可能袖手旁观。我和白总已经尽力了,我们问心无愧。如果二叔因为这个来怪我们,那我们以后就不管他们的闲事,反正人情已经还了。"

"你这孩子。"余爸叹了口气,也就只能由她了。

转眼四天过去,虽然棉田里有摄像头,但只要不下雨,余飞和白敬宇每天都会去棉田一趟，观察棉株的生长情况。

这几天余飞的棉花农场里的棉苗基本都长出了第二片真叶，有些还出了三片。这就意味着到了检验"两叶平、四叶横"的时候了。

"你听说过'两叶平，四叶横，六叶亭'吗？"余飞边做记录边问在另一头检测泥土的白敬宇。

"听过，就是棉花有两片叶时，两片叶要平展；四叶时，四片叶要处于一个平面；六叶时，植株的宽要大于高；八叶时，宽、高大体相等。如果达到这些标准，就是壮苗。"

"没错。"看他知道，余飞笑说，"判断是否是正常苗和壮苗，除了通过刚才说的那些，我爸以前还教了我别的办法，就是通过棉株叶片绿色的深浅来判断，因为颜色在一定程度上反映出棉株内部的营养情况。叶色太深，说明肥水多，是旺苗，可适当把水肥收一收，防止长得太急；叶色太浅，说明肥水不足，是弱苗，这时候就需要尽早补充肥水，促进棉苗生长。"

"巧了，我外婆以前也教过我一个观察壮苗和弱苗的方法，就是看棉苗主茎红茎部分占株高的比例。红茎比是诊断棉花长势的指标。苗期红茎比正常应为百分之五十，红色部分过长，说明偏弱；绿色部分过长，说明偏旺。"

余飞点头："嗯，你这个的确是个好办法。"

"余叔教你的办法也不错。"

商业互吹的两人说完忽然都笑了起来。

这段时间余飞每天都早起跟白敬宇去跑步。白敬宇起得比以前还要早些，就为了把头型梳好，把胡茬都刮干净，在余飞面前能显得更清爽干净些。他每天做了饭菜又到田里干活，晒了一天，晚上回去还要忙公司的事到深夜，第二天还能早早起床"打扮"，白敬宇都佩服他自己。都说男女搭配，干活不累，白敬宇算是深刻体验到了。

这一上午，白敬宇测出棉田的氮含量有些低。他在笔记本上记下来，等着下午去水肥一体设备房增加些氮肥。

余飞对比完这段时间的棉苗数据，语气有些兴奋："我们棉田里的苗都达到了壮苗标准，看来很快就能现蕾了。"

白敬宇拿出水杯喝了一口，也是一脸高兴："是啊，终于到蕾期了。但天气越来越热，草害和虫害都不容忽视。"

"听你这么一说,我都开始紧张了。"

"不用紧张。"白敬宇说。

余飞以为他说他们有监控设备保驾护航,所以不用紧张。没想到他又慢慢接着说:"因为紧张也没有用。"

哭笑不得的余飞跟着白敬宇查看完自己的棉田,又在二叔棉田里观察了好一会儿。棉苗上原本每天都增多变黑变红的感染棉苗,已经不再继续恶化了。除了一部分情况较为严重,已经无法救回来的棉苗,大部分棉苗的情况已经基本稳定。

两人还没回到家,二叔和二婶就提着两只鸡到了余家。

二叔一进门就不停跟余建国说:"老余啊,你可真是养了个了不得的闺女啊,有眼光有魄力。这次真是多亏了小飞和白总的帮忙,打药打得及时,我棉田里的黑斑病现在已经控制住了。"

二婶笑眯眯地把手里的两只鸡送到余妈手里:"这都是我自己养的,肥着哩。"

余家老两口一看二叔夫妇这样,还有什么不明白的?余建国心里的那块石头也落地了。他不图别人给什么东西,只希望自己女儿做了好事不被人埋怨。

余妈美滋滋地把鸡给收下:"她二婶,都是乡里乡亲的,棉田又离得近,以后有什么事你就招呼他们年轻人帮忙,白总的机器干活利索着呢。"

"好好好,以后少不得要麻烦小飞和白总。"二婶笑得合不拢嘴。

自从病虫害控制住后,二叔就三不五时地去余飞的棉花农场里取经。

白敬宇和余飞用土壤检测仪器帮他们合理施肥,增施了缺少的有机肥,二叔的棉田里也开始出现了不少壮苗。余飞还特意跟二叔说了,想要减少这种情况的发生,最重要的就是把好第一关:去正规的出售种子的地方购买合法种子。

二叔面上没说什么,心里一直在骂卖给他种子的商户。得亏余飞他们帮了大忙,要不他今年可真是损失惨重了。

在二叔的宣传下,余飞和白敬宇帮二叔家解决了病虫害的事很快就传遍了全村。

第三十章　解决问题

几天后,余飞和白敬宇巡视完棉田,刚回家做饭,余飞就听到门外有人喊她的名字。听出是张燕的声音,余飞擦干净手,快步走了出去:"小燕姐,进屋坐吧。"

站在院门外的张燕有些局促:"不了,我马上就得走。我,我想跟你请教一下种棉花的事。"

"是谁家的棉田?"张燕家没种棉花,余飞不知道她为什么要问种棉花的事。

"……刘大柱家的。"

余飞有些意外,不知道张燕为什么替刘大柱家来问。但她还是问:"他家棉田怎么了?"

"他家棉花田里苗叶发黄,想问问你知不知道是咋回事。"

余飞想了想,说:"这有可能是几个原因造成的。第一,除草剂药害引起叶片变黄。今年温度偏高,很多野草出来得也早。如果为了除去草害而乱用或者多用了除草剂,在高温蒸发的双重作用下,就会造成药害,叶黄就是药害的一种表现,持续下去就会造成无法补救的影响。"

张燕听得认真:"那要怎么解决?"

"如果所受药害较轻,仅仅是叶片暂时性发黄,只要停止施药,棉苗很快就能恢复正常生长。如果叶片出现褪绿、皱缩,说明棉花受药害较重,就要采取补救措施。种子超市有专家问询服务,你可以让刘大柱去问问具体要如何解决。"

"谢谢你,小飞。"张燕说完,从包里拿出两个鸡蛋递给她,"上次多亏了你,脸上才好这么快。"

"小燕姐,就两个鸡蛋而已,你不用特地还我。"余飞没想到张燕连这点小事都记得。

张燕摇摇头,深吸了一口气:"欠的东西,都是要还的。"

看她情绪不对,余飞问道:"小燕姐,你没事吧?"

张燕吸了吸鼻子,开口说:"我没事。下个月我就要跟刘大柱结婚了,你要是有空,欢迎你来喝杯喜酒。"

余飞一怔:"你要嫁给刘大柱?"

余飞虽然之前好些年都没在村里生活了,但从余爸余妈和余美嘴里,还是知道张燕和余强的事的。她没听说张燕除了跟余强谈恋爱,还跟谁谈过恋爱。这刘大柱又是怎么回事?

"女人迟早都是要嫁人的,嫁谁都一样。"张燕木然地说完,拍了拍余飞的手,"你好好的,姐先走了。"

余飞看着她离去的背影,一时竟不知道要说什么。

走回院子,余妈推着余爸的轮椅从堂屋出来,没好气地问道:"刚才是不是燕子来了?她是不是来打听你哥的事?以后她再来你就打发她走!"

余妈对张燕就没好脸,要不是张燕那个爸铁了心要卖女儿,彩礼高得吓人,她家余强也不会铤而走险去借什么网贷,搞到现在怕追债的堵他,连家都不能回。

"妈,小燕姐以后都不会来找余强了,她要嫁给刘大柱了。"

余爸、余妈以为自己听错了,全都震惊地转过头看向余飞。

"这小蹄子的良心都被狗吃了,你哥掏心掏肺地对她,她转头就要嫁给刘大柱,这黑心烂肺的东西,我就看她在刘家能过个啥日子。"余妈说着就骂了起来。余爸长长叹了口气,自己推着轮椅回了房。

余飞回到厨房跟白敬宇一起做菜,看她情绪不高,白敬宇用根大葱在她眼前晃了晃:"每个人都有自己的选择,所以,你今晚选择吃什么?"

余飞被他无厘头的话逗笑:"你做什么就吃什么,不挑。"

晚上吃完饭,白敬宇上线跟老蒋开会。之前老蒋给他发信息说飞手团队出现了问题,他一上线就问情况。

说到这个老蒋就来气:"我们飞手团队中的两员大将被云上科技挖走了,除此之外,他们还挖走了我们市场部的经理。我们培养了多久才出一个能用的,他们花点儿钱就弄走了。知道云上不要脸,没想到不要脸到这地步,这是偷别人果子偷习惯了。"

白敬宇早料到云上科技会这么做,也算看得开:"他们习惯了走捷径,挖人只是第一步。"

"你可说对了!挖了我们的专业飞手,叛变的市场部经理还把我们辛苦

47

开发出来的客户给拉了过去,现在我们的植保业务少了接近三分之一。这两天市场部的同事都快急秃头了。我说白总,我们可不能光站着挨打啊,得想想办法怎么反击,现在公司上上下下都快气坏了。"

"我们现在做好研发,尽快申请到自己的专利技术,就是对他们最好的反击。"成败不在一时,笑到最后才是胜利。白敬宇知道云上科技现在一时半会儿弄不死他们。他不想浪费精力去对付他们,只要公司能研发出自己的专利,撑到棉花丰收,擎翼科技就能打个漂亮的翻身仗。

"他们都把我们欺负成这样了,我们还要继续忍着?我现在都想套个麻袋在那姓李的头上,把他拖到巷子里痛扁一顿。"

白敬宇把手里折出的小鸡放下:"打输了进医院,打赢了进法院?解决问题是靠脑子,不靠拳头。"

"那麻烦你用你那聪明的脑子,帮我们市场部想想办法啊。"老蒋实在是气不过了。

白敬宇手指翻飞,不一会儿,又折出一架飞机:"沉住气,再去开发新的客户。"

"你说得轻巧,业务再这么被他们搞下去,公司迟早挺不住。"老蒋发泄了一顿,忽然想到了什么,说,"白总,我听说你父亲几年前帮中育集团解决了一个大的经济纠纷案件,跟中育的老总有交情。要不然你跟白叔说说,让他帮忙牵个线。中育在国内有多个农业基地,专门打造从田间到餐桌的全产业链食品企业。要是能跟他们合作上,不仅我们的植保飞行业务得到保障,以后机器的销售也有市场。这不就是现成的新客户吗?"

"公司遇到难题是我们的问题,不是我爸的问题。"白敬宇不会去跟白季礼开这个口。他在飞机头上哈了一口气,飞机平稳地飞了出去。

老蒋知道白敬宇跟他爸关系一直淡漠疏离,他让白敬宇去求他爸,也是真没办法了。

纸飞机在屋里绕了好大一圈,最后竟然稳稳落在了白敬宇的桌面上。

视频里的老蒋带着几分火气戏谑道:"白总,等公司没钱发工资了,你可以靠这手绝活去卖艺赚钱。"

白敬宇拿起飞机,边改进尾翼边说:"你看完了表演,一会儿记得给我打钱。"

"当我没说。行了,我一会儿还有个会,报表我都发给你了,回头你记得看。"

"嗯。"白敬宇关掉视频，放下纸飞机，靠在了椅背上揉了揉太阳穴。

桌上的手机忽然进了一条短信，他拿起来一看，竟然是白季礼发来的：我给你寄了些你喜欢吃的水蜜桃，记得签收。

白敬宇看着短信，脸上露出一丝嘲讽。他小的时候的确很喜欢吃水蜜桃，到现在他还记得母亲为他剥开薄薄的桃子皮后，饱满水嫩的桃肉上滴下来的桃汁有多甜。可自从母亲过世之后，他就再也不吃水蜜桃了。而他那个整天忙于工作的父亲，到现在还不知道。

从上大学开始，白敬宇就从家里搬出来了，父子俩以前都是各忙各的，同住一个屋檐下都不太经常能碰面，不住一起就更见不着了。每年只有过年时，两人才会一起吃顿饭，但饭桌上也不知道要聊什么，只剩尴尬。自从他出去自己住后，白季礼偶尔会给他寄点东西，说是出差的时候在当地看到的特产。这个桃子估计也是他在哪儿出差的时候寄过来的。

白敬宇拿起手机直接回复说：我在外面出差，这几个月也回不去，不用给我寄了。

几分钟后，他爸又来了一条信息：你在哪里出差？

白敬宇看着短信，平时他去哪出差，他爸从来不会问，他不知道他这次为什么会问。白敬宇也懒得瞒他，直接回说自己在东山县种棉花。手机那头半响才回过来一个"好"字。

白敬宇早已习惯他爸的这种聊天方式，今天两人能在手机上说上三个回合已经算"聊得热烈"了。他知道后面不会再有信息了，放下手机的时候心里有些堵，干脆走出房间去透透气。

院子里的灯光下，余飞正把小面包后排的座椅都拆下来。他知道她过几天想拉余叔去棉田看看，所以现在正偷偷改造车子。灯光把她的身影拉长，明明是个瘦小的姑娘，但身上像是总有使不完的劲头，让人一靠近，就被她热气腾腾的干劲所感染。

白敬宇大步朝她走来，心情也不自觉好了起来："要帮忙吗？"

"不用，已经弄好了，看看我们的新战车。"余飞咧开嘴笑道，"去掉后排，以后车里就能装更多工具了，把我爸的轮椅装上去也毫不费力。"

"不错。"白敬宇看完她拆装之后，收拾得极其干净利索的后车厢，点头称赞。

第二天余飞跟白敬宇晨跑回来,她发现自己这段时间跟着他一起跑之后,不仅睡眠质量变好,精神和体力也比以前好多了。加上白敬宇做菜太好吃了,她饭量见长,连带着皮肤和脸色都红润了不少。本以为在家里创业这段时间肯定会熬得很辛苦,没想到气色比她在海城的时候还要好,这点真是让她没想到。

白敬宇回房里换下晨跑的衣服,再进厨房,就看到余飞端上来四碗面,每碗上面都放着一堆发黑煎碎的蛋,尤其是她自己那碗,说是黑炭也不过分。只有他碗里的那个煎蛋,还勉强成型并且没有煎烟。

家里的早饭一般是余飞做的,为了照顾余爸余妈的饮食习惯,加上白敬宇也没有特殊要求,所以早饭通常是稀饭加馒头,拌个手抓黄瓜或是咸菜疙瘩。为了增加营养,每人再加个煮鸡蛋。

"今天怎么吃面条了?"白敬宇看了眼她碗里的黑蛋,"我跟你换吧,我喜欢吃焦香味的。"

余飞赶紧拦住他:"今天你生日,我们这边过生日叫'长尾巴',要吃长寿面。我这面做得有些简陋,你凑合着吃。"

白敬宇一怔,她不说他都忘了今天是他生日。"这么有心,你是怎么知道今天是我生日的?"白敬宇笑道。

"你跟我签的合同上面就有你的身份证号码。"余飞摆好椅子,要去主屋把余爸推过来吃早饭。

白敬宇心里高兴,没想到她心这么细,还记下了他的生日。虽然她做的寿面很"别致",但这心意值千金。

他帮着余飞把余爸抱到轮椅上,四人坐到饭桌边,听说今天是白敬宇生日,余妈嗔怪余飞:"今天是小白总生日,你怎么只给他煎了一个蛋?应该多加一个,好事成双。"

白敬宇赶紧笑说:"一心一意,一个就够了。"

余爸说:"一会儿吃完早饭,让小飞去买点好菜。今天小白总过生日,得好好庆祝一下,让小白总的父母放心。小白总,往年你生日,你父母肯定都给你做好吃的吧,听说城里人还兴送个什么生日礼物。我们这比不了城里,今年就委屈你了。"

"我母亲不在了,我父亲工作也很忙,每年生日我都是自己过的,今年谢谢你们给我过生日。"

余爸没想到这白敬宇家里是这么个情况,一时不知要说什么。余妈无法理解:"你妈不在了,你爸也不管你?你可是家里唯一的儿子啊。这咋还有不管儿子的?"

听着两人的话,白敬宇忽然像是想到了什么,神情一怔。昨天他爸说要给他寄水蜜桃,难不成是因为他的生日?他又回想起前些年,他爸好像每年都差不多在这个时候给他寄了东西。但从来没提过他的生日。父子俩都是感情极其克制的人,他爸不说,他也从来没往这方面想,只当是他爸出差给寄的当地特色。再想到严志高说的,上学时每年他的生日蛋糕都是他爸买的。这一刻,白敬宇的心情有些复杂。

看白敬宇表情不对,余建国赶紧边给自家婆娘使眼色边说:"小白总抱歉啊,你余婶不会说话,你别往心里去。"

白敬宇从往事中跳脱出来:"没事余叔,小飞一早起来煮面,这面条都坨了,我们赶紧吃吧。"

"好,好,吃面。"余建国瞪了婆娘一眼,低头吃面。

坐在白敬宇对面的余飞搅着面却没吃,心里总觉得有些别样的情绪在发酵。她记得她和白敬宇刚开始合作的时候,他叫她"余飞"。后面慢慢熟悉了,他跟着陈双他们叫她"飞哥"。刚才,他竟然叫她"小飞"?虽然只是个称呼的变化,但不知是不是她太过敏感,余飞总觉得两人间好像有些说不清道不明的东西在发生变化。

白敬宇把面搅匀,用筷子挑起面条的时候,忽然看到碗底有一堆黄绿色的东西。他怔了一下,发现埋在碗底的竟然是香椿炒鸡蛋。余飞竟然在碗底给他放了一个"彩蛋"。他没说话,只是笑着看向她。

余飞莫名有些慌,低下头,躲开他热烈的视线。她昨天下午回来的时候看到树上还有些香椿芽,本想着今早炒了大家一起吃,可没想到炒出来就一口东西。她知道白敬宇喜欢吃这个,所以今天早上干脆全都放到了他碗里。

白敬宇不知道还有这事,就以为这是余飞特意给他准备的"彩蛋",美滋滋地大口把这碗不算美味但却深得他意的面条吃了进去。

吃完寿面,余飞和白敬宇正收拾厨房,王婶就急急跑进了余家。看到余家老两口都在堂屋坐着,王婶讪讪笑道:"老哥嫂都在呢,吃过了吗?"

余爸不咸不淡地应了一声。余妈就没老头子这么好脾气了,直接拿起鸡毛掸子到处赶灰尘:"吃不吃的跟你有关系吗?"

王婶子知道余家老两口对她有气,但她有求于人,不得不忍气吞声说:"余老哥,我今天是过来找余飞的。我家那棉田快不行了,想请她和白总过去帮我瞅瞅。"

余建国不想让余飞去蹚这个浑水,开口说:"小飞和白总不是什么农业专家,他们都是第一次种棉花,之前播了三次种才把棉花种上,这事你不知道吗?"

"这……"王婶子犹豫了几秒,"可我听二叔二婶和村会计都说余飞和白总帮他们解决了大问题,我这田里到现在都没长真叶,要不老哥你帮我去看看吧?"

余婶冷笑说:"你哪来这么大的脸,让我家男人坐轮椅去给你看棉田?我们现在可不是亲家了,就算是真亲家,也没人能干出这种事来。"

余爸余妈不待见王婶也是有原因的。

自从余飞回村种棉花之后,王婶就没跟余家人说过话。就算远远看到余飞,也都撇过脸去装没看到,生怕走投无路的余飞一看到她,就会打他们家王明的主意。

余建国虽然出不了门,但心里跟明镜似的!他以前是种棉好手,余家在全村也算家境不错的。王家时常过来请他帮忙,看余飞长得俊俏又勤快,关键学习还好,就嚷嚷着要让余飞跟王家大儿子王明定娃娃亲。

虽然余家没答应,但王家满村子说余飞是他们家儿媳妇,他帮他们也成了亲家相互帮忙。现在看他们余家有难了,立马就改了口,还任由他们家那女儿王桂花在村里到处编排余飞的是非,把她说得一文不值。村里那些闲人不仅喜欢听这些添油加醋杜撰出来的故事,还喜欢到处传播。余建国夫妇就算不出门,也知道得一清二楚。清白孝顺的大闺女被传成这样,这事搁谁身上谁不恼?

被余家人这么挖苦,王婶心里也憋屈。她一开始就不想种什么劳什子棉花,两个儿子都在海城,女儿也结婚了,他们家都多少年没种棉花了,再说家里就剩他们老两口,她才不想出大力种棉花。但她家大儿子王明非得让他们老两口种了十亩,说是以后要是能把这田变成公司的试验田,他在公司就能升职加薪了。

王家就王明最有出息,儿子说的话就是圣旨。为了儿子在公司的前途,王家老两口拖着嫁出去的王桂花，咬着牙硬是种了十亩地，但儿子这会儿又没了后话，每次打电话，儿子都说领导在审批，快了快了。

钱和力都搭进去了，王家对这棉田又不能不管。眼瞅着跟他们一起种棉花的人家棉田里都陆续长出了真叶，他们田里还全是子叶，王家老两口是真急了：这扔进去的可都是真金白银啊，要是种坏了，钱就打水漂了，儿子升官发财的路也就断了。所以王婶今天才忍气吞声，过来请余飞他们过去看看，没想到这老两口这么不近人情。

"余嫂子，以前孩子小，咱大人开玩笑的事就不提了。好歹是同一个村里住了几十年的，乡里乡亲，你们就当发发善心，帮帮我们家，我们那棉田真等不及了。"王婶说着就号了起来。

"一大早跑我们家哭丧呢？"余妈气不打一处来，摸起扫帚就要赶人。

余飞和白敬宇在厨房听到动静，赶紧跑了出来，看到余妈正推搡王婶。

都是干粗活的大老婆子，余妈手劲不小，但王婶也不是吃素的。正僵持着，王婶一看到余飞，忽然就往后倒了下去。"哎呦，我的腰啊。"跌坐在地的王婶捂着腰背不停叫唤。

"王婶您没事吧。"余飞过去要把人扶起来，王婶坐在地上，叫唤得更大声了："疼疼疼，别碰我，我腰，我腰被你妈给摔断了。"

余建国恼怒地瞪了自家婆娘一眼，他们家已经被大儿子害得够惨了，这婆娘要是再把人给打坏，他们这日子还用过吗？拿什么赔给人家？余妈怔怔看着自己的手，她刚才也没太用力吧？再说这死老婆子刚开始还跟她顶呢，这怎么忽然说摔就摔了呢？

白敬宇看着地上不肯起来的人："这位大妈，你摔下来的姿势是不会把腰给摔断的。"

王婶瞪了他一眼："你说什么呢？摔的人不是你，你看热闹不嫌腰疼。哪儿疼我自己还不知道？"

余飞看她中气十足，心下也明白什么情况了。她忽然指着王婶身后大叫一声："有蛇。"

"蛇在哪儿？哪有蛇！"王婶被她这么一喊，也来不及思考，下意识就手脚并用，动作迅速地往前爬了好几步。

空气安静了两秒，知道自己受骗的王婶气急败坏，又一屁股坐下来嚷道："好啊，你们一家合起伙来欺负我是吧？"

余妈看这婆娘竟然上门来骗人,恨不能现在就拿扫帚把她的腰打断。她指着这个婆娘咬牙切齿:"欺负你怎么了?你一大早跑我们家闹事就是欠收拾,打死你都不多。"

两人扯着喊的声音吵得余建国心脏都跟着难受。

余飞看到余爸不舒服,赶紧冷着脸跟王婶说:"你要想我跟你去看棉田,就起来好好说话,要不然你就在地上继续耗着,我去把二叔叫来。"

看余飞发话了,王婶也不耽误时间了,站起来拍拍屁股,一脸讨好:"叫什么二叔啊,婶今天来就是想请你和白总去帮我看看棉田的。你也别怪婶,刚才你爸妈一直赶我走,我没有办法才这样的。我那棉田再耽误下去,就等不到王明把那什么能干农活的无人机寄回来帮我干了。"

"干农活的无人机?"余飞和白敬宇同时看向王婶。

"对啊。王明说了,他们公司的这个新机器,能打药、施肥、除虫害,老厉害了。"

"您儿子在哪个公司上班?"白敬宇问。

说到他们王家之光,王婶完全没了刚才求人的姿态,扬起下巴:"我儿子的公司是海城的大公司,叫什么来着,哦,叫云上科技。王明说了,在海城说起这个名字,没人不知道,你是海城人,不会不知道吧?"

余飞是早知道王明在云上科技上班的。她刚才之所以这么吃惊,是没想到云上科技竟然这么快就研发出了农业植保机器。果然是有钱能使鬼推磨。要是云上科技跟白敬宇直接打擂台,那擎翼科技还有胜算吗?

余飞看向白敬宇,发现他丝毫没有意外,只是淡淡说:"知道,走吧,先去棉田看看。"

听说要去给她看棉田,王婶都顾不上炫耀儿子了,赶紧跟出去。

白敬宇回房去拿车钥匙,余飞跟进去:"云上科技研发植保无人机的时间比你们短,急功近利做出来的东西,肯定比不上用心研发的,你不用太担心。"

白敬宇看她着急想要安慰他的样子,他笑道:"我没担心,但看到你为我担心,我挺高兴的。"

余飞一怔,脸上有些挂不住:"我现在很认真地在跟你说,没开玩笑。"

他笑容更深:"我也是认真的。我很高兴,而且并不担心,他们的机器我见过。"他不但见过,老蒋还买了回来,一一分解,结论就是:不足为惧。

看他不像是说笑，余飞忽然醒悟过来：他们是对手公司，知己知彼，才能做好准备。他肯定早就有了对策，她就不用咸吃萝卜淡操心了。

在王婶的催促下，三人开车到了王家的棉田。

余飞和白敬宇下来检查棉苗，王婶在旁边絮絮叨叨地说着自己是多辛苦才跟自家老头种出了这十亩的苗，本以为能长得不错，没想到这真叶到现在也没出来。

余飞仔细观察王婶家的棉田，别人家正常长势的棉苗现在大多已经出到两片真叶了。但王婶家的大部分都没动静，本应该鲜绿明亮有光泽的叶片蔫蔫的，展不平。棉茎红色部分逐渐上移，青嫩部分减少，茎色发老，丝毫没有发真叶的迹象。棉株的这种状态，加上生长速度逐渐缓慢，是缺水的现象。

"王婶，这段时间你有没有给棉苗浇过水，或是用过什么肥料、打过什么药？"余飞问。

"哎呦，前段时间不是高温嘛，我们就想着蹲苗，别说肥料和药了，连水我们都不给苗浇。本想着能让苗长得壮些，谁知道就成了现在这个样子。"

蹲苗是一种传统种植手段，目的是在栽培中抑制幼苗茎叶徒长、促进根系发育。很多棉农在遇到高温来临，棉花叶被晒得蔫头耷脑时，却不给它浇水，为的就是防止棉花往上窜得太快，根系就浅了，也就承受不了自身挂桃，经受不住风雨袭扰。为了让棉花能把根扎得更深，传统棉农就故意让它缺水。植物的求生本能让棉花在极度缺水的情况下，就必须拼命往下扎根，才能用根汲取深土层里的水分。如此这般，棉花的根系扎得又深又实，再一浇水，棉花就会长得又壮又稳了。

所以蹲苗的作用在于"锻炼"幼苗，促使植株生长健壮，提高后期抗逆、抗倒伏能力。但蹲苗时间的长短要随气候、土壤水分、肥力以及作物的种类和长势等的不同而做相应的调节。蹲苗时间过长，会抑制植株的正常生长，影响生殖器官的分化；时间过短，则达不到预期的效果。

王婶家的这十亩棉田，在耕种的时候，为了图省事省力，没有施底肥，土壤水分也不足。这种肥力瘠薄、作物长势不旺的田块，本就不宜蹲苗。听王婶的意思，他们蹲苗的时间还不短。得不到有效水分及养分的供应，棉苗自身抗逆能力快速下降，在这种高温之后迅速降温降雨的天气，棉田形成弱苗、僵苗，没有发育，简直是太正常不过了。

白敬宇和余飞相互对看了一眼，都在对方眼里读到了同样的"诊断意见"。

余飞从棉田边站起来开口说："王婶，您这棉田大概率是缺水缺肥太厉害了，棉苗营养跟不上，所以一直没有长。"

王婶明显不认同这种说法："啥？缺水缺肥？其他那几户棉农不也没提前浇水用肥，他们那棉田一样长得挺好的，为啥就单单我家棉田营养跟不上？"

白敬宇站在余飞身后，语气冷淡："王婶，您让我们来帮看，这就是我们的意见。您愿意信就信，不信也没关系。我们还有事就先走了。"

他知道那个污蔑余飞的王桂花就是这王婶的女儿，加上今早看到王婶的撒泼技术，对她也就没什么好脾气了。要不是看在余叔和余飞的面子上，他才懒得过来帮她看。

余飞也是这个想法，她本就不是什么老好人，就是怕她继续在她家里闹让她爸上火，她这才跟过来看看；既然不信，那她也就没必要再说了。

王婶虽然不相信他们说的，但人都被她拉来了，总得让他们说出个解决办法来，才能让他们走。她干笑着拦住两人："那你们跟婶子说说，要怎么才能快速给这小苗把营养补足。"

余飞看白敬宇没有要开口的意思，她想到了王婶当年在她还上高中的时候，总是三不五时地让王明给她带些好吃的。虽然她没收，但这份好意，她也记在了心里。或许是从小就知道自己是捡来的，所以无论别人对她的好是否掺杂了别的目的，只要是对她好，她都心怀感激。所以即便知道王桂花在外面造她的谣，但余飞还是愿意还王婶这份人情。

"王婶，现在棉苗脱水严重，但天气预报上显示明天就开始下小雨，会持续三天左右。所以今天如果您要补水，不用一次性补太多，以防后面雨水太多造成积水。至于对弱苗补充营养，可以在叶面喷施提苗营养药，但也要对症下药，不是什么营养药都适合。药液浓度普遍偏大，弱小的棉苗吸收效率有限，不一定能起到好的效果，所以对症用药很关键。至于用什么药，您最好去种子超市或是县里的农业局咨询一下。"这些都是余飞在农业网站上自学的，她知道多少，就说了多少。

王婶听完嘟囔说："种子超市我可信不过，改天去县里问问吧。"

第三十一章 草害

白敬宇和余飞从王婶棉田离开后，开车去了自己的棉田。

棉花农场现在已经是蕾中期了，昨天他们通过田间摄像头发现其中几个地块里长出了超出比例的杂草。虽然现在还不到杂草生发的高峰期，但对于棉花这种精细作物，两人不敢有半点马虎。

路上，余飞有些担心地说："以前我爸种棉花的时候，五月份就会陆续出现立枯病、炭疽病和棉苗疫病的情况。棉蚜、棉红蜘蛛这些东西一个也不会少。五月还是杂草生发的峰期，这边生发的害草以耐旱的杂草种类为主，像是牛筋草、马齿苋、凹头苋和马唐这些，一长就长十好几种。生长期长，从棉苗开始就跟棉花争营养，数量还大，一不留神就危害严重。"

"你们一般是怎么去杂草的？"白敬宇边开车边问。

"以前除草剂没有普及的时候，一般前期靠中耕松土控制草害。那时候一家顶多也就三五亩的棉田，杂草出来之后，家里人口多的，一周就能把草给拔完了。除草剂普及之后，五亩地基本上一天就能喷完，这时候大部分的棉农才会选择打除草药来处理。我爸自从种了五十亩之后，用除草剂都没法人工打了，赚的钱还不够给人工费。遇到草害严重时，他就跟其他棉农联合，一起请大型机器过来打药；但这个也得看有没有人跟你一起，因为大型机器要超过一百亩地才过来，凑不够这么多亩地就需要掏高价。而掏了高价请来的机器在打药的过程中还容易伤到棉株，还不一定能把草害给除了，多年生深根杂草生命力太顽强，人工拔除和常规药剂防除都难以根除，有时候棉花都给药死了，杂草一点问题没有。所以杂草真是所有棉农最头痛的东西了。"说完余飞看向白敬宇，"你有什么好办法吗？"

车子开在坑坑洼洼的村道上，白敬宇双手扶着方向盘，慢慢说："我这边的办法就是用无人机喷洒除草剂，根据杂草在田地上的分布，规划出喷洒路线。当然，这个路线也是大概的路线，因为现在机器识别杂草的能力还有待提高，所以没法做到精准喷洒。所以为了防止漏喷，只能扩大面积喷洒。"

"能规划路线不用全面积喷洒，已经省了不少钱了。更何况跟以前的机械来比较，擎翼一号不会伤害棉田的棉株，我觉得已经是很了不起的进步了。"

白敬宇忽地笑了，他发现她想要让他开心，真的很容易。

车子来到杂草激增的地块，两人下车来到田里。棉田里随处可见狗尾草、马唐和旱稗等杂草，加上比棉花长得快的玉米，情况比他们想象的还要严重。

白敬宇边查看边说："监测机器分辨杂草的能力的确太差了，很多杂草都没能显示出来。"

余飞蹲下来，动作麻利地伸手快速拔掉眼前的杂草，拔了好一会儿，这杂草还是一望无际。

她停下来，有些焦虑："说不定其他没显示草害过量的地块也已经有了不少杂草。看来得尽快打除草剂了，不然再这样下去，棉苗的营养都被这些东西给抢了。"

白敬宇观察了好一会儿："其他地块上肯定有杂草，但只要比例不大，在生态平衡的环境下，没有必要特意去清除。"

"可检测设备没法精确分别杂草，我们也不知道比例大不大啊。"余飞说。

"我们播种的时候选择的品种是防虫、防草害的，播种前也通过翻耕灭除田间已经出苗的杂草。我们是覆膜种植，在一定程度上也能减少杂草的生发。再就是我们让玉米同播，也在一定程度上减少了草害。综上所述，别的地块草害泛滥的概率不会太大，我们不要自乱阵脚。"

"可我就是不放心，要不然现在我们就开车分片检查吧。"

白敬宇指向车里："不用，车上有无人机。用无人机飞上去看，上面的摄像头拍下照片就能分片检查，比我们开车子转要效率高。"

余飞一着急还忘了车上那两台无人机了，她喜笑颜开，上车把机器搬下来："擎翼一号这个大宝贝可真是太有用了。"

半小时后，两架无人机在六百亩的棉田上低空逐行飞行，上面摄像头拍下的棉花每个地块上的图片都实时上传到数据库。等晚上白敬宇在电脑上比对之后，就能最终绘制出杂草地图和确定要喷洒药剂的地块面积。

两人合作，不停充电换电池，终于在傍晚的时候把六百亩棉田都仔细飞了一遍。回来的路上换成余飞开车。想到晚上他还要熬夜弄杂草地图，她就想尽量让他多休息一会儿。"那个打药的地图，你今晚就能弄出来吗？"余飞边开车边问。

白敬宇揉了揉肩："问题不大。"

"那我们是明天去种子超市买除草剂还是现在去看看？"

"明天吧。今晚先确定草害的面积,确实危害到棉苗的生长我们再打。有些棉田地块也不是全地块草害严重,这种情况下也不用全打,只打草害多的位置就好。"

"嗯。"余飞真希望草害面积别太大,除草剂也是一笔开支,她之前的每一分钱都要精打细算。这一刻,她又庆幸自己选择了科技种植的方式。如果是传统种植,除草药肯定是所有的棉田都要打,因为这么大的体量,人工无法确切判断哪一块田里的杂草比例高了或是低了。为了保证产量,只能全地块都打,这也是传统棉田种植成本高的一个原因。

余飞把车开到自己门口,还没停好车,白敬宇就接到严志高的视频连接:"哈喽啊,生日快乐,给你的生日礼物收到了吗?惊不惊喜,意不意外?"

"什么惊喜意外,没看到啊。"白敬宇说。

"不可能吧,这都什么时候了,应该早到了。你今天是不是没在家?"

白敬宇实话实说:"今天一天都在棉田那儿,刚回来。"

"怪不得,你赶紧进屋收礼物吧,找女朋友的利器,哥们只能帮你到这儿了,别太感动哦。"严志高用贱兮兮的语气说完,挂了电话。

车里空间小,严志高的声音余飞听得一清二楚。想到她今天没给他准备什么礼物,只有一碗面,她竟然觉得有些不好意思。不过转念一想:有什么不好意思的?入乡随俗,他们村里本就不兴送什么生日礼物,早上一碗长寿面才是最正宗的贺寿方式。

白敬宇压根没把严志高的话当真,往年在海城时严志高都以贺寿为由到他那蹭饭,礼物什么的,他连根毛都没见着。现在他在县里、他在村里,严志高还能给他什么惊喜礼物?不过严志高能记住他的生日,这个心愿就算送到了。

今年虽然没有像往年那样,在海城有一大堆同事朋友一起热热闹闹地吃饭。但今年的他,因为知道了自己的父亲其实每年都记着他的生日,加上吃了余飞亲手给他做的寿面,让他觉得今年的这个生日比之前的每一年都让他难忘。

白敬宇把手机放进口袋,下车时从余飞手里接过无人机的电池盒子,准备拿进屋里充电。

两人刚进院子门,就看到一个叼着鸡腿的男人骑在摩托车上,边吃边用油腻的手指好奇地在上面一通乱按。余妈还端了碗鸡汤站在旁边伺候着:"你别碰白总的东西,小心弄坏了。哎呦你慢点吃,小心噎着。"

余飞怔在原地:余强竟然回来了?

白敬宇看到余妈这副样子,还有什么不明白的?他忽然想到了严志高刚才的那通电话,心中涌出难以言说的怪异:余强该不会就是严志高嘴里说的惊喜和意外吧?这算哪门子利器?难不成他是觉得帮余飞把她哥给找回来,余飞就会感动得痛哭流涕,以身相许?

此时坐在摩托车上的余强也看到了门口的两人,咽下嘴里的肉,把鸡骨头一扔,吊儿郎当地从车上下来,对着白敬宇伸出手说:"你就是住我家的白总吧,我是余飞她哥余强。这摩托车不错,借我用用呗。"

白敬宇看着他油腻的手没握上去,他还没开口,余飞抢先说:"不借。"

余强瞪向余飞:"关你屁事,跟你说话了吗,信不信我抽你?"

白敬宇眸色一沉:"你要抽谁?"

余妈看情况不对,赶紧过来拉住余强:"你又要干啥,刚回来就不能跟你妹好好说话吗?"

余强指着余飞:"别以为有人给你撑腰你就能跟我横了,惹恼老子,把你俩一起收拾了。"

余飞看着余妈使劲拉着余强,她不想让白敬宇看笑话,转身进了堂屋。余强在后面被亲妈拉着,只能对着两人骂骂咧咧。余飞不是真怕余强,她是担心余强犯起浑来,真跟白敬宇动了手。到时候无论是谁把谁弄伤,这个家都没法消停了。要是再把她爸给气出个好歹来,那她真是要疯了。

两人刚进了屋,就看到余爸坐着轮椅从堂屋冲到院子里,手里的棍子不停朝余强身上抽:"你要收拾谁?家里让你祸害得还不够吗?要不是有你妹在,这个家早就完了。现在这个家是你妹当家,你要不想待就给我滚蛋。"

余强没想到自己亲爹坐在轮椅上还能揍他,他躲在余妈身后,一脸不服:"我才是余家的长子,凭什么让她当家?"

"凭什么?就凭她没在人家打上门的时候丢下我们跑了。你个孬种就不该回来,死外面我们还能过两天轻快日子。"余建国真是气坏了,想到自己之前没好好管教这个儿子,他现在就恨不能把余强给打懂事了。余强被打得嗷嗷叫,余妈为了帮儿子,也挨了几记闷棍。

余飞怕余爸情绪太过激动,赶紧过来拦住他:"爸,别打了,别气坏了身体。"

　　白敬宇也过来帮忙，把余叔手里的棍子给拦了下来，两人一起把轮椅给推回堂屋。余强气不过还想闹事，被余妈生拉硬拽地拖回了他的房间。余强虽然浑，但想到他爸已经坐在了轮椅上，他也担心再闹出什么事，自己到时候可真扛不住。他一屁股坐在床上，愤愤不平："都是让余飞给气的，她那是跟自己哥说话的态度吗？我才出去几天，看把她给能的，没人收拾得了她了。"

　　"她不让你动白总的车也是对的，万一磕碰坏了，咱哪有钱赔人家？"

　　"不就开个摩托车么，怎么就磕碰坏了？我就想骑出去找燕子，看把他们给小气的。"

　　听儿子提张燕，余妈瞬间就骂道："找什么燕子，那没良心的就快要嫁人了，你以后别再去找她。"

　　余强一怔："妈你说啥？"

　　余妈这才惊觉自己刚才说漏了嘴，但一想到这结婚的事也瞒不了多久了，索性就把张燕要嫁给刘大柱的事给说了。

　　"刘大柱！"余强咬牙听完，黑着脸拉开门就跑出去了。

　　余妈反应过来，怕儿子做傻事，火急火燎冲到堂屋跟正准备吃晚饭的余飞说："你哥知道张燕要结婚的事了，现在已经冲出去找刘大柱了。你们赶紧去把他给找回来，别让他做傻事啊。"

　　余飞停下筷子刚要站起身，就听余爸说："都给我坐下吃饭，余强爱去哪儿去哪儿，把人打伤了他进派出所，人把他打伤了他进医院。这么大岁数了还不知死活，就该让他清醒清醒。"

　　"你个死老头子心咋这么狠，那可是你儿子啊。"余妈朝着余建国吼起来。

　　余建国皱着一张脸，哑着声说："你要还想要这个儿子，就得让他知道这个理。"

　　经过余建国和余飞这段时间的"教育"，余妈多少是有点转变的。但想到儿子的安危，她哪能不担心？余妈转身求余飞："小飞，妈求求你，去帮帮你哥吧。你哥这人是混了点儿，但他怎么说也是你哥啊。"

　　白敬宇看不下去："余婶，余强是个男人，他去为自己的感情讨个说法是理所应当的。我们现在能把他拉回来，那明天、后天呢？我们以后是要天天在家里盯着他呢，还是每天都把他锁在家里？这件事无论如何都要有个结果，余强迟早都要去找他们。既然是早晚的事，为什么不让他们早早说清楚？"

余妈知道他们说的都有道理，但她就是听不下去了："白总，我求求你们了，去帮帮他吧，强子一个人去找他们肯定吃亏。小飞，你还坐在这儿干什么？快去啊！"

余飞放下筷子："妈，余强刚才怎么对我的您也看到了，他的事我不会去管，白总也不会去。您要吃饭我现在去给您盛；您要不吃，那我们就先吃了，今天在田里忙了一天，饿了。"

失望的余妈哽咽着走到门口，外面光线已经暗了下来，糟糕的视力让她迈不出门口，只能哭哭啼啼地去了儿子的房里。

余飞心情郁闷，刚吃了两口，就听门外有人敲门，一个男人的声音喊道："有人在家吗？"

余飞刚要起身，白敬宇拉住她："我去。"余飞想起那通电话，也就没跟他争，坐下来继续吃饭。

白敬宇快步去打开院子门，刚要签收东西，发现眼前的人竟然是那个叫张谦的男人。这要真是严志高给他送的惊喜，那就友尽吧。

张谦看到白敬宇也是一怔，随即礼貌问道："你好，我是来找余飞的，她在家吗？"

白敬宇真的很想说她不在，但这张谦竟然一脚就跨进了院子，朝着堂屋的方向喊："余飞在吗？"

都是男人，谁还不知道谁心里的想法，这是要跟他宣战了。白敬宇刚要说话，门外又进来一个文涛，看到白敬宇，他赶紧笑着介绍说："白总，这是来给我们村安装信号塔的张谦经理。张经理，这是我跟你说过的来我们西贝村进行科技种植的白敬宇白总。"

张谦笑笑："文书记，我和白总之前见过。"

白敬宇也跟他一样皮笑肉不笑："是啊，还不止一次。"

文涛没想到两人这么熟，也笑说："那就好，都是同龄人，以后可以多聚聚。"

屋内的余飞不知道外面已经"风起云涌"，听到动静走出来，看到文涛和张谦，一脸意外："你们怎么来了？"

文涛没看出张谦和白敬宇之间有什么不对劲，一脸高兴地跟余飞说："过来跟你说件大好事，电信那边已经同意在我们村里安装信号塔了。张经理就是来给我们村安装信号塔的，今天都忙活一天了。用不了多久，咱村里就能用手机了。"

余飞知道文涛一直在为村里通信号的事,跟县政府和电信公司那边沟通磨合,嘴皮子都磨掉几层了。看到现在终于有了好的结果,余飞真为文涛感到高兴。"进屋里喝杯茶吧。"余飞把大家让进堂屋。

文涛摆摆手:"不了,张经理说过来跟你说一声,我就跟着过来了,一会儿我还得去一趟村会计那儿,你们先聊,我先走了。对了,这工程还得干段时间,张经理这几天就住在村支部的宿舍里,一会儿你帮我送他回去。"

"好。"余飞一口应下,邀请张谦进屋来坐。

白敬宇送文涛出门,刚转身就看到张谦和余飞已经有说有笑地进了屋。他刚要跟上去,余飞忽然转头跟他说:"白总,你今晚不是还要赶工吗?碗筷我自己收拾就可以了,你先去忙吧。"

她竟然叫他先去忙?白敬宇看着旁边张谦似笑非笑的表情,胸口一阵发堵。他冷着脸转过身,快步走向自己的房间。

余飞看着白敬宇的背影有些蒙,他刚才是生气了吗?她有些摸不着头脑,刚才不是还好好的吗?怎么说掉脸子就掉脸子了?余飞知道白敬宇今晚还有很多事情要做,所以特意让他不用浪费时间来应酬张谦,他早早把活干完,晚上就不用熬这么晚了。她为他着想,难道还错了?

余飞心中正疑惑,忽然灵光一现,终于想通他为什么忽然心情不爽了:他出来开门是以为来人是来给他送礼物的,现在看不是,所以黑脸了?余飞越想越觉得是这个原因,听到白敬宇关门的声音,她暗暗咂舌,心中祈求严志高最好送了个让白敬宇满意的礼物,不然她还不知道白敬宇这脾气要怎么撒呢。哎,做过大公司总裁的男人,就是难伺候啊。

被赶回自己小屋里的白敬宇想到张谦现在正和余飞有说有笑,他却只能在这苦哈哈地干活,真是一万个不爽。但再不爽,工作还是要做的。他打开电脑,把今天无人机航拍上传到数据库的图都调了出来,开始规划打药路径。

同时上线叫老蒋,每天晚上,白敬宇都要跟老蒋开十多分钟的例会。平时他是边折纸边听老蒋汇报,今晚是边画测绘图边听汇报。二十分钟后,老蒋下线下班。白敬宇这个老板还在继续加班。

第三十二章　人性

老蒋开着车在回家的路上，忽然手机铃响，他看了眼号码，表情有些一言难尽，但还是接通了："曼歆。"

那头传来女人的声音："老蒋，我一会儿给你发个号码，你让你们公司市场部的人去接触一下，对方是做石油和天然气基础设施的。你也知道，这些设施需要组建四处延伸的复杂基础建设，这些建筑物都很难监控。他们现在需要无人机去检测石油是否泄漏以及帮着巡查钻塔，以防有人擅自闯入，你们可以好好联系，拉点业务回来做。"

老蒋听完犹豫道："我们现在以农业为主，这种企业性质的恐怕不太合适。"

"这就只需要基础性能而已，你们的机器都可以用。现在对你们来说，生存才是第一位，别挑食了，有机会就去试试。"

"我不是挑，我就是觉得，这个业务更适合云上。要是他们知道你给我们介绍业务，这对你也不好啊。"

老蒋之前是觉得白敬宇跟曼歆是有可能复合的，所以曼歆之前帮他们，他就欣然接受了。可现在白敬宇已经有了喜欢的人，他再接受曼歆的帮助，最后白敬宇又不跟她在一起，这就有点坑人了。

曼歆不知对方的想法，淡笑说："这是怎么了？搞得这么生分。我也就给你个号码而已，能不能拿下得靠你们自己。跟我没关系，跟云上更没关系。"

老蒋沉默几秒，一咬牙，直接说："曼歆，你不要再这么帮我们了，也不用再等白总了，他心里有人了。"

那头的曼歆静默几秒，笑说："老蒋，你说什么呢？"

"曼歆，都是熟人，我就不瞒着你了。白总亲口说的，他有喜欢的人了。"

曼歆声音一沉："老蒋，你之前不是说他一直在东山县西贝村里种棉花吗？他在村里能认识什么女人？再说我认识白敬宇这么多年，他工作的时候不可能分心去谈恋爱。老蒋，你不会是为了让我死心，故意这么说的吧？"

老蒋叫苦不迭，心说早知道就不多这个嘴了："曼歆，我真没骗你，白总就是在工作的时候喜欢上现在棉田的合伙人的。"

64

"合伙人？"

"对，就是那个在村里把他们村的地租下来的女合伙人。"

曼歆嗤笑一声："你是说，白敬宇喜欢上了一个村姑？"

"……余小姐也不能算是村姑，她之前也是在海城工作的，只是现在选择回家创业而已。"

曼歆眉头皱起："余小姐？之前怎么没听你提过？"她知道白敬宇是跟村里人合作的，只是没想到跟他合作的是个年轻女人。

老蒋也有些不悦了，他们是朋友，但他也不必事事都跟她汇报吧？

感觉到老蒋的情绪，曼歆换了个语气："对不起老蒋，我刚才的情绪有些失控。你知道我从来没放下过他，我之所以还坚守在云上，也是为了等他回来。"

老蒋劝她："有些事过去了就是过去了，你也想开点吧。这么多年了，白总是第一次这么认真说要追求一个女人，他应该不是心血来潮。你知道的，他从来都是说到做到。"

曼歆用力攥着手机，她本以为是村姑对白敬宇死缠烂打，毕竟白敬宇这张脸，哪个女人能抗拒得了？可没想到，竟然是白敬宇主动去追的人家。想到大学的时候还是她主动去追的白敬宇，曼歆就咽不下这口气。

"老蒋，能跟我说说那个余小姐吗？你不要误会，我只是想知道他现在喜欢的人是什么样的。就算我跟他没机会复合了，我也希望他能找到一个好伴侣。"曼歆说着自己都不信的话，她现在想知道那个女人的所有信息，就算白敬宇移情别恋，她也要想办法将他抢回来。

老蒋不疑有他，把知道的都说了出来："这位余小姐全名叫余飞，之前在海城仕达会计事务所工作。对了，你们云上审计材料的时候不是请仕达做的吗？她也去了，说不定你们还见过。"

听到余飞和仕达会计事务所，曼歆瞬间就有些慌了："我知道了，谢谢你老蒋。我还有事，先这样吧。"

曼歆挂了电话，她万万没想到，发现云上财务问题的余飞，竟然跟白敬宇搞到了一起。她本以为把那个难缠的女人赶出海城，赶回老家，就不会有人再知道这件事。她千算万算，却怎么也算不到，白敬宇竟然会跟那个女人一起种棉花。如果不是巧合，那只能说那个叫余飞的女人太有心机。

曼歆猜测余飞肯定一早就知道白敬宇的身份，所以才想尽办法去靠近他。

65

余飞大概率已经把云上的事情告诉了白敬宇，当时财务作假这件事仅靠林睿一个人是不可能完成的，她也一起参与了。她不想让白敬宇知道，她对他的背叛，比他想象中的还要早得多。以她对白敬宇的了解，要是让他知道了这件事并拿到证据，云上科技和她都要玩完。于公于私，曼歆都不能让自己被余飞这么个村姑给置于死地。

此时桌上的电话忽然响了起来，把曼歆吓了一跳。她接起来，发现是林睿打来的。

"把晚上的时间空出来，跟中育的人一起吃个饭。"林睿没在跟她商量。自从掌握了公司实权之后，林睿也不对她献殷勤了，拿出了老板对待下属该有的样子。

中育那群连吃带拿的部门经理曼歆是接触过的，没一个能拍板的。她不想去跟那些人浪费时间，开口说："林总，我今天晚上有事。"

林睿不悦："曼总监，公司的新业务从你负责到现在，研发资金砸出去多少你比谁都清楚，但业务却一直没有起色。这段时间公司里已经很多人看不下去了，再这么下去，就算我要保你，其他创始人也不答应。别怪我没提醒你，今晚这个局你要是拿不下中育，你现在的位置可就难做了。"

曼歆心中冷笑一声，这男人是想要过河拆桥了，她曼歆也不是好欺负的："林总，农业板块的新业务虽然是我提出来的，但最终是你拍板要做的，任务也是你安排给我的。现在把问题都推给我，让我一个人背锅，这不太好吧？"

电话那头的林睿语气漫不经心："这怎么叫背锅呢？你是植保研发部门的老大，也是云上学院的名誉校长，谁负责就找谁问责。你在职场混了这么多年，不会连这个都不知道吧？"

"说得好，谁做谁担责，我想林总这么好的记性，应该没忘了这个吧。"曼歆说着，从手机里调出一段录音："曼歆，公司审计的账目我都安排自己人做好了，只要你这边愿意跟我合作，云上的数据会非常好看，上市是迟早的事，到时候我林睿保证让你坐上二把手的位置。"

那头的林睿瞬间变了语气："你什么意思？"

曼歆慢条斯理道："没什么意思，只想提醒您，别贵人多忘事。"

林睿咬牙切齿："我们是一条船上的人，要是这份录音公布出去，对你也没什么好处。"

"就像您说的,谁做的谁担责。我充其量就是协助,您才是主谋。"既然选择与狼共舞,她怎么可能被他几句话就吓住?

林睿沉默几秒,换了个缓和的态度:"说实话,在这个公司里,你是我最信任的自己人,所以我才把新业务交给你。今晚组局让你去,也是为了助你早点拿下这个单子,既然你不想去,那我们再想想别的办法。"说完他顿了顿,尽量让语气显得诚恳,"中育集团是现今能让我们新业务迅速做起来的最优选择,我还是希望你能再考虑考虑。毕竟你要做二把手,也是需要用业绩来堵住别人嘴巴的。"

"林总,我知道中育集团对我们意味着什么,我也很想拿下中育集团。但恕我直言,今晚的这几个人都没法拍板,去跟他们接触,除了浪费时间,没有任何作用。"

"那你认识能拍板的人?"

一个计划在曼歆的脑中成形:"我不认识,但可以找到认识的人。"

林睿没想到她还有别的门路,语气柔和下来:"你说你有这路子怎么不早用?行,那我就等你好消息了。"

挂上电话这一刻,曼歆后悔帮着这个男人去坑了白敬宇,但这种后悔转瞬即逝。她之前坚信白敬宇心里是有她的,所以她在暗地里没少帮擎翼科技,甚至不惜牺牲云上新业务的利益,谁知道他转头就喜欢上了别人。看来是时候给他点教训了。

她拿起电话拨给了白敬宇的父亲。白季礼还在办公室加班,看到曼歆的号码,立马接了起来。

"白伯伯,是我,曼歆。"曼歆语气轻快地打招呼。

"我知道,曼歆啊,这个点儿打来是有什么事吗?"

"没什么事,好久没见您了,想约您今晚一起吃个晚饭。"

"今晚?"白季礼顿了顿,"吃晚饭恐怕是没时间了,我十分钟后还有个会。白伯伯也不是外人,有什么事你现在跟我说吧。是不是敬宇那边出什么事了?"

白季礼知道的关于儿子的大部分消息,都是从曼歆这得来的。而每次曼歆打来电话,也大多是说白敬宇的事。此时她这么晚给他打电话,白季礼很难不往这方面想。

曼歆就想营造这种感觉所以才故意这个点儿打的电话,看对方着急了,这才欲言又止："敬宇不让我告诉您，但我觉得这时候也就只有您能帮到他了。"

"你赶紧说。"做父亲的听到儿子出事，尤其今天还是儿子生日，他急得手心的汗都出来了。

"是这样的，敬宇看好了农业科技领域，现在在公司开辟了农业植保的业务，同时把公司的无人机产品从消费娱乐方向转型到农业方面。这是一个新的挑战，但公司大部分人都持反对意见。敬宇之前已经投入进去不少研发资金了，可惜到现在为止，都没能打开市场，这让不少同事和下属非常不满。现在公司有不少让他辞职的声音，我担心敬宇会接受不了。"

白季礼没想到儿子竟然遇到了这么大的事，他沉默几秒："你打电话过来，是不是我有帮得上忙的地方？"

"白伯伯，我知道现在国内的中育集团有这方面的需求。如果能跟他们合作，我们云上科技就能迅速打开市场，解决敬宇的燃眉之急。我知道您之前帮过中育集团，我也知道您不想欠人情，但现在敬宇在公司里真的已经被逼得走投无路了。他自尊心太强，不愿意打电话请您帮忙，但我实在不忍心再看着他自己折磨自己了，白伯伯，我求您，您就帮帮他吧。"

白季礼拿着手机思忖半响，说了一个"好"字。

当年曼歆跟白敬宇还在一起的时候，从白敬宇手机里翻到了白季礼的号码，就自己打了过来，说是白敬宇的女朋友。并自来熟地说以后会做好他们父子俩的沟通桥梁。白季礼开始是诧异的，毕竟他跟自己儿子的生疏，不是靠第三个人就能解决的，但对儿子长久以来的愧疚让他接受了曼歆这个"桥梁"。

随着曼歆时常主动给他打电话的次数越来越多，白季礼也逐渐知道了这些年儿子取得了什么成就，遇到了什么困难，甚至儿子去哪儿出差这样的事，曼歆也事无巨细地主动跟他说。所以他就算没跟儿子联系，也知道儿子的情况。

知道儿子过得不错，有真正关心和喜欢他的人，白季礼这个做父亲的也就放心了。他不求儿子能理解和原谅他，他只希望儿子能按自己想要的活法，一辈子开心顺遂，这就够了。

曼歆跟白敬宇分手之后，并没把这件事告诉白季礼，还时常打电话告诉白季礼白敬宇的情况，因为她坚信白敬宇一定会跟她复合。而白敬宇离开了云上这件事，曼歆也没跟白季礼说，所以白季礼到现在都以为儿子还在云上科技，也一直把曼歆当自己的未来儿媳看待。

挂上电话的曼歆冷笑一声，她希望白敬宇父子俩的关系永远没有任何缓和，那她的这个谎，也就没人会发现。就算被发现了她也不怕，既然走到了这一步，她就做好了撕破脸的准备。她不觉得欺骗白季礼有什么不对，是白敬宇欠她的，子债父偿，天经地义。

而那头的白季礼挂了电话，就一直颓坐在椅子上。说实话，他一直觉得他的儿子不会这么脆弱。但如果不是走投无路，曼歆又怎么会跟他开这个口？

白季礼对儿子是愧疚的，如果他这些年不是只顾工作，如果他能抽出多点时间来陪伴儿子的成长，那儿子在面对困难的时候，会不会能比现在多一分勇气？归根到底是他这个做父亲的缺席了，他欠儿子的，所以今天为了儿子，他要破掉这么多年给自己立下的规矩。白季礼用力搓了搓脸，叹了一口气，最终还是拿起手机，拨了中育集团老板的号码。

而此时在房里加班的白敬宇总算是把打药的路径规划好了。他站起身想要出去看看张谦走了没有。来到堂屋，发现屋里已经没人了。他看了眼余飞的房间，想着她可能已经回房了，刚要转身回去，隔壁的月英婶子忽然过来敲门，看是白敬宇，赶紧抱歉说："小白总，今天下午你有个包裹放在村口小卖部了，捎东西过来的人让我给你说一声，我给搞忘了。小卖部现在还没关门，我怕东西放那儿被人误拿了，你赶紧去拿一下吧。"

白敬宇道了谢，看了眼时间，关上门去拿东西了。

小卖部是刘大柱家开的，白敬宇去的时候，本以为会看到喊打喊杀的余强和乱成一锅粥的刘家。没想到小卖部那一群村里人如往常一般热闹打牌，也没人提过余强，这么看来，余强应该没来。

白敬宇走到柜台前，看店的是刘老柱："刘叔，我来拿快递。"

看到白敬宇，刘老柱没个好脸，朝旁边努了努嘴："在那儿。"

白敬宇走到这个包了纸箱包装、外面还罩了一层防水尼龙袋、类似于大型单开门冰箱的大家伙面前，沉默了几秒。他本以为就是个小包裹，没想到是这么大一家伙。白敬宇不知道严志高到底给他寄了个什么东西，大小形状跟棺材似的，竟然还号称追女朋友的利器？

白敬宇把外包装给撕开了，里面的纸箱上赫然写着"野外移动厕所"几个大字。有那么几秒，白敬宇甚至想不出词来形容自己此时的心情。

他记得自己刚来的时候跟严志高说过，自己在棉田待一天，没地方上厕所，又不好意思上野厕，怕被人撞到，所以严志高就给他整了这么个实用的礼物。看着尺寸，自己扛回去是够呛了。早知道是这么个大家伙，他刚才就开着面包车过来了。这么想着，白敬宇开口说："刘叔，这东西太沉了，先放这里一晚，我明天再开车过来拿。"

刘老柱面无表情："要么现在拉走，要么给十块保管费。"

白敬宇知道这父子俩都是一个路子，也不跟他多费口舌，给了保管费就往回走。边走边给严志高发信息：礼物收到了，想请你解释一下，厕所跟追女朋友的利器有什么关系？

两分钟后，严志高回复：你把厕所往那儿一放，附近想上厕所的大姑娘、小媳妇不得都朝着你过来？这时候你想跟谁搭讪还不是一句话的事？

白敬宇不懂就问：怎么搭讪？姐姐，尿吗？

严志高发来"喷饭"的动图：揽生意呢？

白敬宇又问：方圆十里就我这儿有厕所，要是大家下地时都到我这来上厕所，那这厕所满了怎么办，我每天收工都得扛着一箱子"软黄金"回家？

严志高没想到这个问题，好几秒后才回复：取之于民、用之于民，每天收工后把黄金撒向大地再回家。

白敬宇发出灵魂拷问：既然最后的结局都是"随便"，那为什么不一开始就直接拉地上？我还省得刷厕所了。

严志高回了个美女眨眼的表情：文明人不随地大小便，从今天起，你就是个到哪儿都自带厕所的男人了，多酷啊！

白敬宇无语，不想跟他再聊了，把手机装进了口袋里。

路过一片庄稼地的时候，白敬宇忽然听到不远处传来一声男人的惨叫，接着就是扭打到一起的声音。

"我余强看好的女人你也敢动，我弄死你。"余强挥拳砸向被他压在地上的刘大柱。

余强没直接去小卖部闹，而是打听到了刘大柱在朋友家喝酒，他就在路上等着。等喝得烂醉的刘大柱一个人往家走的时候，余强才从庄稼地冲出来，把他拽进去开打。

被揍得嗷嗷叫的刘大柱这时候才知道打他的人是余强。以前余强在村里游手好闲,两人也算能尿到一个壶里。刘大柱清醒的时候都未必能打过余强,现在喝得晕头转向,就只剩被余强骑着揍的份儿了。

余强下手狠,刘大柱实在撑不住了,只能大喊:"别打了,你当我愿意娶张燕啊?我要是能娶余飞,谁还娶张燕?"

余强的动作顿了一下:"你还想娶我妹,你也不撒泡尿照照你自己,你配吗?"

看余强又要下黑手,刘大柱赶紧喊:"哥,哥,这么着,你不是想娶张燕吗?我让给你。礼钱你也不用给张家了,我给过了。"

余强愣了:"啥?"

刘大柱趁机从地上爬起来,跟余强保持距离:"但有个条件,你得把余飞嫁给我。"

"你找死是吧!"余强又要上前拽他。

刘大柱赶紧后退了两步,气喘吁吁说:"我没跟你开玩笑。你看啊,我和你都要娶老婆,你妹迟早也要嫁人。张燕家的彩礼你也知道,老姑娘贵得离谱,要不是村里没有合适的女人,我能娶她?为了凑够张家卖女儿的钱,我家老底都掏空了。你家肯定出不起这个钱,现在我家把钱出了,她张燕嫁谁不是嫁,你把你妹嫁给我不亏。"

不知道是打累了还是觉得他说的话真有道理,余强竟然放下了拳头。

在庄稼地外面听到这的白敬宇,差点就要冲进去把那两个货都收拾了。他从刚才刘大柱第一次提到余飞的时候就打开手机录音了,他忍着火听到现在,就是为了留证据,让余飞知道这两个男人打了什么主意。

看余强心里动摇了,刘大柱觉得这事能成,往前走了两步:"强哥,我是真心想叫你一声大舅哥。眼看这婚期也没多少天了,你要是还想娶张燕,那咱就合计合计。"

"怎么合计?"余强瞪着他。

"按余飞这性子,肯定不能听咱的安排。这样,明天晚上八点,你找个由头,把余飞叫到你家棉田那小木棚里。去之前,你先想办法让她把这个喝了。"刘大柱说着,从兜里摸出一颗药丸递给余强。

余强犹豫了几秒,竟真把药丸收下了。

"这就对了嘛,大舅哥。"刘大柱放松下来,声音开始放肆起来,"等生米煮成熟饭,不怕余飞不听话。你就安心等着当新郎官吧。"

一向理智的白敬宇再听不下去，他抬脚就要进去打暴这两个人渣的头。就在他要迈进田里时，手臂被人从后面一把抓住。白敬宇转头一看，发现拉他的人竟然是余飞。"你怎么……"他话还没说完，嘴就被余飞捂住。白敬宇看懂了余飞的意思，跟着她悄声离开了。

两人走了一段路，确定没被他们看到，白敬宇反手拉住她问："你刚才为什么会在那儿？"

"你呢？"她反问他。此时的她已经冷静下来，没有了刚听到那些话时手脚冰凉、全身发僵的感觉了。

"我刚才去拿快递路过，不是，我问你呢。"

"路太黑，我怕张谦找不到道，就送他回去了。回来的时候正好看到你在那儿。"

白敬宇足足看了她三秒，才沉着脸开口问："他们说的话你都听到了？"

"听到了。"余飞咬牙说。

"那为什么要拦我？"白敬宇看到她憋屈的样子，心疼又费解。

"不必跟他们动手。"余飞深黑的眼眸里聚满寒气。

白敬宇误解了她的意思，以为她是打算要忍下来。他气不打一处来："你是真怕他们，还是觉得自己不计较就是在报恩？被领养不代表你卖给了这个家，更不代表你是余家的私人财产。你不心疼你自己，我心疼！"

余飞有些错愕地看着他，他是怎么知道她是余家领养的？还有，什么叫她不心疼她自己，他心疼？

白敬宇气急败坏地掏出手机："这两混蛋的话我都录下来了，你打算怎么办？你要下不了手，我帮你收拾他们。"

看他暴走的样子，余飞就算再傻也明白了。她把涌起的情绪压了回去，跟他解释说："你误会我的意思了，我不是怕他们，更不是为了报恩。当时不让你进去，一是现在他们还没行动，你贸然上去打人，先不说你一对二有没有胜算，就算警察来了你也不占理；二是我想赌一把。"

自从认识白敬宇之后，她发现自己不知从什么时候开始，已经逐渐跳出了这几十年对余家的固有报恩模式。她要用更理性、更合理、更爱自己的方式，去跟余家所有人相处。

听她说完，知道她不是无原则的报恩，白敬宇的火气这才消下来："赌什么？"

"我虽然不是余家亲生的,但在这个家也生活了二十多年。我就赌这二十多年的亲情。如果余强真不顾及一丝亲情,那就别怪我亲自送他进公安局。"

"不行,我不能让你冒这个险。"白敬宇一口否决。

"我当然不会往坑里跳,如果你愿意帮我,我们可以将计就计。"

余飞把自己的计划跟白敬宇说了一遍,白敬宇看她一脸坚定,终于答应下来:"那就按你说的,但他们要是敢动你,就别怪我收拾他们。"

"他们要是敢动我,我也不会饶了他们。"她余飞也不是吃素的。

等两人回到家,余飞回屋躺在床上,久久无法入睡。

她气余强,又对白敬宇的感情有些不知所措。感情的生发只是瞬间的事,但要维护却需要时间的滋养,否则就是昙花一现。她现在的目标是把棉花种好,然后尽快带她爸去把手术做了。她没有时间去想别的事,更没精力去谈昙花一现的恋爱。想清楚这些,她终于平静下来,做好准备,去解决明天的麻烦。

此时同样睡不着的还有白敬宇。

他看余飞屋里关了灯,又悄悄到了院里,倒腾了好一会儿才又回房里。躺在床上,回想起余强和刘大柱的那些话,他现在还有出去揍人的冲动。余强敢对余飞做出这样的事,可以想象,余飞这些年在余家过的是怎样的日子。想当年他跟着自己的亲外公外婆一起长大,都少不了受到左邻右舍的闲言碎语和孩子间的恶言恶语。余飞作为一个全村都知道的被收养的孩子,在这么一个重男轻女的家庭里长大,只会比他想到的更难、更苦。他理解她,所以才更心疼她。

晚上十一点刚过,白敬宇就听到院门被打开的声音。他在心中默念了三个数,就听余强在院子里"嗷"了一嗓子,随即就是"咣当"一声巨响和余强摔倒在地的声音。

被摔得七荤八素的余强压根不知道发生了什么事,刚推门进来,还没走两步就踩到了什么东西,随后就被一桶有味道的凉水从头浇到脚。他还没反应过来,又被木桶砸在了脑门上,此时的余强又冷又疼又起不来,气得在院子里直骂娘。

夜深人静,余强的叫骂声尤为刺耳。屋里的灯都亮了起来,余妈披着衣服先冲了出来。"强子你可算回来了。"院里没开灯，借着堂屋的光线，余妈看到儿子浑身湿漉漉的，散发着一股难闻的鸡粪味。她心疼不已，愤愤地说，"是不是刘大柱仗着人多耍弄你了？妈明天找他去。"

余强一把抹掉脸上的脏水，往地上啐了一口："不是他，桶放咱家房顶上，除了余飞那个小贱种还有谁？"

余妈愣住："你，你是在咱家被泼的？"

余强顾不上跟余妈再多说话，身上的味道差点把他整吐了。他骂骂咧咧地冲进厕所，边脱衣服边用凉水冲洗身上黏黏糊糊的鸡屎一类的东西。

余妈心疼不已："哎哟，这倒春寒又冲凉水不等着招病吗？强子你别洗了，妈先去给你烧点热水。"

余强冻得牙齿不停打战，哪还等得及烧热水？边打肥皂边骂："等我洗完，看我不揍死她。"

余飞在房里一直没出来，她知道余强在外面摔着了，但今晚余强那些话到底是让她心寒了，所以即便知道外面院子里的事，她依旧没有出来。

余妈冷着脸去拍余飞的门："老二你给我出来，你哥刚才被臭水泼了一身，那桶是你放上屋顶的？"

余飞把门打开，桶不是她放的，但她知道是谁放的，也知道他这么做，就是为了给她出气，所以余飞看着余妈，没说话。

白敬宇不知什么时候走出来的，开口说："余婶，桶是我放的。"

余妈愣住了。

刚冲澡出来的余强听到白敬宇的话，一下冲过来想要揪住他的衣领。白敬宇身子一侧，躲开了。余强穿着拖鞋湿湿滑滑，要不是有墙挡着，他差点又要摔个狗吃屎。

"哎哟你干啥呢，有话说话，别动手。"余妈知道儿子的臭脾气，过去拦住他，怕余强把白敬宇这尊财神给打跑了。

"你他妈找死是吧？"余强气急败坏地指着白敬宇叫骂。

屋里的余建国自己推着轮椅出来："大晚上的，嚷嚷什么？"

"爸，余飞吃里扒外，跟这姓白的一起坑我，我今天得给他们点教训。"余强虽然混，但在余建国面前，还是有所收敛的。

"你给我闭嘴。"余建国说完看向白敬宇："小白总，这到底是怎么一回事？"

白敬宇一脸淡然，说："余叔，晚上我出去跑步回来的时候，看到有几个人鬼鬼祟祟地在我们院子外打探。我担心是之前那些要债的人又来了，我怕他们晚上会偷偷进来，所以才弄了个机关，没想到淋到余强身上了。"

听到可能是那些要债的人，余爸沉默了，就连刚才还喊打喊杀的余强都蔫了。余飞看了白敬宇一眼，恨不能给他点个赞。

余妈一脸紧张："你说他们是不是知道你回来了所以才来的？要不然你再出去躲一阵子吧。"

"我不去，在外面不是人过的日子。"余强把兜里的钱都花光了，又不想出去打工赚钱，出去哪有在家里舒服？

余飞开口讽刺道："所以你光明正大地回来啃老？"

余强对着她扬起巴掌："这是我家，哪有你说话的份儿？你再多说一句，信不信我……"

他的话还没说完，就被余建国吼了回去："有本事你冲着那些要债的横，在家里欺负你妹，你还有没有点当哥的样！"

"爸，她联合外人坑我。"

余飞很想问问余强：谁才是自己人，谁才是外人？白敬宇帮她，而他帮着刘大柱算计她，他算什么自己人？这些话她终是忍了下来，她要等，明天他就知道谁是外人、谁是自己人了。

第二天一早，准备晨跑的白敬宇刚走到院子里，就看到余飞已经把院子里昨天洒在地上的污水用水管冲洗干净了。

"早。"她放下水管，跟白敬宇打了招呼。

"早。"他还以为她需要时间去平复心情，没想到她今天依旧起这么早。

做完热身运动，两人一起跑出去晨跑。"那只木桶你是什么时候放上去的？"余飞边跑边问。

"你回房后。"白敬宇跑起来后就开始神清气爽，完全没有了刚才哈欠连天的困疲状态。

"桶里装的是什么水？"余飞今早冲洗的时候还要全程捂着鼻子。

"我在自来水里加了鸡粪。"

余飞忍不住笑出声。之前她养鸡种菜，余妈嫌余飞种菜用化肥花钱，就偷偷把鸡粪攒起来，想着攒够一堆就拿去菜园当肥料，任余飞怎么劝都不听。

75

好在余飞养的鸡不多,这一堆鸡粪攒了好久才攒出点儿规模来。这两天余妈已经在催她去施肥了。余飞正发愁怎么偷偷处理这些鸡粪,没想到白敬宇一次就给"造"完了。这事越想越好笑,余飞不得不停下来笑够了再走。

"今天就跑半圈吧,一会儿早点去种子超市买除草剂。"白敬宇担心她昨晚没睡够,身体吃不消。

"杂草路线你昨晚都弄好了?"

"弄好了。重点喷洒一百三十亩,其他的棉田杂草可以先不用理会。"白敬宇说。

"一个晚上就弄出来了,厉害啊。"余飞夸完,又好奇发问,"你这样的技术在你们公司能排到前三吗?"

白敬宇笑笑:"倒数第三吧。"

余飞没看出他在开玩笑,毕竟公司老板的主业又不是技术,白敬宇作为公司擎翼科技的老板,技不如人也很正常。她一脸认真地鼓励他:"倒数第三都这么厉害,你们公司技术人员的整体水平真高。科技就是力量,你的擎翼科技一定会起来的,我看好你们!"

白敬宇嘴角抽了抽:"我谢谢你啊。"

"不客气。"余飞说完加快脚步跑起来,她现在连续跑半小时都不带喘的。白敬宇笑着跟上去,迎着初升的太阳往家的方向跑去。

第三十三章　除草

吃完早饭,余飞和白敬宇开着小面包到种子超市买除草剂。

余飞根据白敬宇算出的除草面积来预算好了买多少量的除草剂。基本上是十五元一盒,两盒能喷一亩地。一百三十亩就需要两百六十盒,那就是接近四千块。

车子停在驿站门口,白敬宇没有马上下车,而是拿出手机,转了四千块给余飞:"下个月的住宿费和伙食费。"

"距离下个月还有小半个天呢。"

余飞知道白敬宇是怕她不够钱,所以才提前把六月份的住宿跟伙食费转给她。其实余飞昨晚也担心买肥料的钱不够,所以她提前跟兼职的公司把这个月的工资结算了。

"早给晚给都一样。走吧,别磨蹭了。"白敬宇说完,从车上下来,把车门关上。

看着他挺拔高大的背影,她心情复杂。她不想欠谁的人情,但欠他的却越来越多。他帮过她的事她都记在心里,她不会用感情去偿还人情,她会跟他一起种好这些棉花,让他和她,都有个美好的未来。

两人在除草剂柜台前看了一会儿,白敬宇跟余飞说:"我建议购买几种品种的除草剂来混合搭配使用。"

"我也是这么想的。"余飞知道棉田除草用的除草剂要根据主要杂草种类和除草剂的杀草谱进行确定。当棉田杂草种类单一时,可用单一的除草剂进行防除;但当几种杂草混合发生时,就需将几种除草剂按照一定比例混合施用,才能提高除草效果。她选出了好几种物美价廉的除草剂,不仅对一年生禾本科杂草如稗草、马唐、牛筋草等防治效果好,而且对部分阔叶杂草也有效。而这些,都是余飞在农业网站上学来的。

白敬宇仔细看了药剂的成分表格,满意地跟售货员说:"就按她说的拿。"

村里一般打药就是几亩顶多十亩,他们一来就买上百亩的量,售货员赶紧打电话到附近乡镇,让技术人员过来配送货物。

等药送来的时间,余飞和白敬宇干脆先去了趟棉田。路上看到王婶,王婶朝他们拼命招手:"飞哥你们去村口不?去的话捎上婶子呗。"

余飞从车窗探出头来:"王婶,我们去棉田,不顺路。"

"这样啊。那我自己走吧。"王婶讪讪笑着,往村口小卖部走去。

昨天余飞他们帮看完棉田的情况,王婶就赶紧去小卖部给儿子打电话了。可王明的电话竟然说是欠费了,她立马电话让小儿子王亮给王明充了话费,王亮气得故意等到半夜才充,所以王婶今天一大早才能再去给大儿子打电话。

电话是打通了,但王婶不知道的是,此时她儿子王明正战战兢兢站在主管办公室等着主管回来。

王明不知道主管特意把他从云上学院叫回公司谈话是什么原因。正胡思乱想,他妈就打过来说棉田的事了。

不等王婶把话说完,王明就不耐烦地打断她,说有急事,等会儿再打回去。王婶一听儿子说一会儿再打过来，就老老实实守在小卖部的电话前。

那边的王明刚把手机放回口袋，就看到主管拿着一沓文件推门进来了。王明迎上去帮着拿文件："柳主管，您找我。"

主管看到他也挺高兴："王明啊，我跟你说，你之前跟公司提的建议提案，曼总监通过了。"

"建议提案？"王明写过很多提案，他不知主管指的是哪条。公司之前集思广益，让大家想想对新业务线有好处的点子，要是能被采用，不仅会有现金奖励，还能成为提案的负责人，所以他没事就写，甭管有用没用，万一就被看中了呢？没想到梦想还成真了。

"你不会忘了吧？就是之前你写过的，说你们村以种棉花闻名，你家今年刚种了十亩地，你希望公司可以在你家的棉田里做新产品的测试实验那一条。"

听主管这么一说，王明彻底想起来了："对对对，没错。我们家的棉田已经出苗了，公司的新产品随时都可以去测试。"

"产品测试这件事，曼总监会亲自跟你沟通。"

"曼总监？"王明心中一颤，他只在云上学院开学典礼那天见过致辞的曼总监，这可是云上科技的风云人物啊！现在因为这个提案，曼总监要亲自跟他沟通，这是不是代表着，他的才能被上层高管注意到了，他要走上人生巅峰了？

王明准备好了一堆对棉田实验的计划，没想到进了总监办公室，曼总监只问了他一个问题："你老家是东山县西贝村的？"王明点头后，整个会面就结束了。从总监办公室出来，他脑子还是晕的。

坐上回云上学院的公车，王明才想起要给自己老妈回电话。那时王婶已经在电话面前等了一个多小时，连厕所都没敢去上，生怕离开的三五分钟里，就错过了儿子打来的电话。电话打过来刚响了一声，王婶立马就接了起来："明明，是你吗？"

"妈，是我。你刚才说咱家的棉田现在怎么样了？"

王婶马上把田里的情况和余飞说的话跟儿子都说了。

王明早就从老妈嘴里知道余飞回家走投无路，跟海城一个老板合伙种棉花的事。如今王明就指着这十亩棉田升官发财呢，赶紧交代他妈说："余飞也没种过几天棉花，她说的不能全信，但她有一点是说对了，您要到县里的农业局找人来看看，一定要把棉田的问题给弄好了。该花钱咱就花钱，别不舍得。我今天升职了，领导说要让我负责这个棉田测试项目。我现在是项目负责人了，只要把这棉田给弄好了，您儿子以后的前途就不愁了。"

一听儿子升职了，王婶嗓门顿时高了好几个度，恨不能让小卖部里的所有人都听见。

那头的王明赶紧叫住他妈："妈别喊了，我过几天就要回家工作了。"

王婶瞬间就蒙了："啥？你不是升官了吗？怎么还要回村工作？"

"不是跟您说了嘛，我到时候要带着我们公司的产品到咱家棉田里做测试，可不是要回家工作吗？"

王婶不满："你这当了领导怎么还要自己下地，你在家的时候，我们都没舍得让你下地哩。"

"哎呀妈，我累不着。总之您赶紧去请人来看田，一定要把棉田弄好啰，钱不够我给您寄点儿回去。"王明在海城为了打扮得像个城里人，每月的工资都花在衣服和电子产品上了，月月光，压根没钱。他这么说，是因为知道他妈肯定不会要他的钱。

果不其然，他妈立马就说："不用你往回寄钱，你一个人在外面啥都贵，你管好你自己就成，棉田的事妈保准给你弄好。"

"好的妈。"王明回得爽快。

"对了明明，咱村里从今天开始就能用手机打电话了，听说还通了那个什么网。你姐给你爸办了张手机卡，以后你往家打电话就不用打小卖部的了，直接打你爸的手机号就成。"

"村里通网、通信号了？这可太好了，我回去就不用担心联系不上公司同事了。"王明没想到刚过半年，村里就有这么大变化，这对即将回来办公的他可真是个好消息。

王明哼着小曲回到学校，走进办公室的王明再看到甄妮捧着东西进来，也不像之前那样跑过去献殷勤了。此时在王明眼里，甄妮虽然是本地人，家庭条件也不错，但她超过一百四十斤的体重显然已经不符合他这个步步高升、前途无量的有为青年对未来老婆的审美标准了。

甄妮捧着东西走回座位，看着对她摆出傲娇脸的王明背影，一头雾水。

那边的儿子都发话了，王婶不敢耽搁，挂了电话立马就坐车去县里找专家了。

余飞在棉田接到种子超市人员到货的电话,立马就跟白敬宇开车去拿药剂。从棉田回来他们绕了另一头,经过村口的时候看到王婶正在村口等去县里的班车。

白敬宇忽然开口问:"你小时候真跟那个王明订过婚?"

正喝水的余飞差点被呛到:"你听谁说的?"

"大家。"

余飞哭笑不得地盖上杯盖:"看不出来啊,白总还对这种八卦消息感兴趣。"

"我只对你的八卦消息感兴趣。"

余飞心中一紧,不敢再继续聊下去,转移话题说:"我有个好友甄妮是海大辅导员,听她说云上科技在海城大学设立了一个云上学院。里面专门为云上培养人才,还设立了一个农业研发方向。"

白敬宇含着笑意:"所以?"

"我就是想要提醒你,云上科技是真的想要跟你们争夺市场,你们不要掉以轻心。"不知怎的,看他笑,她竟然有些慌。

"好。"他的笑容愈发扩大。

余飞被他的笑晃了一下,呆了半秒,才尴尬地转开视线。

来到种子超市,两人下车过去把货点好了。技术人员跟他们讲解了这些除草剂混配使用时要注意的点,并且叮嘱他们混配的药液不能长时间停放,要一次性施完。

两人付了款,带着药水和车上的无人机来到了需要喷洒药物的棉田边上。余飞给白敬宇递来一个口罩:"不着急,我再检查一下机器情况。要不你也教教我吧。"

白敬宇看她这么好学,指着机器说:"好,那我们先检查一下喷洒系统。擎翼一号的喷洒系统包括药箱、水泵、软管和喷头。今天我们要打除草剂,就需要把配好的药剂装入药箱里,水泵提供动力引流,再通过导管到达喷头,才能将药剂均匀喷洒到棉花苗表面。所以这几个位置,我们都需要重点检查。"

余飞跟着白敬宇一一检查下来,确定水箱没问题之后,接下来就是水泵。

白敬宇跟她介绍道:"擎翼一号用的是齿轮泵。齿轮泵相当于缸筒内的活塞。由于齿轮的不断运动,液体也在不断排出。泵每转一下,排出的液体量是一样的，这也就保证了药量的均匀。最后就是喷头，擎翼一号的喷头用的是扇形压力喷头，这种喷头压力大，喷洒均匀，能用最少的药量喷洒最大面积，对于棉花来说是十分适合的。"

余飞虽然已经能熟练使用擎翼一号了，但却是第一次听他讲解内部的结构，觉得很是新奇，同时对农业无人机又有了更深一步的了解。

等温度达到了喷洒的要求，两人戴上口罩开始干活。

白敬宇调配好药剂，倒入无人机的药箱里，确保起飞前除草剂能喷洒均匀。

因为喷洒面积不大，只需要用到一台无人机，余飞操作着已设定好喷洒飞行航线和喷洒范围等数据的无人机，在地上慢慢起飞。

机器开始在空中喷洒农药，喷完药箱携带的药水后，机器又定时返航。机器停在指定位置后，白敬宇就上前补充农药，等白敬宇做出"OK"手势后，余飞再次让无人机升空。

"低点，再低点。让机器保持在棉苗上方两米左右喷药，这个高度的雾流上下穿透力更强。"白敬宇在旁边指导，余飞小心操控，让飞行中的无人机再下降了些，到达了两米的高度。

就在余飞第三次加完药起飞，无人机喷到一半的时候，药液忽然出不来了。余飞担心自己又摁错了什么，导致无人机又失灵了。她强迫自己镇定下来，跟不远处在调配药液的白敬宇说："白总，喷头好像出问题了。"

白敬宇闻言，果断说："让机器先飞回来。"

余飞操控机器缓缓落在停机点。白敬宇过去关了机器，开始检查。一旁的余飞大气都不敢出，好一会儿才问："是什么问题，能看出来吗？"

白敬宇把机器拿在手里，跟他料想的差不多，喷头堵塞了。他知道她心里担心，安慰道："不是你的原因，是机器的喷头出了问题。这是老问题了，一直没能攻克。"

"那现在怎么办？"

白敬宇转身回车里拿出另一台："换机器，这台我要寄回去检修。"

两人打完药回到家里已经是下午两点，刚进堂屋，饥肠辘辘的余飞就闻到了从厨房里传来的鸡汤香味。余妈看到他们回来，表情有些不自然："小飞你们回来了，快吃饭吧，我跟你爸已经吃过了。今天中午是你哥帮着我做的饭,没什么好菜,你们凑合着吃。"

干了一上午活的两人也是真饿了,白敬宇先把机器拿回房间,余飞洗了手进厨房,看到余强一个人正捧着个大碗在喝汤,桌上只摆着一碟清炒白菜。余飞到灶台边掀开几个锅的盖子,里面空空如也。"鸡肉呢?"余飞问。

饭桌边的余强打了个饱嗝,装傻:"你馋疯了吧,什么鸡肉?哪来的鸡肉?"

余飞一个人吃什么无所谓,但人家白敬宇可是交了高价伙食费的,干了一上午活回来就让人吃这个,她实在没这个脸。余飞也不跟他争,转头到垃圾桶旁一翻,就看到一个废纸包着的东西。

"你属狗的,还学会翻垃圾了?"余强骂道。

余飞指着那包东西:"你不是说没鸡肉吗?这鸡毛和鸡骨头是怎么回事?"

余妈急急跑进来,一脸尴尬地解释说:"小飞啊,你也知道你哥这段日子在外面吃了不少苦头,昨晚又摔了那么大一跟头,早上差点连床都起不来。妈就自作主张,给你哥炖了只鸡。"

余飞听到余爸在屋里的叹气声,她看着事事都给余强开脱的余妈,冷声说:"妈,余强回来才几天,我养那几只下蛋的鸡他都吃了两只了,我说什么了吗?我不是不让您炖鸡,你们就算没想过我,也总得给白总留点啊。"

余妈瞪了儿子一眼,她刚才就说要留一半,余强非要自己吃完。

余强一副老子就这样的架势:"既然住我家,那就有什么就吃什么,哪那么多事?"

余妈当然知道家里现在靠着白总帮衬才有这样的日子,她没好气地推了儿子一下,转头跟余飞说:"你哥刚回来,估计也是忘了白总在咱家的事。要不这样,你再给白总煎两个蛋?"

"不用了。"白敬宇边说边走进来,手里提了只鸡笼里最大最肥的鸡和一把香菜,也不理会那母子俩,径直跟余飞说,"你不是想吃香菜炒鸡吗?赶紧帮忙,半小时后开饭。"

余妈心疼那只鸡,但又说不出什么来,只能瞪了余飞一眼:"这么大一只鸡,你俩也吃不完啊!要不然中午你们先凑合着,晚上大家一起吃?"

"妈,我们今天去干了一上午的活,余强一个不干活的都能吃一只鸡,我和白总两个干活饿坏了的人,一只鸡还吃不完吗?"余飞说完,过去接过白敬宇手里的鸡就开始利落地割喉烧水拔毛，再不看余妈和余强一眼。

余飞心里委屈，第一次为自己感到不值。她不是为了那一口吃的，她就是觉得自己为这个家付出了这么多，却依旧不配得到同等的待遇。虽然这些年她都是这么过来的，但正因为之前这么多年都是这样，这些年的委屈才瞬间涌了上来。想起余强昨晚跟刘大柱说的那些话，余飞用力拔着鸡毛，心里全是苦涩。原来所谓的家人，也不过这样而已。她深吸一口气，把差点夺眶而出的泪水憋回去，告诉自己这样也好，至少等她把余强送进警察局的时候，心里也能坦然些。

白敬宇知道余飞受委屈了，所以使出浑身解数，炒出了一大盆香气逼人的鸡肉放在她面前："没什么比好好吃饭更重要的，少想些有的没的，吃饱睡一觉，晚上还有大事。"

"嗯。"余飞打起精神，给他夹了个大鸡腿放碗里，"大厨辛苦了。"

白敬宇把另一只腿夹到她碗里："这算不算相互扶持？"余飞被他的冷笑话逗笑，紧锁的眉头终于松开了。

吃完饭，白敬宇和余飞各自回房。

白敬宇跟老蒋开会，余飞则争分夺秒地做她的兼职工作。做完了又上"新农天地"，现在棉花农场已经进入蕾期，她得多看些关于蕾期管理的农业知识。

余飞在网上边看边做笔记，正学得专注，手机忽然响了。

她拿起来一看，是张谦打来的："你好，张哥。"

"小飞，今晚有空吗？"

"……今晚上我有点事。"

那头的张谦微微有些失望，但很快就调节过来："没事，你今晚上没空也没关系。涛哥给了我两张电影票，是刚上映的喜剧片，在镇上的电影院就能看。你也知道我在这里也没什么熟人，人生地不熟，我想邀请你一起去看电影。这个票是三天内有效的，明晚和后晚都可以。"

余飞对看电影没什么兴趣，本想拒绝，但想到他大老远过来帮了他们这么多忙，她想了想，还是答应下来："那就明天晚上吧。"

此时老蒋正跟白敬宇汇报工作："老大，一个好消息，一个坏消息，你先听哪个？"

"老规矩，先苦后甜。"白敬宇边说边用纸折了只大公鸡，不知是不是刚才吃了太多的鸡肉,现在满脑子都是鸡。

"坏消息是,中育集团真是个硬骨头,我们想尽办法都啃不下来。"

"意料之中。好消息呢?"

"急什么,坏消息还没说完。"老蒋深吸了一口气,"据可靠消息,云上科技现在正跟中育集团接触,好像进展不错。"

白敬宇沉默几秒:"说完了?"

"还没有。我们现在研发的费用太高,又拿不下中育集团,公司下个月的员工工资要发不起了。"

白敬宇把折好的公鸡放在桌面:"这是'一个'坏消息?"

"这不都是源于拿不下中育集团吗?要是你能去跟你家老爷子张张嘴,这所有的事不都一次性全解决了?"

白敬宇皱眉:"这是我们自己的问题,自己的事自己解决。"

"老板你说,怎么解决?"

白敬宇一时也想不到太好的方法:"你先说说好消息。"

"好消息是光大资本现在对我们公司感兴趣,想要投资。之前跟我联系的那个项目管理人现在正在国外出差,晚上八点左右有时间,想要跟你细聊。我知道云上科技的事让你对投资人有心结,但我觉得这得分情况,之前是你没有经验,可吃一堑长一智,这次你只要预防到位,不会吃同样的亏。老大,这对我们公司来说是个重要机会,你可得上心啊。"

"今晚八点?能不能改个时间?"

"老大啊,人家说了,只有今晚八点到八点半有空。现在可是我们求人家,你现在在农村,晚上还有什么节目吗?再说了,什么节目能比保住公司更重要?你老人家就把今晚的时间腾出来吧。"

白敬宇无言以对。

"那就说好了,我现在给人回话。"

"等等,我考虑十分钟,一会儿给你信息,先这样。"

老蒋那头看着白敬宇已经下线的屏幕,深呼吸,从柜子里拿出颗降压药放进了嘴里。

白敬宇在房里走来走去,他清楚这笔投资对擎翼科技的重要性。老蒋是个极有分寸的人,要不是事情到了没法运作的地步,他不会自作主张帮他约人谈合作。可余飞怎么办?今晚她一个人要去跟那两个人渣斗,他能放心吗?

84

一边是关系到公司存亡的投资,一边是余飞的人身安全,白敬宇分身乏术,找不到两全的方法。正左右为难,他抬头看到手机,忽然想到了一个人。

第三十四章　　赌注

晚饭余飞和白敬宇都没吃。余家三口自己在厨房吃饭,余建国问:"小飞和小白总怎么不来吃饭?"

余强没好气道:"中午吃了那么一大盆鸡,连根毛都没给咱留下,撑死算了,还吃啥晚饭。"

余建国横了儿子一眼,把筷子放下,想要亲自去叫白敬宇来吃饭。余妈拦住他:"别去了,小白总刚才出去夜跑了,小飞说中午吃太多了,现在不饿。"

余建国知道余飞是生余强的气,转头跟余强说:"去,让你妹过来喝碗稀饭,现在不饿,晚上饿了怎么办?"

要平时余强是决不会去的,他管她饿不饿,但现在他放下筷子就去了。

余飞还在房里看农业知识,看余强推门进来,她冷眼看向他。

"爸叫你去喝点稀饭。"

"我晚上不想吃东西。"

余强没马上走,而是走过去,看她屏幕上打开的全是如何种好棉花的网页,余强嗤笑一声:"你以为你在海城混出就牛了,一回来就包六百亩棉田,你咋不把整个村的地都包了,把你给能耐的。我告诉你,种不出来你可别连累我们家。"

余飞沉下声音:"我之所以种这么多棉花,是因为你把爸害得走不了路。我为了带爸去海城做手术,才不得不包了六百亩。现在到底是谁在连累家里,你心里真没点数吗?"

余强一怔,没想到她种棉花是为了带他爸去海城治病。之前也没人跟他提过这事,他以为她就是想显摆自己能耐,故意整的。

"你别把自己说得这么好,这棉花能不能赚钱还不知道。"余强不敢看她,生硬地转变话题,"那个什么,张燕今晚约我出去谈谈,就在咱家自己

85

的棉田小棚里。但她现在跟刘家的关系,不方便单独跟我见面,说要叫上你。今晚八点,你跟我去趟棉田小棚。"

余飞看着这个她把他当了二十多年哥的男人,心中悲凉:他最终还是说出来了:"好,我跟你去。"

看她答应,余强明显轻松了不少。他站起身:"你不吃饭那我就先去吃了。"

"等等。"余飞叫住他。

余强疑惑转回头,看她垫着脚跟,从柜子顶上双手托下来一个鼓鼓囊囊的大编织袋。"这啥?"余强问。

余飞好不容易把东西放地上,赶了赶上面的灰:"这是我大学毕业那年,爸用咱家的棉花给我打的一床厚棉被,说是给我的嫁妆。"

听到"嫁妆"两字,余强莫名心虚:"爸给你的,你拿下来干啥?"

"我到现在连个对象也没有,结什么婚。再说我得把爸的病治好了再考虑这些事,一时半会儿也用不上,放着也是放着。你昨晚不是被凉水浇了,说屋里的被子太薄了冷吗,这被子你先拿回去用吧。"

"你……还是自己留着吧。"余强屋里那床被子盖了好些年,又硬又薄。要是平时,这床又暖又软的新被子他早收下了。但现在,他想到过了今晚,余飞离结婚也就不远了,家里估计也没啥东西给她当嫁妆了。他知道这事自己干得不地道,所以就没忍心拿走。

余飞却执意把被子塞到余强怀里:"拿着吧。"

余强看着手里的被子,有些发蒙。他觉得今晚的余飞有些不一样,不知怎的,他想到了小时候。那时候的余飞有什么好东西会先给他,每天像个小尾巴一样跟在他身后,哥长哥短地叫着。他们也曾有过开心的回忆,只是长大之后,他开始理所当然地享受家里给的一切,而她这个收养的妹妹自然是被压榨得最狠的。她渐渐疏离他,这些年,她甚至都很少再叫他哥了。他不知道,她为什么忽然又对他这么好了。余强莫名有些心慌:"你,你今天咋了?"

余飞淡淡说:"没咋,就是觉得这东西我现在用不上,留着也是留着。我现在种了这么多棉花,以后再打一床新被子也是一样的。"其实她心里想的是:她亲手把余家唯一的男丁送进去了,虽然余爸是个明事理的人,但余强怎么说也是他的亲生骨肉。她伤了余爸的心,所以觉得自己没资格再留着余爸给她的这床棉被了。

余强不知她真正的想法,听她这么一说,想想好像也是这么个理,六百亩棉田呢,做床棉被还不是溜轻快的事儿?

"那哥就拿走了。"

"嗯。"余飞看他把东西抱走,心里有个地方像是被人搬空了,但同时,压力也小了。

余强美滋滋地把东西抱回自己房里,又回了厨房继续吃饭。余建国看他风卷残云的吃相,沉着脸说:"你妹呢?"

"她不吃了,饭菜不能浪费,我包圆了。"说完余强把菜都倒进自己碗里,狼吞虎咽地吃了起来。

余建国叹了口气,跟自家老婆子说:"你去煮几个鸡蛋留着,一会儿给小飞和白总他们送过去。"

余妈还没说话,余强先开口了:"不知道的还以为咱家供着祖宗呢。"

"你给我闭嘴!"余建国压着火,恨铁不成钢,"你妹为了这个家,天天在地里头干活。你这个当哥的除了惹祸,就知道吃喝玩乐,家里油瓶倒了都不知道扶。你张口闭口说要当家,你瞧瞧你现在的德行,把家交你手里,你能让我跟你妈过现在的日子吗?要没你妹,我们全家都得饿死。"

余建国情绪激动,咳嗽起来。余妈赶紧给他拿水:"行了,儿子好不容易才回来,你别总骂他。"

余建国气得指着母子俩:"我们最难的时候,小飞怎么对我们的,你心里清楚。自从这败家子回来,你是怎么对她的?你叫人彻底寒了心,以后可就暖不回来了。"

要是以前余爸说这些,余妈肯定嚷嚷回去了,但这段日子余妈的想法也的确改了不少。她叹了口气,瞪儿子一眼:"你以后对你妹好点儿。之前你跑了,是你妹去求二叔,才让那些要债的不敢再来逼我们。那段时间你爸有几次差点就过去了,都是小飞硬想办法把人送到了医院救回来的。她现在给人做兼职养家,种棉花也是要带你爸去海城治病。要不是她留下来种棉花,白总也不会来咱家。咱家现在每个月收白总的生活费和住宿费,这日子总算过得下去了。要没有小飞,你现在估计连这个家也没有了,更不能一回家就吃上鸡肉。咱家虽然养了她,但这些年,她没少给咱家干活。妈给你攒的那些钱,也全是她赚回来的,你看看村里哪家能像她这样,就

87

算亲生的也做不到。"

余建国没好气道:"哼,亲生的,你看看咱家这两个亲生的,不气死我都算好的。"

余强虽然混,但也知道人不孝顺,猪狗不如。父母的话,他还是听得进去的。被数落之后的余强沉默地吃着饭,想到今晚他和刘大柱合谋的事,心里竟然有了一丝犹豫。

就在他放下筷子的时候,刘大柱发来信息,问他事情办得怎么样了。还说今晚要是不能确定下来,他们家明天就要写喜帖发出去了。喜帖一发,可就啥都来不及了。

想到张燕,余强之前的纠结和犹豫瞬间就没影了。刘大柱家里条件不错,又喜欢余飞,对她肯定不能差了。他也算是帮余飞定了门好亲事。如果那刘大柱敢犯浑欺负余飞,那他这个做哥的也饶不了他。觉得理由充分的余强,趁着余爸余妈回了房,拿出那颗药,就要放进余飞那个白水的水杯里。

余妈的声音忽然传进来:"强子,白总回来了,你帮妈去鸡圈掏几个鸡蛋回来。"

余强的手抖了一下,把药放进杯里拧好盖子,赶紧跑了出去。此时在鸡窝掏蛋的他不知道,自己下了料的水,早已被白敬宇给倒掉换了一杯。

回到房里的白敬宇给余飞发了几个字:"水已换,记住,打不过就跑。"

余飞刚给白敬宇回了信息,余强就推门进来了:"咱早点出发吧,别让燕子等急了。"他扬了扬手里的水壶,"一会儿你得帮我劝劝她,怕你口干,给你带了点水。"

余飞心里冷笑,这么多年了,这是余强第一次这么主动关心她,目的就是为了害她。她把情绪掩饰得很好,套上大衣,跟着余强出门了。

两人开着小面包到了棉田的小木棚那儿,余强让余飞先进去,自己借口要去解手,跑到外面偷偷给刘大柱发了信息。

余飞坐在小棚里,摸了摸藏在口袋里的壁纸刀,又摁下了手机录音,这才等着后面的好戏开场。

余强心理素质不太行,在外面搓了会儿手。刘大柱让他看着余飞把水喝完,他一咬牙,转身进了小棚里。小棚不大,他坐在简易竹床上:"燕子还没来,你,你先喝点水吧。"

余飞没说话。余强自顾自倒了一杯,因为紧张,手有些微微发抖。余飞看着他:"哥,你以后要好好的。"

余强一怔,她已经很久没叫他"哥"了,她这是怎么了?

正发蒙,就看余飞接过了他手里倒满水的杯盖,就在她唇边要碰到水的时候,余强脑子闪过父母刚才在饭桌上说的那些话。他浑身紧张,肌肉都忍不住微微抽搐。在她仰头喝下去那一刻,不知怎的,他忽然脑子一热,站起身,一巴掌就把杯盖夺了过来。水洒在地上。余飞怔怔地看着他,眼里终于有了一丝温度。余强不知要如何跟她解释,只黑着脸让她赶紧回家,自己就跑了出去。

看他落荒而逃的背影,余飞握紧的拳头慢慢松开,心中的愤恨和紧张变成了劫后余生的后怕和欣慰。她赌赢了。

此时的余强在漆黑的棉田边上边走边掏出手机,拨通刘大柱的号码:"刘大柱我警告你,你要是敢动我妹一根毫毛,老子弄死你。"余强说完就挂了线,刚走出去几步,背后就挨了一板砖。

余飞把小棚里的灯关上,刚要起身离开,门口忽然闪进一个人影。她以为是白敬宇,因为按之前说好的,白敬宇就埋伏在旁边,如果刘大柱硬来,他就出来帮她。但月色下,对方的身形却没白敬宇那么挺拔高大。余飞头皮发麻,手瞬间摸到美工刀的位置,刚要喊,就听对方开口说:"小飞?你真在这里。"

余飞拉开灯,没想到来的人竟然是张谦。"你怎么来了?"余飞跳到嗓子眼的心稍稍归位,但脸上还带着没撤下的警惕。

张谦看她一脸紧张,问说:"你怎么了?不是你叫我来的吗?"

"我叫你来的?"余飞蒙了。

"吃晚饭的时候白总去找我,说棉田的信号太弱,你约我八点来这里测试一下。"张谦一开始也以为白敬宇是开玩笑的,没想到余飞真在这里。

余飞听他这么一说,瞬间就明白了,白敬宇这是临时放她鸽子了。虽然白敬宇找了张谦来帮她,但她心里还是堵得慌。

"刚才……是发生什么事了吗?"张谦看出她的异样,关心问道。

"没有。那个……张哥不好意思,今天我有点儿不太舒服,我们改天再测吧。"

张谦倒没说什么,点点头:"我送你回家。"

车子穿过棉田朝余家驶去,车灯在漆黑的棉田上扫过。张谦时不时跟她说话,她却有些心不在焉。余飞知道白敬宇不是个临阵脱逃的人,他这么做,有可能是遇到麻烦了。他到底出了什么事?

回到家门口,余飞跟张谦说:"路有点黑,要不然你开这台小面包回去,明天我不用车。"

张谦想了想:"也好,那我把车开回去,明天晚上开过来接你去镇上看电影。"

"看电影?"余飞一愣。

"我们今天不是说好的?"张谦一脸温和地看着她。

说好了吗?余飞是真不记得了。"行,既然说好了,那明天傍晚你来接我吧。"余飞已经不想去细想自己是不是答应过了,她只想赶紧回屋去找白敬宇问个清楚。

看余飞答应了,张谦脸上的高兴显而易见,他笑着朝她挥手:"快进屋吧,明晚见。"

"明晚见。"余飞头也不回,转身进院子直奔白敬宇的房间。

房间里没亮灯,门关着,她敲了几下,没人应。余飞给他打电话,没人接:"到底去哪儿了?"

回房之前,余飞看了眼余强的房间,也是漆黑一片。她不知道余强从小棚离开之后去了哪里。他能在最后一刻悬崖勒马,余飞当然还把他当自己的哥。她担心余强跑去找刘大柱,被刘大柱下套,但现在她一个人也不敢自己去刘大柱那儿找余强。万一余强不在那里,她岂不是自投罗网?余飞拿着手机,焦急地在白敬宇门口来回踱步:"到底去哪儿了?"

此时白敬宇正在棉田旁猛揍余强。在西贝村里能打过余强的人不多,余强少有像现在这样,被揍得话都说不利索的时候。鼻青脸肿的他倒在田埂上疼得直咧咧:"你……你敢打我?"

"我打的就是你!"说着,白敬宇朝他脸上又挥了过去,"刚才那些是我打的。这拳,是替余飞打的。"

"你,你凭什么打我?"余强虽然是在质问,但语气是虚的。

"你干了什么好事你心里清楚。当初要是没有余飞,你现在还在牢里蹲着。她把你救出来,你就这么报答她的?"白敬宇气得太阳穴都鼓了,早知这样,他当时就不该多管闲事,让余强这祸害出来这么快。

余强擦鼻血的手顿住,之前他一直以为是老天有眼,才让他免了牢狱之灾。没想到竟然是余飞帮的。

白敬宇打开手机录音,里面传出那天晚上余强和刘大柱的说话声音。

听着里面的内容,这一刻余强懊恼羞愧,他用力扇了自己两耳光:"我鬼迷心窍,我对不住小飞。我刚才已经警告过刘大柱,他要是再敢打小飞的主意,我第一个饶不了他。"

白敬宇赶到小棚附近的时候,正看到余强把余飞喝的水杯给夺走。他知道余强已经悬崖勒马了,但他还是要狠狠教训他一顿。知道有张谦在,余飞不会有危险了,他才拔腿去追的余强。想到刚才的事,白敬宇又上去给了余强一拳。甩了甩打疼的拳头,白敬宇警告余强:"要是敢有下次,就不是打你一顿这么简单了,我让你吃不了兜着走!"

余强捂着被打出血的嘴,磕磕巴巴地指天发誓:"我余强再做对不起小飞的事,我不得好死。"

白敬宇活动了一下打疼的拳头:"记住你这句话。"他的声音不大,但每一个字都让余强莫名地害怕。

白敬宇不再理会他,拍了拍衣服上的灰,跨上摩托车就往余家开去。回到家,看到余飞的房里亮着灯,他终于放下心来。看着自己身上的脏泥,他默默回了自己房间。手机里有好几通未接来电,除了老蒋,就是余飞打来的。他洗了手,给老蒋拨过去。

刚接通,老蒋就急急说:"老大,我打听到了,光大资本之所以忽然放我们鸽子,是林睿那小子在背后搞的鬼。"

"猜到了。"白敬宇淡淡说。

今晚他原本已经准备好八点给光大资本投资人打电话,但在七点四十五分的时候,老蒋打来电话说对方忽然改口说没空了,这百分之八十就是被搅黄了。可当时的他并没时间去想是谁干的,他满脑子都是余飞自己在棉田的情形。他骑上摩托车,一路上把速度开到最快,希望自己还能赶得及。

之前他去找张谦来代替自己去救余飞,天知道他心里有多难受。但公司里的手下都是在他最困难的时候,放弃云上科技的职位和薪资,跟着他重新创业的兄弟。他没法为了自己的爱情,眼睁睁看着公司一步步走到破产。

此时的老蒋气得在电话里骂粗口,白敬宇心情却相当平静。虽然投资公司放了他鸽子,但知道余飞没事,还痛扁了余强一顿,所以现在的他已经不气了。

那头的老蒋愁眉苦脸:"老大,现在光大被云上给截了,我们要是再没钱进来,公司可真就运作不开了。接下来我们要怎么办?"

白敬宇沉默了好几秒,说:"既然股权融资走不通,那就改债权融资。"

"债权融资?"老蒋皱在一起的苦瓜脸瞬间就抻开了,"也行,我明天就去找投行聊聊。"

余飞在屋里左等右等,白敬宇的车子进院子时她就听到了。她以为他回来后会马上找她解释一下今晚上没去的原因。没想到他停了车就回房了。

余飞赌着一口气走到白敬宇房门口,房门不隔音,老蒋和白敬宇说的那些话她全听到了。她果然猜得没错,他的确遇到了棘手的事。创业公司不容易余飞是知道的,但白敬宇好歹也是成功创立过云上科技的人,没想到他重新创业之路也会这么难。她想帮他,可眼下她除了跟他一起把棉花种好,她还能帮上什么呢?可能这就是白敬宇宁可让张谦去帮她,也不跟她说实情的原因吧。余飞默默转身离开,让他静一静。或许就是她此时此刻唯一能为他做的事了。

第三十五章　误会

第二天一早,白敬宇出门晨跑的时候没看到余飞。他故意在院子里做了十分钟的热身运动,还是没见她出来。平日里都是她提前在院子里等他,今天已经这个点儿了,她还没出来。

白敬宇拿出手机想要给她发条信息,又想起昨晚她遇到的那些事。别说她,连他都心里堵得慌,她想好好休息也是能理解的。他昨晚本想给她发信息,说他晚去的原因,但跟老蒋打完电话已经不早了,他想着让她好好休息,第二天晨跑的时候再跟她说。现在她不跑了,他就等到去棉田的时候再说吧。白敬宇做了几个拉伸动作,转头出了院子。

余飞其实早就起来了,她不出去跑步不是因为昨晚小棚的事,她是不知要怎么面对白敬宇。她担心他,可他现在不需要谁的担心。他需要帮助,但她却不知道要如何帮他。她不敢告诉他,她对他从有敌意到接纳、信任,再到现在对他这个人有超出合作伙伴的好感。她不敢对他的试探有回应，她怕满怀希望之后又只剩失望。

等白敬宇走了，余飞才从房里出来，准备去厨房做早饭。刚到厨房门口，她就看到余强背着身子在灶台前，不知在干什么。余飞皱起眉头："你在这干吗？"

"做饭。"余强因为昨晚的事，没脸见余飞，所以一直没敢转过脸来。

余飞以为自己听错了，她认识余强这么多年，这是他第一次主动早起给家里人做早饭。她快步走过去，想看他到底在搞什么。当看到余强正面的时候，余飞吓了一大跳："你脸怎么了？"

看余飞没有责怪他一句，反而担心他的情况，余强愧疚更甚。他转开头："没什么，摔到了。"他没脸跟她说是被白敬宇打的。

余飞不相信他是摔的，沉声问："刘大柱打的？"

余强心里一沉，她这是知道了他昨晚为什么叫她去小棚了？想想也是，白敬宇都把他打了一顿，怎么可能没把录音给她听。想到这里，他说了句"对不起"，转身离开了厨房。

"哥。"余强的身子顿了顿。现在的他，还有脸做她哥吗？余飞看向他的背影，慢慢说，"昨晚的事已经过去了，以后你就找个活好好干，一定能娶上好媳妇的。"

余强眼眶一红，想到这些年自己做过的混账事，恨不能挖个沟钻进去。他慢慢转过头，吸着鼻子："哥以后再不混日子了。这个家你来当，我以后就跟着你种棉花。"

余飞还没说话，余妈推着余爸进来，看到儿子的脸，吓得惊叫一声："强子，你的脸咋了？"

余强没说实话，又把刚才跟余飞说的那套说辞搬了出来。

"摔的？在哪儿摔的？"余妈半信半疑，用手去碰他的脸，想看看伤势情况。

"妈，妈，轻点，疼。"余强捂着脸赶紧后退，"我昨晚出去跟人喝了两杯，回来太晚了没看清路，摔沟里去了。"他昨晚被白敬宇揍得不轻，在地上躺了好一会儿才能起来。等他一瘸一拐地走回家，全家人都已经睡了。

余建国看到儿子这副熊样，没吃早餐就气饱了："你个操蛋玩意儿，哪

93

天不惹出点事来就难受是吧？"

"爸，我知道错了，我以后再不做这浑事了。"

"你要是能改，母猪都能上树。"余建国对这个儿子已经失望透顶，气得拍桌。

"爸，先吃早饭吧，今天的早饭是哥做的。"余飞把余强熬好的玉米碴子粥端上桌，又去倒出小半碗腌制好的萝卜干。

听到这是余强做的，余爸余妈皆是一愣。余爸没好气道："小飞你别帮他说话，这早饭肯定是你做的。这么多年了，我怕是进棺材那天也吃不上他给我做的一口热饭。"

余妈这么心疼儿子的人，也不信这早饭是余强起大早做的，毕竟知子莫若母。

余飞哭笑不得："爸，这真不是我做的，我也是刚起来不久。"

余建国看看余强，又看看碗里的稀饭，脸色一沉："这碗里没放药吧？"

余强被气到，留下一句"你们爱吃不吃"，顶着一张肿胀的脸就气呼呼地走了。

"瞧你这张破嘴。"余妈没好气地埋怨老头。

余建国此时也有些后悔，但嘴上还是不依不饶："谁让他以前干了这么多混账事，怪得了我吗？把我们毒死，再把这两间破房给卖了，你觉得他做不出来？"

余妈不想跟他说话，快速喝完粥，放下碗筷就走。

余飞坐下来，夹了些萝卜干到余爸碗里："爸，哥其实没您想的那么坏。"

余爸不知道要说些什么，许久才叹了口气："他这么对你，你还不记仇。小飞，爸知道这些年委屈你了，以后在这个家里，爸不会再让你受任何人的欺负。"

余飞看着眼眶湿润的余爸，也有些动容："谢谢爸，有您在，谁也不敢欺负我。"

白敬宇晨跑回来，在院里四下搜寻余飞的身影，却没看到人："余叔余婶。"

"小白总回来了，稀饭在锅里，鸡蛋在灶上，我去给你拿。"余婶站起来就要往厨房走。

白敬宇赶紧说："余婶您别忙活了，我现在还不饿，一会儿我自己弄就行。"

"好，那我就先洗衣服去了。"余婶刚拿起那盆衣服，余强忽然从屋里走出来，接过她手里的盆："我去。"

这一举动惊呆了老两口，余妈伸手想去摸摸儿子的额头，想要确定他是不是摔坏了脑壳。余强没给她碰到自己肿胀的脸，拿着木盆匆匆走到水槽边开始洗。

"强子，你不会洗，让妈来吧。"余妈一脸担心地跟过去。

余强不理她，继续用力搓。

余爸朝余妈喊："让他洗，养了他这么多年，也该让他干点活了。"

白敬宇看了余强一眼，他本以为余强今天会把自己昨晚揍他的事告诉余家老两口，从现在的情况来看，余强应该是只字未提。这一点让白敬宇觉得余强还算有点儿男人样。要是他一个三十多的人哭哭啼啼回去找父母告状，那自己在搬出去之前，还得找机会揍他一顿。

"小白总，你和小飞今天不用去棉田了，是吧？"余建国坐在院子里边剥玉米边问。

"嗯，刚打过药，这两天就不过去了。小飞在屋里呢？"白敬宇边说边朝屋里张望。

"小飞一早就出去了。"余建国说完，怕他觉得余飞偷懒，又补充了一句，"她应该是看今天不用去棉田了才出去的，有活她就不去了。"

"她……是去买菜了？"白敬宇问。

"不是，早上她接了个电话就出去了，说是去村支部。"余妈说。

白敬宇不知道余飞一大早去村支部干什么。他想到面包车没回来，再一想张谦就是住在村支部，难道是张谦一早给余飞打电话让她去拿车，所以她才过去了？白敬宇扫了一眼正蹲着洗衣服的余强，要不是他，他也不会让张谦去帮忙，张谦也就没有约余飞的机会。

余强没来由地背后一阵发冷，只能埋头继续用力洗衣服。

白敬宇走回自己的房间，越想越郁闷。他喝了一大杯凉水，想让自己的心情快速平静下来，但事与愿违，一杯凉水下肚，他上腹开始有了一阵隐痛。这种痛感他太熟悉了，他那"老朋友"胃病又来看他了。

上初中的时候，因为他爸白季礼忙于工作，白敬宇大多时候放学后都是自己解决吃饭问题。为了节省时间，他多数是用面包和泡面来对付。

大学毕业之后，即便他的做菜手艺已经不错了，但创业期每天加班，别说让他每天给自己下厨了，就连按时吃饭都成问题。折腾了这么些年，胃早就让他给折腾病了。像是浓茶、浓咖啡、过冷或过热的食物都会让他领教到胃的报复，所以他一开始答应在余飞家做主厨，很大一方面也是为了自己的胃。

此时白敬宇忍着痛，从行李箱里翻出从海城带来的胃药快速服下。稍微好点儿之后，为了不去想余飞和张谦的事，他打开电脑，开始干活。

此时的余飞在关起门来的村委办公室一连打了两个喷嚏。

坐在对面的陈双骂了丈夫文涛大半个小时。从余飞坐下来到现在，陈双尖锐且连珠炮似的声音就没停过。文涛乖乖听骂，一句也不敢回嘴，生怕说一句就要再加半小时。要知道在陈双没打电话叫余飞过来之前，他已经独自承受了妻子不少的怒火了。

文涛时不时用求助的眼神看向余飞，余飞了解陈双的脾气，不把气全撒出来，这事就没完。所以余飞在等，等陈双把火喷完。只是她没想到，陈双这次的火力会如此猛烈。她同情地看向文涛，让他少安毋躁，继续忍耐。

骂到口干舌燥的陈双终于停下来喝了整整一大杯水。余飞和文涛以为她终于能消停了，没想到下一秒，陈双又转过头，一脸气愤地拉着余飞评理："你说说，他在这里吃苦受累，为村里又是通网线又是搭基站；帮扶村里那些有困难的老党员，忙前忙后给村里那些没有劳动能力、患病有残疾的村民申请低保户和五保户，还自掏腰包让村组道路基本亮上路灯，给村里弄菜市和环保电炕……这些事哪一件不是为了村里人？可那些脏心烂肺的人是怎么对他的？写了一封匿名举报信，污蔑文涛背地里吃回扣。要不是领导信任他，亲自去查清原委，还了他一个清白，他现在都不知道会被害成什么样。最恶心的是，还有人趁着天黑，蓄意排水毁坏我们家里的农田。你也知道现在田里是文涛他弟一家在种，这下田土大量积砂，今年刚种下的玉米就这么被糟蹋了。文涛他弟一家天天上火，婆婆也快气病了。全家人就没一个支持他再继续留村里当支书的，可他就是一定要留下来，你说他这么做是为了啥？他这是要气死我吗？"陈双情绪激动，越说越难受，最后竟呜呜哭了起来。

余飞过去搂住她，愤愤地说："双姐你先别哭，其实文涛没做错什么，他一心为了村里人，他就想让整个村越过越好。但就是有人看不得这个村子好，因为村里便利了，会损害到他们的利益，所以他们才会用这么脏的手段去逼走文涛。"

"这村里人的眼都是些瞎的吗?文涛这么帮他们,最后就落个差点儿被冤枉的下场?这种好事谁愿做谁做,我们家文涛不干了。"陈双没好气地接过文涛递来的纸巾,用力擤鼻涕。

余飞作为西贝村的人,当然希望文涛能继续留下来当西贝村的书记。但作为陈双和文涛的好友,她又没法开这个口,只能轻轻拍着她的背,转头看向文涛:"你怎么想的?"

文涛自知对不住妻子和家里人,他把纸巾递给陈双,声音沙哑:"双儿,我知道我现在的工作给家人带来了很多痛苦,但好多项目都正在洽谈和进行中,如果我现在走了,之前做的事就都白费了。我答应你,干完今年我就不干了,你让我再干半年行吗?"

陈双红着眼,一副恨铁不成钢的样子:"西贝村的人到底给你灌了什么迷魂药,你就这么死心塌地地帮他们?"

文涛沉默几秒,从抽屉里拿出一封印满了村民红色手印的请愿书。信纸上写着西贝村的村民相信文书记没有贪污和受贿,恳请领导相信他,还他一个清白,让他继续在西贝村做村支书:

"这是我当时被匿名举报之后,村民们听到消息后第一时间写的请愿书。当时很多人都自发来到这里摁手印,不少人还想挨家挨户去叫那些还不知情的人过来。我没让他们去,也没把这封信交上去,因为我相信组织会还我一个清白。这封信对我来说,是一辈子都值得留念的东西。我感谢村民对我的信任,所以我想把手头上的项目都完成,这样才对得起他们的信任。"

余飞一脸吃惊:"我就在村里,发生这事你怎么不早跟我说?"

文涛说:"你当时棉田里的棉花刚招了风灾,焦头烂额,我就不去给你添堵了,也没让二叔他们告诉你。"

"他这人就这样,什么都自己扛。"陈双心疼又生气,但看着这封信,她也再说不出像先前那样强硬的话来。

余飞知道村里人的秉性,坏的时候能让人恨得牙根痒。好的时候又能对你掏心掏肺。文涛在这里受的委屈和感动她都体会过,所以,当陈双问她意见时,她纠结了很久,才开口说:"要不然,就让文涛再干半年吧。"

文涛一脸感激地看着她。余飞跟陈双解释说:"双姐,我知道我这么说对你和文婶都很不公平,但完成这些项目是文涛的心愿,要是他现在走了,留下的摊子肯定成为他一辈子的遗憾。其实你也知道,这个局面不是文涛的错,是那些背后捣鬼的卑鄙小人的错。在我看来,文涛不该退让,同时我们还要查出到底是谁写的匿名信,谁把文家的田弄成这样的,不能让那些人继续逍遥法外,干了坏事就得付出代价,我就不信邪能压正!"

"这哪能查得出来?那田地附近多的是小路,又没摄像头,怎么查?"陈双问。

"他们的目的是赶走文涛,只要文涛不走,他们肯定还会有动作。我们提前做准备,等着抓现行。"

陈双犹豫了许久,想起文涛和他们一家遭的罪,一咬牙:"这些杀千刀的,就该抓起来。行,听你的。"

文涛眼睛一亮:"谢谢媳妇儿。"

陈双没好气道:"你先别高兴太早,妈那边你还没搞定呢。"

"只要你站我这边,跟我一起说服妈,妈迟早能理解的。"

"我可没能耐说服妈。"陈双想到自己的婆婆就头疼。

文涛又可怜巴巴地看向余飞:"飞哥,要不然,你跟我们一起去跟我妈聊聊?"

余飞也不含糊:"行。"

三人一起去了文家,中午文家留余飞一起吃饭,余飞推辞不过,只能打电话告诉家里人自己中午不回去吃饭了。

白敬宇在电脑前干活干到中午,直到余妈过来叫他去吃午饭,他才发现余飞到现在还没回来。白敬宇看到余强只盛了四碗饭,问:"小飞中午不回来吃饭?"

余强硬着头皮开口:"她刚才打电话跟我说不回来吃了。"

"打电话给你?"白敬宇皱眉。

余强心下一紧,觉得脸上肿胀的地方更疼了:"是……是啊。"

白敬宇一口气堵在胸口,这个没良心的女人,一大早出去找张谦,中午不回来吃饭,宁可打电话给之前还跟外人一起合谋害她的余强也不打给他,她到底几个意思?白敬宇毫无胃口,他起身说:"余叔余婶,我刚才在房里吃了些东西,中午就不跟你们吃了,我去趟棉田。"

"你自己去棉田?要不要叫上小飞一起去?"余建国说。

白敬宇想到余飞现在正跟张谦开心吃饭的样子,一脸郁闷道:"不用了,她现在忙得很。"

看白敬宇沉着脸出去，余妈一脸纳闷说："小白总今天是怎么了，好像不太高兴啊。"

余强昨晚被打怕了，看到白敬宇大气都不敢喘。看他走了，才松了一口气，边把筷子递给爸妈边说："高不高兴是他的事，咱吃咱的。"

此时余飞在文涛家吃完了饭，跟文涛把陈双送到了村口，陈双今天只请了半天假，下午还要赶回学校。陈双上车前跟余飞说："帮我盯着点他。"

余飞搂着陈双的胳膊："放心，我在村里，文涛要有什么事，我不会袖手旁观的。"

把陈双送走，余飞跟文涛说："你以后有事可别像上次那样瞒着我了，不告诉我我可不帮你安抚双姐，看你到时怎么办。"

文涛讨饶似的不停点头："记住了，以后有事一定找飞哥。"

余飞跟着文涛往车那走："说实话，我真挺佩服你的，出了那些事你还要继续干，你就不觉得委屈吗？"

文涛想了想，说："我是西贝村的人，这里是我出生成长的地方。虽然这个地方和这里的人有很多缺点，但他们是我的乡亲，这里是生我养我的地方。想办法让这里变得更好是我的工作，也是我的职责，我不委屈。"文涛说完顿了顿，看着她，笑说，"其实这些年余婶余强他们怎么对你的我们都知道，我和双儿常替你委屈，可你自己却从来不觉得委屈，不是吗？"

余飞嘴角慢慢扬起："不愧是我涛哥。"

文涛也笑起来："对了，你那棉田现在怎么样？"

"前阵子发现其中几块地杂草挺多的，我和白总用农业无人机在杂草比较严重的地块打了除草剂，这样杂草就不能跟棉田争营养了，也不会影响结蕾了。"

文涛点头："用那机器打药，半天就打完了吧。"

余飞笑着摇头："用不上，两小时内结束战斗。"

文涛感叹："真是不错啊，以前除草这事只能靠人力，要是打药，那可是大工程。现在有了农业无人机，真是方便太多了。可惜现在的农人还看不出这机器的价值，这也是我佩服你的地方：看得远且有魄力，敢干别人不敢干的，想别人不敢想的。等别人看到这些科技农业产品的价值时，你早就吃到第一批螃蟹了。"

"我这也是赶鸭子上架，没有办法。不过当初我的确也是看好了科技农业这个点才跟白总合作的。这也得感谢你的撮合。"想到之前的事，余飞多少有些感慨。

"这都是你自己有主意，不然我们再怎么撮合都没用。"

"你和白总现在关系怎么样？"

余飞笑笑："难兄难弟还能怎么样，就……挺好的合作伙伴关系呗。"

文涛笑了："之前我还担心你们两人闹矛盾，现在看你俩关系越处越好我就放心了。"

余飞有些心虚，张嘴说："也没你想的那么好，我俩时常意见不同。"

"意见不同可以商量。只要有办法解决，就没什么可怕的。哎，对了，我之前不是跟你说我想在村里弄菜市场的事吗？现在有眉目了。你今天有没有别的事，没事我带你去看看我们村以后的菜市场位置。"

余飞和白敬宇之前已经商量好，打药后的两天都不用去棉田，所以她点了点头："我没事，走吧。"

两人开车去菜市场工地的时候，经过王婶的棉田，看到好几个人正站在田边跟王婶理论着什么。文涛作为村里的支书，当然要第一时间了解情况。他把车停在棉田边，下车的时候，余飞也跟着走了下来。

跟王婶吵的这几人都是她从县里请来的农业技术人员。王婶没想到，自己大老远从县里花了大力气请来的专家，说出来的话竟然跟那天白敬宇和余飞说的一模一样，都是让她补水补肥。她不知道这些专家是不是水平不够，不然怎么会跟两个刚种棉花的人说出来的话一样的？她来回县里跑累也就算了，耽误了棉田那就是大事，这么想着，她才跟这些专家吵了起来。

听完两边人的话，文涛看向专家中年长的那位，说："你是农业局的林老师吧，我是西贝村的支书文涛，咱之前在县里的农业大会上见过。"

林老师推了推眼镜："文书记，原来是你啊。哎呀，你来评评理，这位王大娘去了我们那儿，说她田里出现了异常，死活让我们马上来帮她查看。我们一行人着急过来给她排查情况，发现问题不大，让她补水补肥。没想到她却不依不饶，说我们没告诉她实情，根本就是不懂装懂。这简直就是无理取闹嘛。"

王婶看文涛对他们态度不同，只能指着余飞跟文涛说："他们说的跟飞哥之前说的一样。飞哥今年刚种棉花，之前还重播了好几次，你让我怎么信他们嘛？"

文涛跟王婶说："这几位都是县里有名的棉花种植专家，不少村镇的棉农都是经过他们的帮助之后，解决了种植中的大小问题。林老师他们不会骗你，也没必要骗你。"

文涛都这么说了，王婶也就无话可说了，臊眉耷眼地走了。

几人也不跟她计较，林老师赞赏地看向余飞："姑娘，你今年刚种棉花就能看出棉田的情况，真是了不起。"

文涛颇为自豪地介绍说："她叫余飞，是我们村第一个包下六百亩棉田来进行科技种植棉花的人。"

林老师和几位同行都面露惊讶："是吗？我之前一直听说西贝村有人包了六百亩棉田，用植保无人机来种植。真没想到，做出这么有魄力的事的人，竟然是位这么年轻的姑娘。"

余飞笑说："过奖了，这是我第一次自己种棉花，还处于摸索阶段。以后有什么不懂的地方，还要请教各位老师。"

"好。我们一直想要去看看你的棉花农场，今天我们也来了，要是方便的话，能带我们去参观一下吗？"林老师说。

文涛看向余飞，示意她机不可失，菜市场可以以后再看，专家下一次可不知道要什么时候才来了。

余飞当然不会放过免费请教的机会，她赶紧点点头："当然可以，求之不得。"

两辆车子掉转方向，一前一后地朝余飞的棉田开去。此时白敬宇刚从棉田回来，余飞他们正去往棉田的路上，完美错过。

回到家的白敬宇发现余飞还没回来，心里的不爽又多了几分。这从早上出去到现在还没回来，这两人有这么多废话可说吗？他黑着脸回了房，打开电脑坐在桌前，第一次没心情干活。

桌上摆放着白敬宇之前自己折的好几架纸飞机和各种栩栩如生的小动物。他折东西从来都是随性而为，多是跟他当下经常看到的东西有关。自从来了西贝村，他折的东西就从飞机汽车变成了小鸡小鸭。

此时他拿起一张橘红色的彩色纸，迅速折了一只火红色的小狐狸。折好

101

之后，他拿在手里看了看，在狐狸的眼睛处画了两个白眼圈，没好气地对着纸狐狸说了声"白眼狼"。他越想越上火，把"白眼狼"丢得远远的，几秒钟后，又伸手捡回来，把它放在了离自己电脑最近的地方。

一天没好好吃饭，晚餐不能再糊弄。白敬宇怕他们做的饭菜不合胃口，看时间差不多就进了厨房。

厨房里的食材有西红柿和鸡蛋，他想到余飞喜欢吃这种酸酸甜甜的菜，就准备炒个西红柿鸡蛋。看到地上放着几个地瓜土豆，要不再做个拔丝地瓜也可以，还有那辣炒土豆丝她也喜欢……

等等，他进来之前明明是想着做几个自己喜欢吃的菜，怎么不知不觉就全都成了她喜欢吃的？白敬宇心里郁闷，平日里有余飞帮忙，所有菜都是洗好、切好、码好放在碟子里，一目了然、井井有条，让他做起菜来心情都格外舒爽。如今就他自己，整个厨房都是乱糟糟的，时不时还锅碗碰瓢盆。

余妈出门了，余强躲在墙角，偷偷看厨房里的白敬宇在忙活。

"杵在这儿干什么，进去搭把手。"余建国不知什么时候自己推着轮椅来到了余强身后，没好气地瞪着鬼鬼祟祟往里看的儿子。余强没办法，只能硬着头皮进去了。

"那个，我来帮你洗个菜。"说这话的余强光是看着白敬宇，身上就已经隐隐作痛了。

"帮我洗菜，你不吃吗？"白敬宇不爽，没好气地怼他。要不是因为这个混蛋，余飞也不会跟张谦出去一天。

余强赶紧改口："我说错了，我来洗菜、切菜。"余强记得余飞以前就是在旁边给白敬宇打下手的，他也有样学样。

"西红柿切片，不是切块，土豆丝都成土豆棒了，这个碗装过生肉，不要跟别的碗混在一起……"

自从余强开始帮忙，白敬宇嫌弃的抱怨就没停过。习惯了有个干活利索的二把刀，他现在看余强摆个碗都能气顶脑门。

余强这火暴性子在白敬宇面前算是彻底哑火了，一句都不敢吭声，老老实实地按他的要求来。

余建国看白敬宇愿意调教自己儿子，不但不生气，心里反而很高兴。要是余强能学到小白总身上十分之一的优秀品质，他这把老骨头这辈子也能安心闭眼了。

菜都上桌了，余飞还是没回来。白敬宇看了眼时间，下午五点半。他知道两个老人不能饿着，他让余强拿几个碗，把几个菜分出来给余飞留着。

余强不解："留菜一个碗不就行了吗？为什么要拿那么多碗？"

"堆一起串味了她不喜欢。"

余强粗糙惯了，从来没想过这么细。但都是男人，余强再粗枝大叶，也知道当一个男人对一个女人这么细心，一定是心里有她。

大家正准备吃饭，院子铁门被推开，余飞回来了。白敬宇放下筷子，嘴角闪过一丝喜色，但瞬间又藏得严严实实。

"爸妈，我回来了。"余飞刚往前走两步，就听到院外有人喊自己。

她转身出去，看到张谦从小面包上下来，正笑着朝她招手。余飞微微一怔，这才想起今晚说要跟他去看电影的事。她今天出去了一天，现在才回来，没想到张谦会这么早就过来。余飞有些抱歉："张哥，不好意思，我刚回来，还没吃晚饭。你吃晚饭了吗？要不然进来一起吃了我们再去看电影吧。"

张谦本就打算跟她一起去看完电影再一起去吃宵夜，现在听她这么说，顺势道："不用了，我们可以去镇上吃。我听说电影院旁有家鸡丝馄饨很好吃。我们吃完了可以看最早那场，看完也可以早些回来。"

余飞知道家里人都在，张谦不好意思一起进去吃饭，犹豫了几秒，点头答应了："行，你请我看电影，我请你吃馄饨。你等我一下，我进去跟家里人说一声。"

看着她跑回屋里，张谦兴奋地搓了搓手，又把刘海好好整了整，心里的高兴不言而喻。

白敬宇在屋里不知道门外的人是张谦，看余飞回来，早把今天一天对她的不满丢到了脑后了，主动开口说："回来得刚好，吃饭吧。"

没想到余飞说："不吃了，我马上要跟张哥去镇上看电影，我们在镇上吃。爸妈，我出去了。"

"你这刚回来又要出去啊？"余爸说。

"对啊，来不及了，我先走了。"

看她进房间匆匆拿了个包就走，白敬宇的脸立马由晴转阴。这女人今天跟张谦待了一整天，晚上回来连饭都不吃，现在又跟他出去看电影，这是几个意思？难道她是被张谦昨晚的"英雄救美"给打动了？看到这一桌他私心给她做的菜，白敬宇气自己去找张谦帮忙，恼余飞是个没良心的白眼狼。

103

余爸余妈看着冷脸回房的白敬宇,也没敢叫住,推了推旁边狼吞虎咽的儿子:"这小白总是怎么了?做了这么多菜,自己一口没吃就走了?"

余强嘴里塞得满满当当,含糊不清说:"哎呀,他不吃咱们吃,别浪费了。"

余飞走后,白敬宇回屋里边生闷气,边继续改程序。眼角余光看到显示器旁的那只"白眼狼",他气不打一处来,把"白眼狼"给丢到了那堆鸡鸭鹅中。

第三十六章　　解开心结

桌上的手机忽然响了起来,白敬宇以为是余飞良心发现打来的,急急拿起手机,屏幕上却是老蒋的号码。"喂。"白敬宇接通,语气不悦。

老蒋急急的声音传来:"老大,告诉你一个坏消息!"

白敬宇阴着一张脸:"能先说好消息吗?"

"今天没有好消息。"

白敬宇心里苦,祸不单行说的就是这个吧?

老蒋也顾不得老大心里是怎么想的了,赶紧汇报:"据最新可靠消息,云上科技已经跟中育集团达成合作协议,以后他们农业方向的无人机产品服务不愁没订单了。可以预见,他们有了中育这个活招牌,会有更多同类型的公司跟他们合作。而我们擎翼飞行服务的市场空间将会被进一步压缩,直到被云上挤对出市场。"

白敬宇有些意外,没想到云上科技能在这么短时间内拿下中育集团。老蒋之前提了让他找老白去走后门找中育的事后,他虽然没找老白,但也通过其他方式去跟中育那边接触了。可对方明确说自己有稳定的种植体系,并不看好他们的植保无人机服务。他给对方展示了无人机的各种好,依旧没法打动对方。他想不通产品功能没他们强的云上科技又是怎么撕开中育这个口子的?老蒋和白敬宇一样,百思不得其解。

"老大,你说他们是不是又用了什么见不得人的手段?"在老蒋看来,云上要是不用些卑劣手段,那都不叫云上。

白敬宇揉着眉心:"现在去想这些也于事无补。对了,公司债权融资的事办得怎么样了？"

说到这事，老蒋更是气不打一处来："我委托投行办理，你猜怎么着，想给我们擎翼科技融资的公司是云上科技，这不是恶心人吗？而且他们还有硬性条件，要在融资过程中派人到我们公司进行监管。云上这野心都写脸上了，我们要是同意了就是妥妥的引狼入室。对了，他们还说，可以跟我们签对赌协议，条件都可以谈，但要是最后没达成，擎翼科技就得是云上的了。哎，你说这云上科技怎么就觉得拿下我们擎翼科技就跟探囊取物一样？到底是谁给他们的自信和勇气？"

白敬宇想到公司的财务状况，仰头看向房顶："我再想想还有没有别的办法。"

"老大，要不然我明天先跟公司的同事吹吹风，说我们这两个月的工资先缓缓，大家应该都能明白公司的难处。"

"不用。月底之前我能想到办法。"

"老大，现在离月底没几天了。"

"我知道，先这样吧。"

挂了电话，白敬宇拨通严志高的电话。

"白总有何指示？长话短说啊，妹子还等我呢。"

"我们公司要进行债权融资，我想去跟严叔谈谈，看他能不能投资我们。你帮我问问他最近什么时候有空，越快越好！"

刚刚还嬉皮笑脸的严志高瞬间就认真起来："什么情况，都搞到债权融资了？"

白敬宇言简意赅："研发经费烧完了，现在等钱发工资。"

严志高忽然想起了什么，说："这周末，也就是后天中午，我妈让我回海城一趟，虽然她没明说，但肯定就是给我安排了相亲局。据说对方父母跟我爸是老同学，到时我爸也会去。老实说我之前还想拖着不回去，现在我舍命陪君子，你跟我一块去。"

白敬宇一听就不太靠谱："我去你相亲现场跟严叔谈合作，不太好吧？"

"没什么不好的，反正我去也只是个形式。我们谈我们的，你们谈你们的。"严志高说得理所当然，"而且我告诉你，我爸吃完饭就去机场了，下半年他都会在国外新公司抓业务，你一时半会儿也见不着他人了，去不去你自己考虑吧。"

"好，我跟你一起去。"白敬宇当即拍板，事关公司前途，他也顾不了这么多了。

"你走的这几天，棉田没事吧？"

"这几天刚打药，到五月中都没什么大事。"

"行，那我现在就订机票，明天你过来会合，后天我们坐早班机走。"

"这次跟你相亲的是哪位集团千金？"白敬宇觉得还是提前了解一下，避免到时候尴尬。

"这次的这个跟之前那些大公司千金不一样，好像只是个普通家庭的姑娘。她爸跟我爸是大学同窗，她现在在海城大学做辅导员，姓甄，好像叫甄妮。"

甄妮？白敬宇觉得这名字好像在哪听过，但他一时又想不起来了。

严志高在那头继续吐槽："我妈说这妹子有福相，上一个被我妈称赞有福相的是我那个接近一百五十斤的表妹。我跟你说，也就是你，不然我才不去见那什么福娃……"

白敬宇忽然打断他的话："我知道她是谁了。"

严志高一愣："你认识？"

"她是余飞的闺蜜。"白敬宇想起来余飞跟他提过，她有个闺蜜在海大做辅导员。云上科技开设植保无人机课程的事，余飞就是从甄妮嘴里听来的。

"我去，这世界还能再小点吗？"严志高一个头两个大，本想速战速决，用渣言渣语让这位甄妮断掉不切实际的幻想。没想到现在牵扯到了余飞，余美又是他的学生，为了他这为人师表的形象着想，他还能不能简单粗暴地拒绝了？

"白敬宇我话可说在前面，我是为了你才牺牲的色相。要是那个甄妮对我死缠烂打，你得给我摆平。"

"乐观点，说不定人姑娘也是被逼无奈才去的。"白敬宇在余飞那碰了钉子，他现在最深切的感受就是，人不能盲目自信。这个甄妮既然跟余飞是闺蜜，估计审美标准也跟正常人不一样。

"不是我自夸，去跟我相亲的，就没有被逼无奈这一说。"那头的严志高没受过现实的毒打，对自己的气质长相不是一般的自信，"你就说吧，要是这甄妮缠上我了，你要怎么办？"

"我把你微信聊的姑娘的列表截图给她,任何一个正常姑娘,都不会再缠着你了。"

"那要是她不正常呢?"严志高也不是没遇到过。

"她是余飞的朋友。"

"所以?"严志高不解。

"不会不正常。"白敬宇说得理所当然。

严志高被气笑:"我算是知道了,余飞就是你的命门。行吧,就这么着,你帮我劝退那个甄妮,我帮你劝我爸出钱。"

"合作的事我自己来谈。"白敬宇知道严志高一向不愿插手公司的业务,他不想让他破例。同时白敬宇自信能说动严叔,如果擎翼科技没有前途,那他也不会去坑严叔。

挂了电话,白敬宇给老蒋打过去,让他准备好文件。做完这些,白敬宇需要好好想想后面的事,他换上运动服出去夜跑,缓缓脑子。围着棉田跑了一圈,回来的时候看到余强在张燕家附近徘徊。

白敬宇没工夫管余强,刚要离开,转念想到要是余强闹出什么事,余飞还得给他善后。他没好气地转身回来,站在一处枯草堆后,看余强到底要闹什么幺蛾子。

余强吃完饭就在这儿守着了,好不容易等到去给刘家棉花地干完活回来的张燕。

他跑过去拦住她:"燕儿,你不要嫁给刘大柱,他不是什么好东西。"

张燕从他手里挣扎出来:"你放手,我过两天就嫁人了,你现在说这些还有意义吗?"

余强急得不行:"燕子,刘大柱真不是什么好鸟。你也别嫁给他。"

张燕心如死灰:"那你告诉我,除了他,我还能嫁给谁?"

"我,你嫁给我,你让你爸再等一年。我已经把东西收拾好了,明天就去城里的工地上搬砖,年底一定赚够钱回来娶你。"余强没有开玩笑,或许是被白敬宇给打醒了,从小到大,他第一次这么认真决定去做一件事。

"我妈等不起了!余强,你要真想娶我,之前为什么不早点去赚钱?我等了你这么多年,你都干吗去了?你走,别让我再看到你。"张燕红着眼圈进了院子,把门重重关上。

余强后悔不已,蹲在张燕门口,用力捶着墙,直到手指血肉模糊。

站在不远处的白敬宇看了会儿,觉得余强除了打墙,应该也不会闹出什么事了。

就在他准备要走的时候,就见一辆小面包忽然停在旁边,几个人从车上下来,提着麻袋朝余强就冲了过去。被套住的余强还没反应过来,就被一顿乱棍给打蒙了。"欠了钱还想跑,我看你往哪儿跑!"带头的寸头说完,一棍就砸了下去。也不知打到了哪里,刚才还挣扎的余强闷哼一声,忽然就不动了。

远远看着这一切的刘大柱心里痛快极了。余强之前打了他一顿,又耍了他一场,刘大柱咽不下这口气,偷偷给一直想要堵余强的那群要债的人说了余强的行踪,这下余强果然被堵住了。

"住手!"白敬宇拿着手机走出来,边录边警告这些人,"我已经报警了,识相的赶紧滚。"

"又是你。"寸头认出白敬宇就是上次坏他好事的人,拎着棍子就朝他冲了过来。

白敬宇一个闪身躲过去,回头就一脚踢在了寸头的腰上。其他人见状都朝白敬宇围了过来,白敬宇慢慢往后退。他虽然身手不错,但好汉不吃眼前亏。

眼看四人的棍子就要打过来,巷子拐角处忽然一阵人群跑动的声音。几人面面相觑,几秒之后,一群村民们拿着铁锹锄头冲了过来,带头的就是文涛跟二叔。

要债的见识过西贝村彪悍的民风,此时看到喊打喊杀的众人,嗖溜一声就蹿上小面包想要跑。天黑路滑,加上太过紧张,车子发动了几次都没能发动起来。

村民们朝着车子扔石头扔锄头,车子玻璃碎了好几块。车上的人吓得大气都不敢喘。寸头都快吓尿了,拼命踩油门,发誓要是有命出去,下次他打死都不会再进村了。

刘大柱不知道文涛他们怎么来了,怕人知道是他把人叫来的,急急从小路上跑了。

最后一刻,车子终于发动起来,没命地朝人群撞过来。围拢的人群不得不散开,车子逃了出去。

白敬宇和文涛去扶余强,发现他满脸是血,已经晕了过去。文涛当即就跟白敬宇一起把人送往了镇医院。

电影刚看到一半,余飞就接到了文涛的电话,让她马上来镇医院一趟。

余强在医院醒过来,听了文涛的话,才知道是白敬宇在关键时刻打电话给文涛,这才救下了他。余飞和张谦来的时候,文涛已经提前走了,只有白敬宇坐在余强床前陪着他输液。

"哥,你没事吧?"余飞急急问。

"有些脑震荡,多亏了白总我才捡回一条命。那个,今晚你就跟白总留在这里守着我吧。"经过这件事,余强已经把白敬宇当成了自己人。既然知道白敬宇喜欢余飞,他当然要帮他挤走张谦。

余飞一怔,心说这余强之前不是挺怕白敬宇的吗,怎么现在还让人留下照顾他?再说白敬宇现在公司这么多问题,哪有时间留下来照顾人?

张谦开口说:"强哥,白总很忙,今晚就让他先把车开回去吧,我跟小飞留下来照顾你。"

白敬宇看向余飞,张谦也看向余飞。"你们都不用留下,我自己留下来就行。"余飞谁的人情都不想欠。

"那怎么行,我上厕所怎么办?"余强说。

余飞怕耽误白敬宇的事,犹豫两秒,说:"那张哥留下吧。"

白敬宇看着把车钥匙递过来的余飞,脸都黑了。他接过钥匙,转身走了出去。

余强无语,搞不懂余飞为什么要留下这个弱鸡一样的张谦。

张谦为了讨好余强,开口说:"强哥,你现在想不想喝点水,我去给你打点。"

余强没给他好脸,直接躺下闭眼。张谦在家里和公司里都是被捧惯了的,现在被当面下脸子,有些下不来台。

余飞看余强又开始犯病,她把水壶递给张谦:"张哥,我哥这人有些怪,你不用管他。麻烦你去水房打壶水。"

"好。"张谦接过水壶,出去了。

余飞转头愤愤跟余强说:"你别以为你现在躺着就是大爷,你要不想我们留在这里照顾你,那我和张哥一会儿就走。"

余强急了:"我都被人揍成这样了,你们走了我怎么办?"

"你挨揍也是因为你之前借了不该借的钱,跟我们没关系。我话说在前头,你一会儿还跟张哥掉脸子,别怪我们说走就走。"

109

"你跟姓张的在一起了？"

余飞皱眉："我告诉你余强，我跟张哥就是普通朋友关系。你要是再乱说不消停，你就自生自灭吧。"

"你真没跟他在一块？"余强咧嘴笑，"没在一起就好。我看那小子对你心思不纯，你以后离他远点，好女怕缠男，哪天说不定就被他给缠住了。"

"余强你一天天的能想点正经事吗？我不喜欢他，他也没说过喜欢我，你少胡说八道。"说完余飞忽然警觉起来，"我跟谁在一起你为什么这么上心？你是不是又打了什么歪主意？我警告你余强，你要是再有那些乱七八糟的想法，别怪我对你不客气。"

余强看她会错意，赶紧发誓："我余强再有那些想法，我不得好死。我是看白总对你挺好的，人也不错，你要不想跟那个姓张的在一起，那就考虑一下白总呗。"

余飞一怔，没想到余强会这么说。她没好气道："管好你自己，我的事不用你操心。"

余强还想说什么，张谦从外面回来了。余强看张谦多了分不耐烦，但碍于余飞不停给他使眼色，只能开口说："谢了。"

"张哥，我刚才跟我哥商量了，他现在其实已经可以自己下床，你今晚不用在这儿陪着了。我去医院附近的旅馆给你开间客房，今晚就委屈你先住那儿吧。"

张谦不想走，但余飞还是坚持把他送了下来。来到医院旁边的旅店。张谦看她要交钱，赶紧上前拦着："不用你掏钱，我来。"

"我来。今晚要不是因为我，你也不用住店。这个钱一定得我来出，不然我心里不舒坦。"余飞一定要掏钱，余强的话提醒了她，所以她不想欠他任何人情，让他有别的想法。

看她跟自己分得这么清，张谦也就由着她。她在病房里跟余强说的那些话，他在外面都听到了。她，不喜欢他。

余飞交了钱，把钥匙递给张谦，一脸抱歉道："明天你自己先回去吧，别耽误工作。今天原本说是陪你一起来看电影，没想到电影没看完，还让你陪我一起过来看病号。"

"我们是朋友，说这些就见外了。"张谦扯住一丝笑意，眼中全是落寞。他不是个喜欢死缠烂打的人，他不知要如何让她喜欢他，他只希望她别因此疏远他。

余飞在医院里听着余强的呼噜声,一夜没睡好。余强的话让她辗转反侧,她虽然对白敬宇有些朦胧的感觉,但感情对于现在的她来说就是奢侈品。在没解决生存问题之前,她不敢去想,更不敢碰。

第二天傍晚,等余飞和余强从县医院回到家,就听余爸余妈说白敬宇已经回海城了。余飞吃了一惊,第一时间想到的是他走得这么仓促,是不是擎翼科技出什么事了。白敬宇没说什么时候回来,她想要打电话去问,又怕他现在正在忙,她打过去会打扰他。

余爸把一张薄纸递给余飞:"这是小白总临走的时候让我交给你的信。"

余飞急急打开,发现里面写的是他房间里的电脑和其他设备的开机密码以及他设定好的水和肥的滴灌压力值。他怕她不懂,还给了她一个调整范围,让她这段时间根据实际情况来自己调整。要是有什么问题,随时联系他。

余妈在一旁担心:"你说这小白总会不会就这一去不回了呀,那咱租了这么多的地不就白瞎了吗?"

余建国不悦:"别瞎说,人小白总只是说不确定什么时候能回来,没说不回来。"

余妈抱怨:"不说不就是不回来吗?要回来他怎么不说清楚什么时候回来?"

"他会回来的。"余飞开口说。

余妈诧异地转头看她:"他跟你说了?"

"没有,我相信他。"余飞说。

余妈气得指着她:"你相信他?你才认识他多久,人心隔肚皮你知道不?"

"信不信任跟认识的时间长短没关系。我相信自己的判断。"余飞相信白敬宇不是个不负责任的人,他走得这么急还不忘给她写好这些提示,他一定不会丢下他的心血,他一定会回来的。

"我也相信白总会回来的。"余强开口说。余强和余飞这些年,难得意见统一。

余妈没好气地指着两人:"要是他真跑了,我看你到时候哭都没地方哭。"

吃完晚饭,余飞回房做兼职,换衣服的时候,她从口袋摸出那张薄纸,

111

把上面的字,看了一遍又一遍。她相信他一定能解决好公司的问题,尽快回来。

此时的白敬宇还在严志高的宿舍修改老蒋发过来的合同文稿,凌晨他要跟严志高坐火车去市里,才能赶上最早一班飞海城的飞机。他时不时看一眼手机,从余家走的时候他特意给余飞留了纸条。本以为他走了,她怎么也得打个电话过来问问,没想到这白眼狼倒是沉得住气,竟然一个电话也没给他打来。

白敬宇十分钟看一眼手机的样子被严志高抓到,他拿着跟妹子聊天聊得发烫的手机,笑嘻嘻凑过来:"等电话?"

白敬宇嘴硬:"没有。"

"骗谁呢?瞧你这别扭劲,直接打过去不就完事了吗?"严志高看不下去了。

"我为什么要打过去?她忙着跟别人谈恋爱,我还要热脸去贴冷屁股?"

严志高大吃一惊:"飞哥谈恋爱了?跟谁?"

白敬宇背靠在椅子上:"就上次被我们撞见那相亲男。"

"飞哥亲口说的?"

"这还用说吗?她今天一早就去找人家了,傍晚才回来。进门晚饭都没吃,又跟人去看了电影,不是恋爱是什么?"

严志高听完想了想:"谁告诉你飞哥今天一早去找张谦的?"

白敬宇一脸明摆着的表情:"张谦住在村委会宿舍,她去村委会宿舍不是去找他还能找谁?"

严志高哭笑不得:"今天下午我遇着陈姐了,她说她刚从西贝村回来,还说她这段时间因为她老公这村支书的事她没少上火。好在飞哥今天一早过去跟她和文涛一起把事情谈妥了,还帮着她一起去说服她婆婆,忙活了大半天。我跟陈姐聊的那会儿,她还抽空给涛哥打了电话。我听那电话里,文涛好像跟飞哥一起去了棉田那儿,旁边还有不少人。这一整天,人飞哥就没去见什么张谦,你这误会大了。"

白敬宇看着他:"你没骗我?"

"不信你现在可以自己给陈姐打一个。"

白敬宇的火气瞬间去了大半,带着笑意:"我没你这么闲。"

此时余飞做完兼职,又打开农业学习网站。现在白敬宇不在,她更要守好这些棉田，不能出任何差池。

从小到大，她看余爸种过这么多茬的棉花，当然知道蕾期要注意的点有什么。但现在的农业发展迅速，以前的经验已经跟不上发展。为了更全面详细地养苗、护苗，不出差错，她需要补充更多的农业知识。

蕾期是棉花的营养生长和生殖生长并进的时期，但仍以营养生长为主，地上和地下营养器官的生长明显加快，花蕾的增长也日渐加快。和苗期相比，蕾期是棉株群体体积增长较大的时期，也是棉田株体各器官增长最快的时期。

这个时候的棉株对水肥的反应较为敏感，如果水肥不足，就会造成营养不良，植株容易矮小、结的蕾也少，导致早衰减产；如果水肥过多，营养过剩，会造成棉株疯长，蕾铃还会因此大量脱落。

这个时期需要操心的事不少，所以就算棉田有二十四小时摄像头，她也要每天亲自去查看才安心。

第三十七章　博弈

第二天余飞自己开着小面包到了棉田。此时的棉田枝繁叶茂，是一片喜人的绿色。余飞拿着自己记录棉株生长的小本本下了田。她仔细测量棉株每个时期的变化，如今棉田里的棉花每株都长到了15~20厘米，果枝也有6~8个。她把这些数据都认真记到本子上，发现田里的棉花无论是株高、主茎真叶数还是单株蕾数，都明显高于余爸以前种的。

看到这个成果，余飞是极其高兴的。她拿出手机给白敬宇发了条信息，告诉他棉田里的变化。这是从那晚她在门外听到他和老蒋的对话之后，第一次主动给他发信息。

此时白敬宇跟严志高刚下飞机，严家派了车过来。严母太久没见儿子，亲自过来接机。看到"干儿子"和亲儿子的严母高兴得不行，拉着两人上车之后就不停说话，白敬宇压根腾不出空来看信息。余飞等了好一会儿也不见他回信，微微有些失落。把手机放进包里，继续查看棉田情况。

往年她爸种棉花的时候，在蕾期要追肥、松土、扶弱苗。除此之外，还要5~7天灌一次水肥，每次灌2~3小时，其间还要一直有人盯着，以保持田间湿润,确保棉花不受旱、不受淹。

这些辛苦又繁琐的步骤她都记得清清楚楚。好在现在她的棉花农场改变了种植方式。有了滴灌技术,她不需要在那些步骤上花费大量体力,只需要确保每个灌溉区内的毛管有一定的压力,滴水均匀以及浸润深度和宽度,确保膜沟内不积水就可以了。

中午的太阳越来越大,余飞就算戴着帽子,脸也被晒得有些发红。她收起笔记本上了车,刚要发动,就听到手机信息的声音。余飞以为是白敬宇回的,拿出来一看,发现竟然是甄妮发来的信息:啊,白敬宇竟然来我的相亲局了!!!

甄妮昨晚就发信息跟她抱怨,说她父母又给她物色了一个相亲对象,她迫于无奈,又因为对方把地点定在了她一直想要去吃,但东西又贵得离谱的一个大酒店里,所以她才勉为其难地答应了。

余飞看着甄妮那条三个感叹号的信息,整个人愣住。白敬宇赶回海城不是去处理公司的事吗?怎么会出现在甄妮的相亲局上?甄妮的相亲对象不会就是白敬宇吧?不对啊,甄妮昨晚说跟她相亲的男方父母和她父母是老相识,而且对方今天一家三口都会来。白敬宇的母亲在他年幼的时候就去世了,所以白敬宇应该不是去跟甄妮相亲的。意识到这一点,余飞竟然松了一口气。她飞快打了一行字回过去:相亲局结束了?方便电话吗?

甄妮迅速回了一条:能体会你吃瓜的心情,不过现在长辈都在,不方便。一会儿回去了马上跟你聊。

余飞放下手机,心中忍不住各种猜想。白敬宇为什么会出现在甄妮的相亲局上?跟甄妮相亲的人又是谁?

此时饭店包间里,长辈们坐大桌聊天,白敬宇和严志高坐旁边一桌,看着对面被点心呛到、不停咳嗽的甄妮,严志高的白眼差点翻出天际。他则极其敷衍地跟她打完招呼后,直接拿出手机,无视甄妮的存在。白敬宇看不下去,给甄妮递了水和纸巾:"点心太干了,喝点水。"

甄妮心说点心才不干,老娘就是看到你才被噎到的。

旁边的严志高觉得白敬宇搭理她都多余,一脸嫌弃地压低声音跟白敬宇吐槽:"都这个吨位了还吃,还真以为能吃是福啊。"

"胖怎么了?吃你家米了?"甄妮在父母那桌的笑声中压着声音怼回去。

她最讨厌别人当着她的面说她胖，要不是父上母上都在，她恨不能把这姓严的骂个狗血喷头。

严志高没想到这女人的耳朵这么好使。白敬宇看严志高吃了瘪，忍着笑推了推他，示意他跟人道歉。看甄妮不依不饶的样子，严志高心不诚地道歉："不好意思，我嘴欠，把实话说出来了。没办法，谁让我这个人实诚呢。"

甄妮把心里的国骂压下去，满脸写着"淑女不跟小人斗"："听叔叔说你是从敦煌回来的，果然啊，壁画真多。"

严志高好一阵才反应过来，她竟然骂他？甄妮不再理他，拿起点心边吃边给余飞发了信息。严志高看她又开始吃，一脸无语，心说这女人是在另辟蹊径引起他的注意吗？呵，他严志高不吃这套。甄妮不知道严志高心中的想法，此时的她专心跟余飞说自己在相亲局上见到白敬宇的事。

严志高笃定这女人故意的，他给白敬宇使眼色，意思是说：看吧，这女人准要跟他要微信了。可没想到甄妮发完几条信息就把手机放进包里了，丝毫没有问严志高要微信的意思。白敬宇忍不住暗笑，严志高脸上有些挂不住，绷着脸喝茶降火。

一顿饭因为有了白敬宇和几位老人缓解气氛，也算吃得宾主尽欢。喝茶期间，甄妮实在忍不住要去跟余飞吐槽，借口出去上厕所就出来了。没想到刚出包间，严志高竟然跟了出来。他双手插袋："甄妮是吧？我不管你是不是看上我了，我现在就开诚布公跟你说，你不是我喜欢的类型，你最好不要喜欢上我，不然受伤的只会是你自己。"

甄妮像看傻子一样看着眼前的二货："你哪只眼睛看出我喜欢你了？"

从他进包间开始，她的眼神就没从他身上离开。被女人围惯的严志高太知道这种眼神了。他挑了挑眉："话我已经说清楚了。你要是执迷不悟，想用别的方法来让我注意你，我奉劝你别浪费时间。"

甄妮真被气笑了，故意看着他说："我要是就想浪费时间呢？"

严志高皱起眉头："你什么意思？我实话告诉你，我这辈子就没打算结婚。你就算跟我这儿耗也是白耗。"

"巧了，我也没打算结婚。"

严志高不信："不想结婚你来相亲？"

甄妮反唇相讥："你不想结婚不也来了吗？"

"你的意思是你被逼的？"严志高不信他这样的条件，她还要被逼着才来？

"不然呢？"甄妮说着就要走。

严志高堵着一口气叫住她："这样，既然都不想结婚，那我们不如互相帮助。"

"我为什么要帮你？"甄妮压根就不想跟这人有任何联系。

"放心，不会让你白帮，价钱可以谈。你只要跟我演假情侣，别让我爸妈再给我物色相亲对象就行。"

甄妮第一讨厌别人说她胖，第二讨厌别人用钱来谈感情。她伸出一根手指："行，谈钱是吧，一千万。"他不是有钱吗？她就看他能出多少。

严志高也不恼："合作就要有合作的态度，一个名头而已，一个月给你一千。我刚才从伯父那儿加你微信了，你要同意就通过，不同意就算了。"

"一千？你直接把单位给去掉了？有钱人都是这么还价的吗？"要不是知道严伯伯是货真价实的富人，甄妮都要觉得这个严志高是个假富二代了。

"我是有钱，又不是有病。"严志高冷笑着瞥了她一眼，"大学辅导员工资也高不到哪儿去吧，一千够你买不少零食了。"

甄妮呵呵："我看你是真有病，留这么多钱没用，还是去医院看看吧。"说完她不再理他，径直走了。

严志高在她身后喊："不合作就不合作呗，说话夹枪带棒的，你就这么教学生的？"甄妮没回头，点开手机把严志高的微信申请给拒了。

余飞回到家匆匆吃完午饭之后，就去了白敬宇房间，打开电脑查看今天的监测数据。

这是她第一次在他不在的时候进到他的房里，屋里衣服被子都叠放得整整齐齐的，桌上也收拾得干净。电脑显示器边摆着一堆他折的纸飞机和各种小动物。这些折纸她之前都见过的，唯独其中一只红狐狸是新的。

她好奇地拿起那只狐狸，觉得哪哪都很好，唯独是眼睛那里她不理解：为什么眼睛的眼白部分画得这么大？是什么稀有品种吗？

余飞正研究这个奇怪的狐狸，甄妮的电话打来了。

余飞接起来："相亲局结束了？"

那头的甄妮在洗手间里边照镜子边说："饭是吃完了，但聚会还没结束。两家老人太久没见面，一见就聊个不停。我是实在忍不住了，自己先出来透透气。"

"感觉怎么样？"

"感觉就是海城饭店的厨子果然名不虚传。"

余飞笑起来："相亲对象怎么样？"

"男人只会减慢我夹菜的速度。你都没见那男的，全程一脸'全世界老子最帅'的表情，差点影响到我的食欲。"

余飞有些好奇了："能影响你食欲的人都不是一般人啊，到底是何方神圣？"

"姓严，全名严志高，真是自恋到家，以为自己叫严志高，就真的颜值高了。刚才趁我去上厕所的时候，竟然偷偷跟出来叫我千万别喜欢上他。还说可以每个月给我一千块钱，让我跟他假扮情侣来相互帮忙糊弄自家父母。我的妈呀，我从未见过如此厚颜无耻之人。"这番话，甄妮是拍着卫生间里的大理石台面说出来的。

原来是严志高，余飞瞬间就理解白敬宇为什么会出现在那儿了。"严志高在我们县里支教这事你知道吧？"余飞笑说。

"知道，吃饭闲聊时他自己说的，还说白敬宇在村里跟你一起种棉花。你说那姓严的也不知哪来的自信，竟然让白敬宇来做陪衬。"甄妮说完狠狠翻了个白眼。

听着甄妮在电话里吐槽够了，余飞这才笑着说："其实严老师也没你说的那么差。他在这里资助了不少县里的贫苦学生，之前要不是因为他的见义勇为，余美估计就被那些要债的拉走了。"

甄妮呵呵："我们说的是同一个人吗？"

余飞边笑边说："严老师在学校可是最受欢迎的优秀老师。"

甄妮不以为然："这只能说明他有两副面孔。"

余飞好不容易才忍住笑："其实我觉得你俩还挺像的，都是自由随性、敢想敢说的人，性格也都很好相处。"

"打住，我跟那种人可不像。倒是白敬宇挺让我意外的，不知是严志高太差衬托的，还是之前把他想得太十恶不赦，这接触下来，我觉得他这人好像还挺靠谱的。有这种合作伙伴，应该还不错。你都不知道，我们在那儿聊天，他就见缝插针地跟严伯伯谈公司合作的事。到别人的相亲局上拉投资，这也是豁出去了。"

"白敬宇是去拉投资的？"余飞知道擎翼科技要债权融资，问道："那他谈得怎么样？"

"不知道，但我看严伯伯对白敬宇比对自己儿子有耐心。"

"那就好，希望他能成功吧。"

"你俩现在关系挺好的嘛，你都替他担心了。"甄妮虽然没谈恋爱，但对恋爱的酸臭味可敏感得很。

余飞一本正经地解释："我们现在是合作伙伴，我担心他很正常。他的公司好了，我们的合作才不受影响。"

"是吗？"

"是啊。好了，我得先忙了，你赶紧回去，别让叔叔阿姨等急了。"

余飞挂上电话，长吁一口气。

聚会结束，严志高送走自家爸妈，问白敬宇接下来什么打算。

"我先回趟公司，让老蒋他们赶紧把合同拿去给你爸公司的法务。"

"不用这么急吧，我爸都同意了，明天再弄也不迟。今晚海城那群朋友说要给我们接风，你先回去洗个澡换衣服，一会儿我派车过去接你。"

白敬宇摇头："你去吧，我还有事。"

"什么事这么重要？"

"我……想去看看我爸。"

听到白敬宇说要回家看他爸，严志高愣了一下，随即说："行，这理由我无法反驳，我让司机送你。"

白敬宇拖着个拉杆箱回到家时，本以为家里没人，没想到推开门，看到白季礼正坐在饭桌前吃泡面。

看儿子忽然回来，白季礼也愣了一下，随即放下手里的桶装方便面站起来："怎么忽然回来了，吃饭了吗？没吃我去给你做点儿。"

白敬宇看着他爸头上的一片花白，他不记得上次他们见面是什么时候了，但上次他爸的头发好像还没这么白吧？他看着冷冷清清的屋子和桌上的泡面，开口说："我做吧。"

"你刚回来，休息会儿，我来做。"白季礼挽起衣袖就进了厨房。

其实白季礼自己也是刚出差回来，因为太饿了就懒得煮，想着吃碗泡面就完事。他没想到儿子会忽然回来，当然不能让儿子跟着他一起吃泡面。白敬宇放好行李，也一起进了厨房。父子俩这么多年，第一次一起在厨房里忙活做饭。吃饭的时候，父子俩之间的气氛总算松弛了不少。

白季礼看着又瘦又黑的儿子，问说："你之前说你在农村种棉花，现在种得怎么样了？"

"还行。"

"那就好。"白季礼想要问他现在公司新的产品线跟中育集团签约之后有没有走上正轨，但想起曼欵叮嘱过不要伤白敬宇的自尊，他又把话咽了进去，问了另一个问题，"你在农村吃住习惯吗？"

"我小时候就住农村，没有不习惯。"

"哦，那就好。"

父子俩又陷入了沉默。白敬宇不想再陷入以前的循环，主动打破沉默："我今晚住这儿。"

"好，好。"白季礼很是意外，一连说了两个好，儿子自从大学毕业后，已经很多年没回来住了。他心里高兴，想要不形于色，然而根本忍不住。白敬宇低下头吃饭，假装没看见。

吃完饭，白敬宇拉着行李箱进了他以前的房间。屋里还保持着他离开时的摆设，一点都没变。桌上摆着的还是他大学时和高中时看的书，甚至连他折的各种东西，他爸都把它们排列得整齐。白敬宇伸手拿了一只飞机模型，发现上面竟然没有灰。他顺手在桌上摸了一把，手上也是干干净净的。他意识到老白经常来打扫他这间多年不回来住的房间，心里顿时五味杂陈。

白敬宇把蒙着床的被罩拿下来，找出衣服去洗澡。等他洗完回来，发现自己的床上已经焕然一新：原来的床单不见了，变成了一套新的床单被套。白敬宇看向正在客厅拖地，背已经有些佝偻的父亲，忽然觉得作为儿子，他这些年似乎没有真正了解和关心过他的父亲。他走过去接过老白的拖把："我来吧，您歇会儿。"

白季礼一怔，看着儿子主动帮忙干家务的背影，惊讶又高兴。

拖完地，没话说的两人都有些尴尬。

"你早点休息吧。"白季礼想跟儿子多待会儿，但又怕这种尴尬会让儿子不自在。

"爸，上次您说要寄给我的水蜜桃还有吗？"

白季礼一顿，赶紧说："有，有，在冰箱，我去给你拿。"

119

看着老白高兴的模样，白敬宇只觉得心里那些曾经僵硬如磐石的东西，不知不觉正慢慢融化。

他以为自己这辈子都不会真正原谅他了，但在知道了老白曾默默为他做的那些事之后，他发现老白并不是不关心他，他只是不会表达。在余家住了这么久，白敬宇从余飞身上学到了一件事：这世上没有任何距离，是爱到达不了的。

跟老白吃完水蜜桃的白敬宇回到自己房间就开始干活。他给余飞发了条信息："现在方便语音吗？"

余飞还在电脑检测器前查看棉田的情况，看到他的信息，立马给他发了语音连接。

白敬宇迅速接起来："不好意思，今天有点忙。你发的信息我看到了。"自从知道自己误会她跟张谦之后，他的气已经消了。之所以现在才联系她，是想找个不被打扰的时间和地点再好好跟她说说话。

"没事，我今天去棉田了，情况都在微信上跟你说了。我想要调一下水肥的配比，一会儿把今天拍到的图片和数字资料发给你看一下。"余飞知道他忙，怕耽误他，速战速决，挑重要的先说。

"不用看了，我相信你的判断。"这段时间的高温促使棉花生长速度加快，他在走之前就有调节水肥的想法。现在余飞跟他想法一致，他自然是没什么可反对的。

"这么说你同意了？"

"嗯。你注意棉田滴水时少量多次，宁可勤灌和轻灌，也不要一次的量太多。"

"好。"余飞早就计算好要进水的量。

"我这边估计要一周才能回去，你自己跑棉田辛苦了，除了水肥，花蕾期的棉蚜、棉叶螨和棉铃虫等虫害也不少，你要多留意，早发现早防治。"

"放心吧，这些我都知道。你不要操心棉田的事了，好好忙你的，有什么事我再给你发信息。"

"好。"

两人忽然都安静下来，怕余飞挂电话，白敬宇只能主动找话题："那个，我今天看到你的朋友甄妮了。"

余飞没想到他会主动提起来,也识趣地接住话头:"妮妮也打电话过来了,说跟严老师相亲。没想到这世界还真小。"

白敬宇想起严志高今天吃瘪的样子,笑道:"你的闺蜜真不是普通人,能让自信爆棚的严少气到自我怀疑。"

余飞也笑:"严老师也不一般,差点让妮妮没了食欲。"

两人说着各自的好友闺蜜,氛围瞬间就缓和了不少。

"抱歉,那晚我没能按时赴约。"

"没事,来了就好。"她已经从余强那知道他那晚其实去了,还为她打了余强一顿。

白敬宇没想到她知道了,尴尬地挠挠头:"那晚……我没忍住,揍了余强一顿。"

"所以他现在懂事多了,挺好。"

两人都笑起来,前几日的那些憋屈和郁闷,也在不知不觉间,烟消云散了。

余飞关机要离开房间之前,忽然发现白敬宇电脑桌面上也有"新农天地"的网站。她点进去想要看他一般浏览的是什么农业知识,进去后才发现这是维护网站的后台页面。余飞瞪大眼,"新农天地"竟然是他建的站?没想到他还有这么多的隐藏技能。

第二天一早,白季礼起来的时候,白敬宇已经做好了早餐。父子俩坐在桌上吃,白季礼说:"你今天几点去公司,我顺道载你。"

白敬宇摇头:"不顺路,我自己打车吧。"

"怎么不顺路?从云上科技顺着昆仑大道一直开就到我单位了。"

白敬宇一顿:"忘跟您说了,我从云上科技出来了。现在新创立的公司叫擎翼科技,专门研发和生产农业植保无人机。现在公司在创业园区那边。"

白季礼愣住:"这是什么时候的事?"

"上一年年底。"

"什么?"白季礼意识到事情不对,放下勺子,把之前曼歆跟他说的事说了出来。

白敬宇听完,整张脸全都阴下来:"曼歆是通过您跟中育签的合同?"

"她之前经常跟我说你的事。当时她说的时候,我以为你遇到了大困难,所以就相信了她。哎,都怪爸没调查清楚。"白季礼大半辈子没跟人开口求过人,没想到唯一开的一次口,帮的却是儿子的竞争对手。

"这不是您的错,错的人是她。"白敬宇心里不是滋味,要是他跟老白关系能缓和些,也不至于被曼歆利用。

白敬宇去到公司,第一时间就把老蒋叫进办公室说了这件事。老蒋一脸不信:"不能吧,曼歆她心里一直有你,怎么会做这样的事?"

"事实摆在眼前。"

"那我们现在怎么办?就这么白白被云上科技抢了中育这个单?"老蒋不甘心,这明明是自家老大的爹,怎么就让云上得了利呢?

白敬宇拿出电话打给曼歆,对方没接。他直接发了条短信过去:是你自己跟中育中断合作,还是我把事情真相告诉中育老板,让他们把你们拉入黑名单?

半分钟之后,曼歆终于打过来:"敬宇,你刚才的话是什么意思?"

他不跟她废话:"你知道我什么意思。"

"中育跟我们签约是看中了我们云上科技的实力,我凭什么要跟中育解约?"她说得理直气壮。

"中育为什么跟你签约,你心里比谁都清楚。"

"我不清楚!"曼歆也恼了,"敬宇,白伯伯虽然介绍我跟中育的老板认识,但也仅限于介绍认识。拿下这个合约,是凭我自己的实力,你提的要求就是无理取闹。"

"是不是无理取闹,等我去跟中育那边说清楚,看他们会不会取消跟你们的合作就知道了。"

曼歆的语气终于软下来:"敬宇,我承认这里面有白伯伯情面的因素,但我也是花了大精力才拿下这个单的,你能不能不要赶尽杀绝?我知道你的新公司不容易,如果有我能帮上忙的地方,你告诉我,只要我能做到的一定帮。"

"你能做到的就是,去跟中育解约。"

曼歆攥紧手机:"敬宇,我们好歹是多年的朋友,你一定要这么逼我吗?"

"你碰到了我的底线。"老白一辈子不求人,现在却为了他去求了人,而且还是被骗的情况下,白敬宇没法忍下这口气。

"你也碰到了我的底线。"曼歆气红了眼,"你以为没有我,你的擎翼科技能这么顺利维持到现在?你问问老蒋,在你创业初期我背地里帮了你多少?可你是怎么对我的?你明明知道我心里还有你,也知道我留在云上是为了等你回来,可你又是怎么对我的?"她说不下去,眼泪夺眶而出。

白敬宇看向老蒋,老蒋心虚地别过脸去。白敬宇冷着脸说:"我们已经结束了,之前欠你的,我会自己还给你。但我爸不欠你的,你不能利用他。"

曼歆控制住情绪:"好啊,你不是要自己还给我吗,那我们现在就结婚。我马上去跟中育解约。"

"你知道你在说什么吗?"

曼歆丢下脸面,低声求他:"敬宇,你知道我一直在等你,我们才是彼此最合适的人,我们重新开始好不好?"

"抱歉,我已经有喜欢的人了。"

"你才认识她多久?我知道你所有的喜好和习惯,我了解你的一切,我们才是最适合的一对。"曼歆声音沙哑,边哭边说。

"曼歆,我们回不去了。"白敬宇实在不明白,他们已经分手了这么多年,如果能复合早就复合了,她为什么还要执着于过去呢?

曼歆一向骄傲,主动跟他说出这番话已经用尽了她所有的尊严,可他不为所动,还把她的自尊踩在了脚下。她擦掉眼泪:"白敬宇,弄成今天这样的局面都是你造成的。中育我是不会解约的,有本事你就让中育毁约。"她说完,不等白敬宇说话,径直挂了电话。

听着电话里的忙音,白敬宇被气得深呼吸了几次,这才给老白打去了电话。

白季礼听完,叹了口气:"我知道了,我会跟中育集团那边说清楚。"

"爸。"

"嗯?"

"您能帮我查一下云上科技的上市财务报表吗?曼歆这次的做法,让我觉得之前遗漏了太多的信息。我这边听到消息说,云上科技的财务报表可能造假了。"

白季礼沉默几秒:"好。我会安排人去查。"

等白敬宇进了办公室。老蒋迎上来:"老大,现在怎么办?"

"我拿合同去严氏集团过法务,你不用管了。"

123

老蒋看着白敬宇难看的脸色,斟酌字句说:"老大,其实我觉得大家都是熟人,没必要撕破脸。可以商量一下,让他们在别的渠道上补偿我们,毕竟现在就算去告诉中育,白叔的人情也拿不回来了。还有之前曼歆的确也帮了我们不少忙,我不告诉你就是怕你不接受。"

白敬宇语气坚决:"这件事我得给老白一个交代,老白不欠她的。"老蒋叹了口气,出去了。

下班时严志高过来拉白敬宇出去吃饭。白敬宇问:"你什么时候回村里?等严叔那边合同签好我可能就走了,要不要一起给你订张票?"

"行啊,一起吧。"他也担心离开太久,他那班学生没人管。

"那我就订后天的票了,一会儿吃完饭你拉我去一趟严氏。"

"怎么,公司老总亲自送合同,这是不放心啊?"

白敬宇还没来得及说话,手机响了。严志高看了眼号码,笑了:"看,我爸给你送定心丸了。"

白敬宇接起电话:"严叔。"

"敬宇啊,不好意思,之前答应给你们公司融资的事,可能没法进行了。我们公司的国外工厂忽然出了事故,现在国外那边有意为难,牵连到了总公司,所以我这边暂时没法拿出这么多钱去融资了。"

白敬宇没想到严氏会忽然出事,他安慰说:"严叔我知道了,融资的事我再自己想办法,那边工厂的事您不要太上火,我这边认识比较厉害的国外律师,有需要的话我让他跟您联系。"

一旁的严志高听到事情不对,赶紧把车停到马路边:"什么情况?"

白敬宇摁了公放,严志高听到自己老爸的声音从电话里传来:"我已经找律师了,先找点儿人疏通看看情况。"

严志高拿起电话:"爸,什么情况?出事了怎么不早点告诉我?"

严爸的声音带着疲惫:"告诉你又能怎么样?家里的生意你能帮上什么忙?"

严志高被怼得没话说,憋了好几秒才回道:"我好歹也能帮着出出主意吧。"

"你能想到什么好主意,管好你自己别给我惹事就行。"

那头挂了电话,严志高沉默了好几秒,看向白敬宇:"现在怎么办?"

"你先回家陪阿姨,我再去想想别的办法筹钱。"

"你的钱和股份都投到研发上了,现在还有什么办法?"

白敬宇想了想:"你帮我问问有没有人想要买房,我那套地段不错。"

"你不是吧?卖了房你住哪儿?再说就算卖了房也顶不了多长时间啊。"

"能顶多久是多久。就算公司破产,也不能让跟着我的那些同事空着手离开。"

此时曼歆站在林睿的办公室里,林睿正摆弄着眼前的国际象棋,面色淡淡说:"他们吃了我们的车,那我们就将他们的军。只要严氏集团帮不了他们,他们破产就是时间问题。"

曼歆看向棋盘,林睿已经将对方的王给拿掉了。中育那边刚打来电话解除合同,林睿就让人把擎翼科技最后的帮手给拔掉了。曼歆看着被丢在一边的王,咬着后槽牙:白敬宇,这是你逼我的。

白敬宇和严志高的回程时间因为这些突发事件延后了。

在海城焦头烂额的时候,白敬宇也没忘了棉田的事,每天晚上七点,雷打不动上网跟余飞了解棉田的情况。

此时白敬宇还在跟余飞讨论棉田的情况,老蒋就急急推门进来:"老大,公司财务偷拿了公司账上的十五万现金跑路了。"

白敬宇没想到公司还会发生这种事,立马问说:"报警了吗?"

老蒋支支吾吾:"……没。"

白敬宇皱眉:"为什么?"

"他说,如果敢报警,就举报公司偷税漏税。"

白敬宇身正不怕影子斜:"让他举报,我还怕他不成?"看老蒋脸色不对,白敬宇忽然意识到了什么,沉下脸:"老蒋,你是不是有事瞒我?"

老蒋后悔不已:"老大,我当时就想着能省一点是一点,我没想到会发生这样的事啊。"

白敬宇气得指着老蒋:"你这事办得糊涂啊。"

此时网络那边的余飞听完他们的话,审计出身的她脑中立马有了想法,开口建议道:"白总,现在既然问题已经发生了,我建议从以下三个方面来考虑——第一,请专业的财务人员来评估,有漏洞就要补,自己先要做到心里有数;第二,携款潜逃这种事对财务来说其实风险也很大,十五万对于一位资深财务来说也只是一两年工资而已,他犯不着为了这么点儿钱,冒着进入行业黑名单的风险做出这样的事,所以我估计对方不是一时贪念,如果你们能找到人,仔细了解清楚实情,能内部解决就内部解决好;第三,我建议你们以后再聘请财务人员的时候,最好能定时跟外部的专业咨询顾问相结合,这样可以形成制约。公司内部的出纳和会计最好分给不同的人,同时还要建立多级授权机制。"

余飞一口气说完这些,老蒋才意识到白敬宇刚才是在跟人连线视频。

白敬宇觉得她说得没错,又听她开口说:"我以前就是仕达会计事务所出来的,如果你们相信我,我可以先帮你们梳理一下现在的财务情况。"

白敬宇之前帮了她这么多,她希望自己也能帮到他。只是财务涉及公司的所有机密,她不知道他是否愿意让她一个公司外部人员来梳理。

白敬宇看向还在愣神的老蒋:"你现在把公司财务相关的文件都发过来,从今天开始,小飞就暂代我们公司的财务。"

他的这句话让余飞瞬间就有了被信任的感觉,原来她不是什么忙都帮不上,除了一起种棉花,她还可以跟他和他的公司一起并肩作战。这种感觉让她充满干劲,同时又担心自己干得不够好,而有些隐隐紧张。

白敬宇像是看出了她的担心,把文件传给她之后,跟她说:"不用有压力,我会协助你。"

有了他这句话,她终于放松下来,像是习惯了他这个搭档,感觉有他在身边,就没有解决不了的问题。

为了尽快梳理好,余飞熬夜看完了擎翼科技的所有财务报表。

她没想到公司的财务状况已经糟糕到了这种地步,可以想象白敬宇每天要面对多大的压力。即便这样,为了让她安心种好棉花,他也从未在她面前表现出一丝一毫对未来的担忧。他这种泰山崩于顶也能面不改色的淡定,真是让她见识到了大公司老板的强大心脏。她拿起手机给白敬宇发了信息,告诉他公司的现实情况以及她给出的一些建议,让他尽早做好打算。

发完信息,她伸了个懒腰,刚要去洗脸睡觉,手机就进了消息。她本以为他早就睡了,没想到也跟她一样在熬夜。不过想想也是,公司发生这么大的事,要是她,她也铁定睡不着。余飞点开信息,两人你来我往地回复,发了十多条之后,余飞觉得打字太慢,干脆直接发语音。再后来语音也麻烦了,就打开视频连线了。

第三十八章　红蜘蛛

　　第二天余飞顶着两个黑眼圈出门，刚到田里就看到二叔二婶在等她，非要拉着她去自家棉田里看看情况。

　　尝到农业科技甜头的二叔一家，现在对余飞和白敬宇的种植方式彻底改变了看法。自家棉田有什么问题，二叔首先想到的是去问问余飞他们有没有办法。在二叔的宣传下，原本在村里人眼里人傻钱多的种植新人，现在已然成了棉花种植的领头羊。

　　日子就在忙忙碌碌中过了一周。

　　这天余飞正蹲在自家棉田边观察棉花的生长情况，忽然听到田埂边有人叫自己。她抬起头，在不远处看到一张布满痘印的国字脸。

　　"王明？你怎么回来了？"她从田里站起来，看着一身西装、皮鞋擦得锃亮的王明。

　　王明双手插袋，居高临下地看着站在田里、戴着草帽、穿着水鞋、裤腿上还沾着些泥巴的余飞。听余飞这么问，他笑笑抻了抻身上的西装："我现在是公司的项目经理，回来负责公司的新项目。"

　　"你们公司的新项目在我们村里？"余飞不解。

　　王明笑得眼睛都不见了："我们公司现在在做农业植保方向的无人机，我们家那十亩棉田就是我们云上科技的试验田。听说你也在用无人机，我跟你说，现在市面上很多滥竽充数的假冒伪劣产品和小厂家，你不了解这个行业和市场，可别被骗了。咱也是这么多年的朋友了，你要是想要换厂家，我可以给你申请一下，到时候你这六百亩棉田就能用上我们云上科技的无人机了，机器的性能保准让你大开眼界。"

　　余飞笑笑，刚要拒绝，一阵摩托车的声音由远及近。她抬眼望去，那拉风显眼的绿色车身，车上挺拔修长的男人身形，不是白敬宇还能有谁？余飞迅速跑上田埂，从王明身边跑过去，眼里的笑意已经藏不住。

　　王明看自己竟然被现在的余飞给忽略了，带着隐隐的不屑看向朝他们骑过来的男人，问余飞："他谁啊？"

　　余飞看都没看他，眼里只有越来越近的白敬宇："我的合作伙伴。"

车子在她旁边稳稳停下,余飞语气惊喜又轻快:"你什么时候回来的,怎么也不提前告诉我一声?"

"给你个惊喜。"他从车上下来,看到她,他的嘴角早就扬了起来。

白敬宇摘下头盔,看向对面的王明,问余飞:"他是谁?"

王明好歹也是在云上科技干了大半年的人,白敬宇的头盔摘下来的那一刻,他就认出了眼前的人是谁。王明有些结巴:"我,我叫王明。"

"有事吗?"白敬宇打量他。

"我……没事。"王明不敢说自己是来给云上科技拉合作的。他只听他妈说余飞跟一个姓白的海城老板合作,还以为是什么不知名的小工厂,毕竟能来他们县里推广产品的,能是什么大厂?没想到跟余飞合作的,竟然是云上科技以前的技术老大。

"你们忙,我不打扰了。"王明转身就溜了。

"他来干吗的?"白敬宇想起余飞跟王明还有过口头婚约这事,他看王明的背影真是越看越别扭。

余飞也没瞒着,把刚才王明的话又说了一遍,最后担心道:"云上科技现在是盯上农业这个领域了。如果他们就是要跟你正面磕,以你公司现在的情况,还是挺难办的。"

白敬宇看着长势良好的棉田,跟余飞说:"我卖了海城的房子,现在也只够付员工的工资和维持公司基本运转。能坚持到什么时候,我也不知道。"顿了顿,他看向她说,"你放心,就算擎翼科技破产了,我也会履行承诺,跟你一起把这季棉田给种出来。"

"公司……真的会解散?就没有别的办法了?"余飞此时担心的不是他会不会跟她一起种下去的问题,她是不舍这么好的公司就这么在一步步受挫中破产。

白敬宇的声音透着疲惫跟无奈:"公司的同事都说不要工资也要继续留下来工作,但没有了研发资金,留下来也是耽误他们的前程。我打算撑到六月底,要是再没有起色,就把公司关了。"

转眼到了五月二十。村里锣鼓喧天,炮仗声从村头响到了村尾。刘大柱娶媳妇,刘家大办了一场宴席。

余强在这天收拾了东西要出去打工,张燕嫁给刘大柱这事给他刺激太大了，他恨自己之前的不作为，所以他要出去混出个人样才回来。去城里就要先去县里坐车，去到县火车站的余强又差点被那群要债的给抓了。那些人不敢进村里找他，就在村外四处晃悠。只要余强一出西贝村，就没人能保他了。

余强拖着行李好不容易跑回了村，余妈知道后，说什么也不让儿子出去了："咱不出去，大不了妈养你一辈子。"

余建国把旱烟重重撂在桌上："你拿什么养他一辈子，你连自己都养不活！"

"那不是还有老二嘛。"余妈提高音量。

"老二凭什么养咱一辈子？"余建国火了。

"我们把她养这么大，她怎么就不能养我们一辈子？"只要一涉及自己儿子，余妈就开始不管不顾了。

余建国不停咳嗽："你们就要点脸吧，小飞早就不欠我们的了。"

听着父母在为他吵吵嚷嚷，余强忽然站起来大声说："我有手有脚，不会让余飞养我的。"

看儿子回房把门重重关上，余妈狠狠瞪着老头："你就非要把儿子往绝路上逼，是吧？"

余建国重重叹了口气，闭上眼，不再说话。

此时白敬宇和余飞正在棉田里查看棉花情况，棉花的株高大多已经超过38厘米，蕾也基本在5~8个，第五、第六、第七节的主茎节间基本定型，节间长度都在4~5厘米。

余飞仔细记下这些数据，旁边的白敬宇边摸着棉花叶面边说："现在到了盛蕾期。这个时期棉花对肥、水比较敏感，我们得根据棉田情况调整，稳水控肥，满足棉花对肥、水的需求。"

余飞点点头："这眼看初花期就快到了，打顶也要提上日程了。"

这个阶段的棉花为保住生长优势，顶芽会产生大量的生长素，侧芽则被抑制，造成营养不足。为了去除顶端优势，促进棉株早结铃、多结铃，这个时候就需要打顶。

传统种植在这个步骤都需要人工打顶，去掉棉花顶的二叶一心，并带出地块深埋，以防病虫害的传播。而这个人工打顶的费用就是种植成本的一项大开支，费工费时，劳动效率还低。如今他们的棉花农场可以直接用擎翼一号灌满打顶药物，均匀喷洒在棉田里，用化学的方式抑制棉花的顶端优势。

可以节省一大笔人工支出，还高速快捷。

白敬宇也计划好了打顶的事，说："明天我们就去种子超市让他们帮订打顶药，药物一到就安排打顶。"

两人开着车把几百亩棉田都兜了一圈，这才往家里开去。

晚饭余强没出来吃饭，余飞问愁眉不展的余爸怎么回事，余妈抢先说了余强今天遇到的事。

"我就不信他们能在外面守一辈子，不行我们就报警。"余飞说。

白敬宇摇头："警察一来他们就跑，再说他们现在只是在村外，没有把余强怎么样，警察来了也抓不了他们。"

余建国叹了口气："那些乱七八糟的事都是余强自己搞出来的，让他自己解决，你们不用管他。"

吃完饭，余飞去白敬宇屋里商量打顶的事。看余飞一副心事重重的样子，他问说："余强是什么时候网贷的？为什么他要网贷？"

余飞沉默几秒，说："那时候我刚被云上科技下了海城封杀令，但我不甘心就这么回来，就是那段时期，余强网贷了。其实他自己是不知道有网贷这种事的，说是他到县里跟朋友喝酒，当时有个第一次见的人跟他说可以带他去投资一个做无人机开发的公司，半年时间就能包赚五倍。余强当时就想赶紧赚到钱，好给张燕家做聘礼。可当时他没本钱，就听了那人的话，先网贷后投资。等他把贷到的钱投进去了，那个人就不见了，事情就变成了现在的样子。"

白敬宇越听越觉得不对劲："你是怀疑余强被人骗的事，也跟云上科技有关？"

余飞实话实说："时间太过巧合，我不得不怀疑。如果是你，你会怎么想？"

白敬宇眸色一沉，云上科技，真的不要脸到这个地步了？

余飞和白敬宇在家里说话，根本不知道此时棉田里，有个黑影正鬼鬼祟祟地躲开田里的摄像头，打开手里的袋子，把里面的东西使劲往棉田里撒进去。临走的时候，黑影又往二叔、二婶的棉田里撒了不少。

弄完这些，黑影才骑上一旁的电动车，赶紧逃离现场。

王婶晚上煮好了鸡汤端进儿子屋里，发现王明根本就不在家。正想着出去找，就看到王明推着电动车回来了。

"这么晚你去哪儿了，这段时间你怎么总是晚上出去？"

王明搪塞说："我感觉这段时间村里变化挺大的，就出去转转。"

"这倒是，还别说，这文涛当了咱村书记之后，这村里路灯多了，也能打电话了，这菜市场也在建了。哎哎别走啊，我刚才一直找你，鸡汤好了，赶紧趁热喝。"

王明接过递到他面前的鸡汤，一口气喝完，打了个饱嗝："行了妈，我要跟老板报告今天的工作，没事别过来吵我。"王明说完一抹嘴巴，朝自己房里走去。

关上门，他立马拿出手机拨通了曼歆的号码，一脸谄媚："喂，曼总监，我是王明。我已经按您说，把村里所有棉田都撒上了。到时候等虫害爆发，我们的产品就能派上用场了。"

曼歆从跑步机上下来，擦掉脸上的汗："没被人看到吧？"

"绝对没有。曼总监，那接下来我要干什么？"

"你就在那儿盯着白敬宇他们的棉田，有什么消息，第一时间跟我报告。"

"好嘞，曼总监您放心，竞品公司的一举一动，我都盯着。"

曼歆挂上电话，把毛巾扔在沙发上，白敬宇不是要跟余飞一起种棉花吗？她就要让他们什么都种不出来。

几天之后，余飞和白敬宇刚给六百亩棉田喷洒完打顶药物，二叔、二婶就急急骑着摩托车过来，大老远就朝他们喊："小飞，白总，你们快过来帮看看，我家棉田里出大事了。"

余飞和白敬宇跟着二叔二婶到了棉田边。这片棉田里的棉花跟余飞那边的棉田农场比矮了一截，此时也到了快现蕾的时候了。

"你们看看这些，这都怎么回事？这才两天没来，这棉田里怎么就全是这玩意儿了？"二婶又气又急，在田埂边直跺脚。

二叔也是一脸焦急："这红蜘蛛繁殖快，幼苗要是遇上它就死苗。蕾铃期受害，蕾铃脱落，铃重减轻，产量都是要降低的。这田里之前还好好的，怎么就忽然出来这么些？你们的棉田跟我们离得近，也赶紧检查检查吧。要是都有，那就赶紧一起打药，别再耽搁了。"

余飞和白敬宇打完了打顶药，这两天也没过来，只是在监视器上查看棉田数据。现在听二叔这么说，也担心起来。两人进了棉田，顺着二叔二婶指的地方,的确看到不少棉花叶片上都出现了"红砂"斑,这是"红蜘蛛"造成的一种非常典型的棉田虫害症状。

余飞翻开棉叶的背面,果然看到一撮撮聚在一起的红蜘蛛。这东西的学名叫棉叶螨,也叫红蜘蛛、火龙或火蜘蛛,在他们这边,一般把这叫红蜘蛛。

红蜘蛛喜欢在棉叶背面群聚,吐丝结网,将虫体掩藏在网下取食棉叶汁液。此时叶片背面上爬满了一只只梨圆形、锈红色、长着四对足的红蜘蛛。余飞有密集恐惧症,看着这些一簇簇密密麻麻的东西,身上起了一层鸡皮疙瘩。

棉株上除了个头大些的,还有些体近圆形的暗红色小虫,只有3对足,这就是红蜘蛛的幼螨。幼螨脱皮后才会由3对足变为4对足,变成成螨。而旁边地上有些蜘蛛丝一样的白色结网,上面沾着小小的圆球形的,透着暗红色的卵,这就是它们繁殖出来的。

余飞在"农业天地"上看过,棉花红蜘蛛的繁殖能力极强,雌性成虫日夜均可产卵,完成一代仅需要7天。更可怕的是这些红蜘蛛的传播途径。成螨可爬行蔓延扩散,还会借风传播,甚至利用人、农具、衣物或是交通工具等等来传播。如果一片棉叶背面有1~2只红蜘蛛为害时,叶绿素变色,叶正面会出现黄、白斑点;有4~5只红蜘蛛为害时,棉叶即出现小红点,叶面呈红褐色卷缩,像是被火燎过一样。伴随红蜘蛛数量越来越多,红斑越来越大,直到受害严重时叶片焦枯脱落。

"我去那边看看。"白敬宇皱着眉,快步走向不远处的棉花农场。余飞也急急跟了过去。不出他们所料,棉花农场里跟二叔二婶临近的棉田都已经被传染上了。

"这种红蜘蛛有群体迁移的现象,往往在叶片群集一团,结网成球,吐丝下垂,借风扩散。以前你们这里出现过红蜘蛛灾害吗,最后都是怎么解决的?"白敬宇脸色凝重地问余飞。

"出现过。我爸之前说虫害遇到红蜘蛛是非常麻烦的事,需要一株株地在棉田里查出被感染的棉株,然后在这些棉株上做好标记,把棉株上被红蜘蛛祸害严重的叶片全都摘下来,带出棉田销毁。那些还能挽救的棉叶,就抹去棉叶上的红蜘蛛,还要及时打药剂防治。这种东西,一般都要以预防为主,从田埂、沟渠入手,消灭虫源,减少或避免害虫向棉田迁移。我觉得很奇怪,这些红蜘蛛要长成成螨也需要一段时间,为什么在这之前,我们竟然连一点苗头都没看出来?"

二婶也跟过来看他们这边的情况，听完也插嘴道："谁说不是？这玩意儿来得太蹊跷了，就跟天上掉下来似的。"

白敬宇没说话，现在棉田里的棉株受感染的已经不少了，现在不是溯源的时候，赶紧想办法除虫才是首要任务。

二婶问白敬宇："白总，我们现在要怎么办？是不是现在就把被红蜘蛛为害的棉叶摘下来拿去烧？"

白敬宇看着这么大的面积，摇头说："人力不够，这种方法太慢，来不及了。红蜘蛛最喜欢现在这种高温干旱天气，我们人力去除根本赶不上它们的繁殖速度。"

"那就只能打药了，用擎翼一号，速度快，赶紧把虫子都打下来。"余飞说。

白敬宇摇头："从棉株上看，红蜘蛛不止一个形态，一个叶片上同时存在卵、幼螨、若螨、成螨四种形态。一种红蜘蛛药物很难同时覆盖红蜘蛛四种形态，市面上应该还没有能同时对四种形态都有高效的速效杀螨药物。"

二婶急了："那也不能啥都不干啊。要不就先喷一种，用你那个喷药机器能杀多少算多少，不能让红蜘蛛继续祸害了。"

白敬宇还是摇头："用无人机喷药虽然快，但大量的红蜘蛛吐丝结茧可防御农药，让这些药水难以渗透下去；第二就是红蜘蛛体形小比较隐蔽，就算药水进去了，也难以做到全覆盖，而且药效过去后容易反弹。更难的是如果我们只用单一杀螨剂，红蜘蛛还会产生耐药性和抗药性，更加难以去除。"

"这也不行那也不行，我们就只能眼睁睁看着棉田遭殃了？"二婶气急。

余飞虽然心里也急，但也看不得二婶这么对白敬宇："二婶，我们现在跟您一样着急。但急没有用，我们得找到合适的办法，才能事半功倍。"

赶过来的二叔不满道："这哪有什么合适的办法？除了马上抓下来和打药，我还没见过有什么好办法。"他本以为白敬宇他们看到这样的情况，会立马回去拿无人机过来喷药。没想到这两人竟然还要浪费时间想办法，等他们想出来，棉田都被这群螨给吃光了！

"二叔您先别着急，打药是肯定要打的。"余飞说完，从口袋里掏出一个早上她拿来装煮玉米的小塑料袋，把棉田上的红蜘蛛抓了好几只各种形态的放了进去，"我们一会儿去种子超市问问有没有针对性较强的打虫药，有的话明天就先打一拨。"

133

余飞知道白敬宇担心的那些都有道理，但红蜘蛛繁殖太快，无论如何，他们也不能干坐着，就算药水没法渗透到各个角落，但能灭一些是一些。白敬宇没反对，如今也只能先这样了。

两人开着车去了种子超市，没想到站里的人说隔壁村子也有不少棉田爆发了红蜘蛛，现在全县灭红蜘蛛的药都先调往那边了。如果从外省运药过来，最快也需要两到三天时间。别说两到三天，一天时间棉田就能再感染三分之一。

白敬宇和余飞都没想到这次的红蜘蛛虫害来得这么突然和迅猛，两人空着手回了家。

晚饭时两人跟余建国说了棉田的事，看两人心事重重，余建国开口说："红蜘蛛这东西很麻烦，但遇上了也没办法。我们那时候没那么多杀虫药，所以棉田里除了红蜘蛛，还有其他的一些虫子。有些虫还就喜欢吃这个红蜘蛛，像是瓢虫，大点的瓢虫就吃大的红蜘蛛，小瓢虫就吃小红蜘蛛和它的卵。除了瓢虫，还有小草蛉、小花蝽这些棉田里的虫子都是吃红蜘蛛的。在没有药的时候，除了靠人力去除，那些虫子也是帮了大忙了。"

余飞想了想："用天敌相克的办法的确不错，但我们之前打过除草药和除虫药，把棉田里的各种虫都打得差不多了，现在想要找到这么多瓢虫和小草蛉也不太可能啊。"

"怎么不可能？咱这农村地里，瓢虫和草蛉还不到处都是？晚上正是虫子出来的时候，叫上你哥，你们几个带着手电筒出去，一会儿就能抓不少。"余建国说。

白敬宇摇头："田里打了药就会留有气味，就算把抓来的虫子放进去，它们也很快就会走。现在想要靠天敌把红蜘蛛灭了不现实。我们还是得尽快买到打虫药。明天我去县里碰碰运气，看看能不能买回些药。"

余飞说："还是我去吧，我对县里的药店比较熟，你留在这里看棉田情况。"

第二天一早，两人都没心情去晨跑了，余飞早早就开着小面包赶往县里，刚出到村口，就看到张谦提着行李站在村口等车。她把车子停在他身边："张哥，你要去哪儿？"

张谦没想到是余飞，自从那次听到了她说不喜欢他，他就没再找过她。他是个脸皮薄的人，跟他姐说要过来这里工作已经是豁出去了。他庆幸自己是偷偷听到的,要是被当面拒绝了,那恐怕他这辈子都不好意思再见她了。

张谦有些尴尬地笑笑:"我要回县里了,这边的基站已经搭建完成,我从明天开始就回原单位上班。"

余飞有些意外:"是吗?你怎么不早跟我说一声,我还想请你去我家吃顿饭呢。你帮了我这么多忙,还没能好好感谢你。"

张谦面对余飞还是有些不自在,他有些局促道:"都是举手之劳,再说拉网线和建基站都是我分内的工作。吃饭就不必了,以后有机会你来县里,我再请你。"

余飞看他拎着两个大箱子,下车说:"我也要去县里,你上车吧,我捎你一程。"

张谦没想到在离开的时候,还能有跟余飞独处的机会,他欣喜地点点头:"谢了。"

余飞帮他把行李搬上车,张谦坐到副驾驶位上笑说:"得亏遇到你了,不然我还不知要等到什么时候。对了,你去县里干什么?"

余飞把棉田里的虫害和买不到药的事跟张谦说了,张谦沉思几秒:"我有个亲戚之前也是在县里开农机店的,但上一年的年底就关店出去打工了,听说还有些种棉花的药剂没卖完,我帮你问问他有没有除红蜘蛛的药。"

张谦说问就问,拿出电话打了过去。对方说红蜘蛛的药倒是有,但不多了,也不知道过没过期。说他们要是想要,就自己过来拉,免费给他们了。

余飞没想到事情会这么顺利,一时间都不知道要怎么感谢张谦:"张哥,你真是我的贵人。"

张谦的脸有些微红:"举手之劳,那我们现在就去吧。"

"好。"余飞踩一脚油门,车子朝县里开去。

余飞走后,白敬宇开着摩托车去到棉田。不出所料,他昨天在感染的区域做了标记,今天被感染的位置又扩大了不少。这些红蜘蛛如果没能及时去除,那就会极大影响棉花的品质和产量。他昨晚想了一晚上,要如何最大限度地让药水冲破红蜘蛛密密麻麻的蛛丝,渗透到棉株的所有角落里。想来想去,最好的办法就是改进擎翼一号的喷射口,但现在公司都撑不过六月底了,他还哪来的研发资金?他心口憋闷,天气也闷。

今天的天气预报上说上午会有一场大雨,此时乌云上来得极快。白敬宇赶紧把车开到小棚边,人刚进去,豆大的雨点就砸到了棉田里。

看着在雨中逐渐模糊的棉田，被困在小棚子里的白敬宇的焦虑终于掩饰不住了。公司已经没办法了，他不想棉田再出什么事，可眼下，他根本就没办法解决这个问题。按虫害的繁殖速度，等药到了，这棉田有一半也遭难了。他在农业科技领域努力了这么久，就是想要让农民脱离被自然掌控的命运；然而现在，他依旧还是没逃脱被掌控的局面。

白敬宇坐在小棚里，心里不甘，他就这样失败了吗？他想到了那些信任他、跟着他一起出来吃苦创业的兄弟，想到了走投无路，跟他一起绝地反击的余飞。白敬宇深吸一口气，不，他不能就这么放弃，一定还有别的办法。

这场雨的雨量不小，但下的时间不长。半小时之后雨就停了，在断断续续、淅淅沥沥的小雨中，白敬宇走了出去，闻着泥土混合着棉田的味道，混沌的脑子瞬间清醒了不少。他低头看向之前被红蜘蛛祸害得最严重的区域，想着实在不行，他就把这些重灾区的源头先全清理了，剩下那些被祸害得比较轻的地方，就直接打药和用人力解决。无论如何，都不能就这么认输。

就在他查看哪个位置需要先"舍去"的时候，忽然发现这里的红蜘蛛比之前要少了不少，就连棉株上面的白色蛛丝都不见了踪迹。白敬宇愣了好几秒，确定自己没看错之后，像是想到了什么，忽然就笑了出来："真是天无绝人之路啊。"他边笑边拿出手机，要第一时间把这个好消息告诉余飞。

余飞此时刚跟张谦检验完那些药，发现还有一个星期就过期了，现在拿到，实在是太幸运了。她刚想把这件事打电话告诉白敬宇，没想到他的电话先打过来了："白总。"

"小飞，我想到办法了。用水冲，只要水量够大，就能把阻挡药水的蛛丝和棉株上的红蜘蛛冲下来。只要没有了蛛丝，就能全方位打药，到时候它们的行动和繁殖就能被控制住。"

白敬宇把雨后的情形跟余飞说了一遍，那头的余飞听完笑得合不拢嘴："这个法子太好了，不愧是白总。我这边也拿到药了，马上就回去。"

"买到药了？"白敬宇听到这也挺高兴。

"不是买的，是店主送。现在全县都没有卖的，多亏了张哥帮忙。"余飞把遇到张谦的事说了一遍。

白敬宇没想到是张谦帮的忙，心情有些复杂："帮我谢谢他。"

"嗯，我会的。对了，药不多，但先对付两天应该够了。"

"好，等你回来我们就打药。"

"我回去估计天都黑了，还能打吗？"余飞担心道。

"能。我一会儿就回去规划路线图，只要有了打药的路线地图，无人机在夜间工作也不受影响。"

"真的？"她只在白天操控过擎翼一号，没想到晚上也能干活。传统的农业种植，只要天一黑，农事就无法再进行。而夜间恰恰是各种害虫活跃的时候，棉农恨得牙痒痒，但就算棉株被虫子啃光了，棉农也束手无策。如果擎翼一号能在晚上打药成功，那对于棉花种植来说，就是一个巨大的颠覆和进步。余飞光是想想就激动不已。

"晚上回来你自己试试就知道。"

"好，等我，马上就回去。"只要他说行，她相信一定行。

"不用着急，小心开车。"白敬宇叮嘱道，"我在家做好饭菜，有你喜欢的糖醋里脊。"

余飞笑起来："你说这话确定不是在催我快点？"

白敬宇也笑："安全第一。"

"对了，你想出了这么好的办法，你是大功臣，晚饭应该我给你做。"余飞不知道白敬宇是怎么想出这个好法子的，心里对他的崇拜又多了几分。

"你确定这是奖励？"

余飞知道他打趣她，笑说："有你这个大厨在身边，我耳濡目染，手艺最近也精进不少，拍个黄瓜还是可以的。"

"也行，难得你有这份孝心。"

"别占厨子便宜，否则吃坏肚子可不怪我。"

余飞边打电话，边跟张谦把打虫药搬上车。或许连她自己都没意识到，她跟白敬宇说话时的表情和眉眼有多生动。

张谦内心苦涩，这是她跟他相处的时候，从未有过的。如果说刚才在来的路上，他以为自己跟她还是有缘分的。那现在，他已经完全死心了。

等余飞挂上电话，张谦跟她说："小飞，我一会儿自己坐公车回去，你赶紧回村吧。"

"啊？我送你吧。"

"不用，我想起还有点事，今天先不去营业厅。"张谦还是那副温和的样子，但嘴里全是苦的。

余飞帮他把行李搬下去，道了谢，开车走了。

路过县里的菜市场，余飞看到有人挑着担子走过，箩筐最上面那一层，摆着一小撮香椿。余飞打了个方向，把车子停在了买菜人的担子前。

第三十九章　　夜间工作

此时雨已经停了，白敬宇跟余飞打完电话，刚要骑上摩托车，发现二叔二婶开着电动车往棉田这边来。他们也买不着药，就想着用人力来除红蜘蛛。

白敬宇迎过去："二叔二婶，我和小飞打算今晚上打药，到时候会把你们的区域也算进去一起打。"

"啥？晚上打药？"二叔以为自己听错了。

"你们买到药了？"二婶问。

"小飞一早去县里，现在买到了一些，这两天应该是够用的。无人机晚上也能打药，你们要是不放心，今晚上也可以来棉田一起看我们打药。"

"那，那你们几点打药？"二叔虽然不信大晚上的能打药，但此时也没别的办法了。

"八点到十二点是虫子最活跃的时候，我们七点过来。"白敬宇说。

"行，那我们也七点来。"二婶知道那机器喷得快，不用一晚上就能把药都打上。想到今晚就把这些虫害给灭了，她脸上的褶皱瞬间就舒展了不少。

在白敬宇回去绘制路线图的时候，王明正躺在自家的沙发上看电视。从外面摘菜回来的王婶放下篮子，看自家儿子翘着腿吃着水果看着电视，她急急说："你怎么还在这儿躺着？赶紧去咱家的棉田里看看吧。我听说二叔和余飞他们的棉田都遭虫害了，现在村里那些种棉花的都去地里检查去了。"

王明不紧不慢地把嘴里的果核吐出来："急什么，虫害闹得越大越好。"

王婶眼睛一瞪："你咋说话呢？这可是我们自己的棉田，虫害闹大了你能有什么好处？"

"好处可多了。我们公司是干啥的？不就是卖植保无人机的吗？我现在就等着它闹大，闹大了我去这么一解决，我们的产品还愁卖不出去吗？"

坐在一旁的王爸吐出一口烟圈："儿子说得没错，你这头发长见识短，别跟着瞎掺和。"

晚上余飞和白敬宇吃了饭就从家里出发了,余强第一次听说晚上还能干农活,也好奇地跟了出来。余建国要不是走不了,也要跟着出来瞧个新鲜。

余飞和白敬宇要晚上打药的事,被二婶一嚷嚷,现在全村人都知道了。有人好奇,有人想看笑话,有人纯粹凑热闹,总之,今晚余飞他们打药堪比村里开大会,不少人早早就来到了他们的棉花农场旁等着看戏了。

余飞在车上还是有些担心:"晚上打药,真没问题?"

白敬宇边开车边说:"没问题,晚上打甚至比白天更有利。"

"怎么说?"余强插嘴问。

"一是晚上虫比较活跃;二是夜间打药作物对药物的吸收率更高;三是夏天天气热,白天温度高容易中暑,晚上作业更加凉爽。"

余强差点听笑了:"问题是晚上黑啊,你得看得见才能干活啊。"

余飞没理余强,跟白敬宇说:"晚上打药这么多好处,那以后我们可以多在晚上打。"

白敬宇看着她跃跃欲试的样子,扯了扯嘴角:"晚上蚊子多,一会儿记得把衣服扣子扣好。"

七点刚到,面包车准时停在了棉花农场边上。这个点儿借着夕阳的微光还能看到东西,棉田旁边来了这么多人,这倒是他们没想到的。

余强和余飞他们把两台无人机和好几个电池箱子一起搬下车,余飞和白敬宇配合娴熟,一个熟练地安装机器,一个把配置好的药灌进机器的药箱里。

"一会儿天黑下来,这飞机晚上能看到东西吗,你能看见东西吗?别喷哪儿都不知道。"余强跟余飞说。

"我和它都不需要看,白总已经提前测绘好需要喷洒的地块,机器系统能自动生成航线飞行,不用我看操作路线,路线就在它的'脑子'里。"

"在它的脑子里?"余强不懂,他不知道这飞机怎么就有脑子了,那些路线又怎么装进它脑子里的,他觉得余飞肯定是在瞎说。余强转头看了眼围在附近看好戏的人,好心提醒白敬宇说:"这么多人看着,要是搞砸了,不是砸你自己的牌子吗?你明天白天再打多好,也不差这一晚了。"

白敬宇没想到余强还担心他的产品口碑,有些好笑道:"你怎么知道就一定是砸牌子?要是喷好了,就是最好的宣传。"

余飞也没好气地说余强："谁说不差这一晚的？那些东西一晚上就能把新网弄起来。我们得趁着红蜘蛛没有把新的蛛丝织起来之前打药，不然药就被网全拦住了。"

余强看二对一，也不跟他们争了："行行行，你们厉害，打吧打吧。"

余飞麻利地安装好机器和药箱，按着白敬宇的指导，把机器调节到夜间模式，开始操控机器。

两分钟后，闪着黄红荧光的擎翼一号徐徐起飞，刚才还在变着法笑话嘲讽的村民此时都盯着这架发光的机器，眼睛一眨不眨。王桂花和王明也站在人群里，王明拿着手机，把这一幕偷偷录了下来。

王桂花把嘴里的瓜子皮往地上一吐："一个破玩具飞机而已，你照它干吗？"

"你懂啥，别说话。"王明注意力都在无人机上。云上科技现在研发的无人机只能白天工作，还没听说过晚上能干活的，这他得拍下来发给曼总，知己知彼，才能百战百胜。

此时余飞在平板电脑上操作着擎翼一号，余强好奇地在旁边盯着，问这问那。余飞也不烦，一一给他解答。

天边最后一丝亮光也隐去了，整个棉田笼罩在一片夜色里。棉田上空飞行的红黄两色显得格外醒目。

白敬宇打开了照明灯，透过射过去的黄色朦胧光线，余强看到带着药水的无人机按着平板上的路线来回喷洒，药液从机器上喷出来的时候已经成为了雾状，均匀喷洒在了棉株上。每喷完一行，屏幕上的行列颜色就会变深。

"我去，神了！这机器还真按着路线喷的，它是真能看见啊。"余强被震撼到了。

村民们都议论纷纷，那些来看热闹看笑话的人，看到这机器晚上还能干活，都震惊了。

王明听着周围人对擎翼一号的赞叹，心里极为不爽。他本以为可以趁着这波红蜘蛛闹起来的时候，自家公司的产品能出来刷一波好感，没想到被擎翼科技给截和了。敢情他之前费劲巴拉地到处撒这些虫卵，全都给他人做嫁衣了呗？夸的人越来越多，王明阴阳怪气地说："这黑灯瞎火的，谁知道药都打哪儿去了。要是都进了沟渠和没虫的地方，浪费钱不说还瞎耽误功夫。"

王桂花立马就附和："谁说不是呢，咱种棉花这么些年，别说晚上了，大白天一只只地抓也不一定能把这红蜘蛛给灭了,这晚上在棉田上飞那么几下就能把虫子灭了?骗傻子呢,装装样子而已,谁不会?"

不少人听了姐弟俩的话,又觉得是这么回事了。毕竟他们当了几十年的农民了,从来都没听过晚上还能打药的。

王桂花越说越起劲:"你们想想,那红蜘蛛哪是这么容易就能消灭的?那个白总之前就是来咱县里卖机器的,在县里的产品推广会上机器还出问题了不是?就是因为产品不过关这才没卖出东西,改成跟飞哥一起种棉花了。现在来跟大伙面前表演这一出,不就是还想骗咱买他的机器吗?"

被王家姐弟这么一带节奏,村民们的话锋又变了:"是骡子是马,过两天就能知道。到时候红蜘蛛去不掉,看他以后还怎么吹他那机器。"

"二叔一家也傻,还真信那姓白的。"

王明的心情总算好了些,把录的好几个视频给曼总监发了过去。

曼歆刚从林睿办公室出来,林睿已经给她下了任务,让她去拿下已经被他们逼得走投无路的擎翼科技。看完王明发的视频,曼歆冷笑一声,无论白敬宇研发了多少新技术,迟早都是云上科技的。

余飞虽然对擎翼一号很熟悉了,但晚上打药还是第一次。她一会儿盯着平板上的数据,一会儿又抬头看向夜空中一刻不停地闪着红黄颜色的无人机,心里一直不放心。

棉花农场受害区域加上二叔二婶那边的面积一共两百亩左右,按擎翼一号的速度,这些面积打完,算上添加药水和换电池的时间,四个小时内就能完成。因为是在夜间,照明不便,余飞和白敬宇他们忙活到十二点多才打完了所有的区域。

"这就打完了?"余强以为再怎么快也要打一晚上,没想到这么快就结束了。

"打完了。"余飞扭了扭有些发酸的脖子。

余强这是第一次感受到擎翼一号的威力,所以又被这速度给震到了:"这也太快了,两百亩,就算雇十个人也得打个两天。这机器真是神了。"

余飞对他的反应并不觉得奇怪,她第一次受到震撼时也跟他一样。自从有了这个机器,她就再也无法接受传统的人力速度了。余飞已经打算好了,如果今年赚到钱,除了给余爸做手术,她最大的愿望就是买一台擎翼一号,不够钱她也要贷款买。

看热闹的人早就走光了，为了让二叔二婶早点回去，白敬宇在规划的时候是先从他们那边的棉田开始的，所以二叔二婶也早回去了。

打完药，或许是精神太过紧张，一直站着的余飞扶着腰，觉得整个后背都有些僵。

"没事吧？"白敬宇问。

余飞笑着摇摇头："没事，站得有些久了，活动活动就好了。"

"别忙活了，去车上坐着。"白敬宇看她又开始收拾东西，他快一步拿过她手里的电池。

余飞知道白敬宇也累了一晚上，她不能光让他自己收拾，她也要帮忙。

余强看不下去了："我说你俩够了，腻腻歪歪的，你俩累就都到车上去，我来。"白敬宇和余飞看着帮忙收拾的余强，相视一笑。

平时这个点儿余强早睡了，但今晚看着这个机器飞来飞去的，他真觉得有点意思，到现在依旧一丝困意都没有，反而还有些兴奋。白敬宇看他对机器挺感兴趣，干脆下来教他如何将机器拆卸，如何装进箱子里。

"还别说，用这机器来侍弄棉花还真带劲，不用下地干活，坐旁边看着机器干，跟玩似的。这活我也能干，啥时候让我也遥控一下这机器？"余强摸着擎翼一号，越看越喜欢。

"你要想学，以后就跟着我们下棉田，我教你。"白敬宇说。

"行，我现在反正也没事干。"余强一口答应下来。

他现在出不了村，这几天自己想了不少事。自从张燕嫁人之后，余强也算是有所醒悟了，终于意识到自己这个岁数不能再混下去了。这辈子不说能赚多少钱，有手有脚的，最起码能养活得了自己。

余强寻思着自己啥都不懂，白敬宇怎么说也是从大城市来的，他跟着他学点东西不亏。以后余飞肯定要嫁人的，他保不齐这辈子还得在老家种棉花。要是这棉花真像他妈说的一年能挣几十万，那他这辈子也算是有奔头了。

余飞怕他三天打鱼、两天晒网，叮嘱说："想学东西就别偷懒，我们几点起你就得几点起，别又睡到日上三竿。"

"放心，我保准比你俩起得早。"

等三人回到家，两位老人已经睡了。

"要不要吃宵夜？我给你煮点面。"余飞想起白敬宇晚上吃得不多，问了一句。

　　白敬宇没想到她会主动给他煮宵夜，心里高兴，刚要说吃，手机忽然进来一条信息，是曼歆发来的，问他有空吗，想给他打电话。

　　曼歆知道白敬宇的作息，这个点他肯定还在电脑前工作。她除了知道他没睡，还清楚人在深夜的时候感情最脆弱，这个时候打感情牌，或许能有点用。

　　白敬宇眉头微皱，把手机放回口袋，跟余飞说："我不饿，不用煮了，你早点睡吧。"

　　余飞打了个哈欠，转身要回房。

　　没想到旁边的余强举手说："我饿！你去帮我煮碗面。"

　　余飞想也不想："自己煮。"

　　看她头也不回地走了，余强压低声音朝着她的背影暗骂："我可是你哥，反了你了。"说归说，他也不敢再像以前那样犯浑了。看了眼厨房，余强揉揉肚子，嘴馋抵不过懒惰，还是径直回房了。

　　白敬宇刚进房间，手机就响了。他沉着脸接了起来。

　　"敬宇，是我。"曼歆的声音听起来柔柔弱弱，像是刚生了场大病。

　　"有事吗？"

　　"上次……是我情绪不稳定，我心里一直没放下你，所以才会失控。"

　　白敬宇打断她的话："你要还是说这些，那就不用再说了。"

　　曼歆忍住火气，调整了情绪："敬宇，我知道擎翼科技现在的财务不容乐观，也知道你对擎翼科技注入的情感和心血。现在与其让它破产倒闭，库存成为垃圾，不如跟云上科技合作，这样也不至于让你的努力白费。"

　　白敬宇嘲讽道："你是不是觉得，我除了跟云上合作，就没别的出路了？"

　　曼歆自认为很了解白敬宇，开口说："你现在要么把设计的专利卖给其他公司套现，要么攥在手里，等待时间东山再起。但专利都是有时间限制的，而且科技发展日新月异，等你起来的时候，这些专利有可能已经'过时'了。敬宇，你比谁都清楚云上科技在无人机市场上的地位，它的资金实力和销售渠道，都能让你的产品最快速地打入市场。还有就是研发经费，只要跟云上合作，就有整个云上平台帮你。合作方式可以谈，我保证会帮你争取最大利益。我甚至可以帮你保留擎翼科技这个品牌，作为云上科技的子品牌。敬宇，到时候你回到云上科技，继续研究你想研究的方向。我会尽一切能力协助你，帮你把机器卖出去。我们还像以前一样合作无间不好吗？"

之前严志高打电话给白敬宇，说严氏查到这次国外工厂的突发状况蹊跷，背后有可能跟云上科技的林睿有关；再看曼歆现在迫不及待地过来跟他谈收购擎翼科技的事，这就说明，断掉他的外援，再一步步收购他的公司，很有可能就是云上算计好的。白敬宇在心底冷笑，嘴上却显示出了一点点的兴趣："你确定能像以前一样？"

听他有松口的意思，曼歆趁热打铁："我保证一定会像以前一样。你要是不放心，这些条款都可以写进合同里。"

"以前我是云上科技的合伙人，现在我拿出擎翼科技的技术入股云上，你们同意吗？"

"这……"曼歆不敢说话了。林睿只想要并购擎翼科技，给钱打发他，并没想让白敬宇再回来掌控公司。她之前说让白敬宇回来公司工作，也只限于高级员工，而不是股东身份。

"你们可以商量一下，如果不行，就不用再给我打电话了。"白敬宇说完也不等她再说话，直接挂掉电话。

余飞之前跟他细说过云上科技很有可能通过虚构客户和业务等方式，虚增利润达到发行条件。很多虚构的客户都是境外的虚假下单，光靠老白在外部调查还是很难发现问题的。如果他们能让他重新成为股东，那他就可以有理由名正言顺地查看公司的相关资料。即便林睿阻拦，也需要有足够理由来说明拒绝他查阅的原因。就算对方有借口，他也可以行使股东的诉权，让法院调取相关资料。就算到了这个时候，他也想用擎翼科技去换一个机会，一个能还余飞公道，让林睿和曼歆自食恶果的机会。

此时的曼歆听着电话里的忙音，她捏着手机，看向落地玻璃窗外面的城市夜景，脑中飞快思索。

白敬宇的性子她是知道的，想要让他原谅背叛过他的人和公司基本不可能。现在他不但愿意把技术给云上，还想要回来成为股东，这明显是要回来复仇的。如果是白敬宇没在她面前说喜欢余飞之前，这是曼歆期待的。她留住云上，等的就是这一天。但现在一切都变了，就算白敬宇扳倒了林睿，她也没什么好果子吃。她不能帮他，况且林睿疑心这么重，也不可能会同意。

第二天余飞起来去晨跑，看到白敬宇已经站在院子里等她了。

"早。"她边做热身边打招呼。

"早。这个给你,生日快乐。"他从口袋拿出一个头绳递给她。

余飞一怔,从小到大,余家没给她过过生日。只有余强生日的时候,家里才会庆祝。她甚至不知道自己的真实生日是哪天,上户口的日期只是捡到她的那天,而不是她真正的生日。

她接过他的礼物盒,打开发现是根头绳,上面还有只可爱的红色小狐狸,但不知为什么,眼白部分特别多,呆萌中带着一丝桀骜。

"这狐狸怎么这么像你桌上折纸折的那只?"余飞很是奇怪,不知道他从哪儿买的这么怪的卡通形象。

"这不是狐狸,是狼。"他似笑非笑地看着她说。

回海城之前,他就在考虑给她送生日礼物的事。

他知道她的性子,太贵重的她肯定不收。这段时间她没有剪头发,之前齐肩的短发现在已经有些长了。她平时就用根黑色皮筋随意扎着,所以他就想到送她一根"白眼狼"头绳,这样她就能天天戴着。回海城的时候,他就自己用3D打印机打了一个独一无二的"白眼狼"款头绳。

余飞没想到这竟然是只狼,也不知道他为什么要送她一头狼。

"试试吧。"他一脸期待。

余飞把黑皮筋撸了下来,用新头绳扎上。"好看吗?"她甩了甩头发。

他满意地点点头:"好看。"人长得好看,扎什么都好看。

余飞挺高兴,问:"这狼为什么白眼球这么多?"

白敬宇忍住笑,一本正经地说:"可能只是白眼狼吧。"

白眼狼?他是在说她白眼狼吗?"白敬宇你几个意思?"白敬宇已经率先跑出去了,余飞笑着追上去,两人在晨光里,向着棉田跑去。

二叔一家第二天一早就去了棉田。打完药又过了一晚上,原本密密麻麻布满红蜘蛛的叶片背面上,现在只剩三分之一了。而那些本来虫害轻的棉株身上,只剩一两只甚至一只都没有了。

二叔跟二婶兴奋不已,刚要给余飞和白敬宇打电话报喜,就看到他们的面包车从远处开了过来。

车子刚停下,二婶就喜滋滋地迎上去:"小飞,白总,昨晚打的药有效果了,你们快去看看吧。"

"二婶您慢点。"余飞下车赶紧扶住踩在田埂上差点滑下去的二婶,笑道,"我们棉田里有检测仪,我们在家里就知道有效果了。"

"哎呦,瞧瞧,我们怎么把这事给忘了,还着急给你们打电话报告情况。你们的棉花农场可真是太方便了,跟装了千里眼一样好使。"

余强今天也一大早爬起来,跟着余飞和白敬宇一起过来了。他蹲在棉田边仔细看了好半天,心里暗暗称奇,昨晚啥灯光也没有,那机器看似无头苍蝇一样乱转,没想到还真有效果。以前村里的棉田不是没出现过红蜘蛛,这玩意儿越是干旱天气,繁殖越快,非常顽固。一旦防治失败,在短短一周内,就会对棉花造成极大的危害,是出了名的难防难治。没想到小机器这么厉害,几个小时就能把红蜘蛛灭得差不多了。

二叔虚心请教在旁边做记录的白敬宇:"白总,你这机器是怎么喷得这么全面的?我们之前自己打药的时候,时间长不说,效果也没见有这么好。"

白敬宇翻看一张棉叶:"棉叶螨是在棉叶背面吐丝结网为害产卵,有蛛丝和叶面帮它挡着,隐蔽性强,药剂不易接触,自然也就没法有效地去除。我们现在用的杀螨剂多为触杀剂。为提高防治效果,必须先用大水量把红蜘蛛的丝网冲开,并加大农业无人机喷射式的压力,让它比较容易把药打到中下部的叶片叶背上;但也多亏了昨天中午的时候下的那一场急雨,雨水把棉株上的蛛丝冲掉不少,才让打药工作这么顺利。"

二叔种了这么多年的棉花,还真没想到先用水来冲蛛丝这件事。

"这么说,以后打药都要等下雨之后?"二婶不懂就问。

余飞笑说:"不是的,二婶,可以拉水管,人工开水来冲。"

二婶恍然大悟,有些不好意思地笑道:"那像我们几亩地倒还好说,你们这几百亩要怎么弄?得请多少人拉多少水管?"

"红蜘蛛最重要的是预防,不可能全染虫了才发现,大多都是像我们这样,一开始发现就赶紧处理。就像昨晚那样,只要控制住虫害区域就可以了,所以一般不用六百亩全打。"

"对对对。"二婶又笑了起来。

二叔看棉田里还有红蜘蛛,始终不放心:"白总,你看什么时候再喷第二次,赶紧把这东西灭完了才能安心啊。"

"我们订的药剂再过几天才能到,回来就可以喷了。昨晚打了一次,再过7~10天再喷一次,连喷2~3次应该没问题了。"

"那药是跟昨晚一样的药吗?"余强问。他记得余飞说她拿回来的药是别人卖剩下的,市面上不一定能买到一样的了。

"不一样。打红蜘蛛的农药要不同牌子交替使用,不然容易产生抗性。"白敬宇说。

"抗性?什么是抗性?"余强以前跟他爸打药,从来都是只用一种药,没听过什么抗性不抗性的。看余强少有地出现了求知欲,余飞耐心地跟他讲解抗性知识。"你下地还没我多,你咋知道这些的?"余强听完余飞的讲解后,一脸不解。

白敬宇和余飞听完都有点想笑:"获取知识的方式不止亲自去做这一种,你没事就少吹牛、多看书,听听别人的经验,多观察、多思考,你知道的会越来越多。"

要是以前余飞对他说这些话,余强早就怼了,但现在他心态上已经有了转变。既然不想再这么浑浑噩噩下去,他就得向余飞他们学习。白敬宇跟余飞说的话,他听进去了。

第四十章 飞手服务

几人从棉花地开车回去的时候,王明刚从小卖部拿到云上科技寄来的快递。他把这几个大箱子扛回家——打开,开始安装这台云上科技研发的新型植保无人机"云中雁"。

全家都在旁边紧张地看着,王婶问说:"是不是用这机器打了药,咱田里的红蜘蛛也能像二叔家那样,立马就灭得差不离了?"

"肯定比他们的好。他们公司能跟我们公司比吗?"王明没往自家田里倒虫卵,但没想到他们家的这十亩棉田也出现了红蜘蛛。现在还不严重,但得赶紧打药,不然再等几天可就不得了了。

安装好"云中雁",王明信心满满,带着机器就去了棉田。

王桂花和父母都一脸崇拜地看着操控着机器的王明,"云中雁"缓缓起飞。王明已经想好了,虽然擎翼一号昨晚表现不错,但"云中雁"也不差,只要他田里的红蜘蛛灭得比余飞那边的干净,那他就能扳回一城。

机器在空中喷洒着药剂,或许是之前看过好几次余飞操控无人机的场面,所以王家父母并没觉得这个东西有多新奇。王明还等着听家人们的赞叹，没想到大家反响并不强烈。"姐你干啥呢？赶紧给我录视频啊。"王明边操控机器边不满地嚷道。

"来了来了。"王桂花赶紧点开王明的手机，认真录了起来。

"我手里的这个是操作面板，在这里大家可以看到我们'云中雁'的飞行路线。我们这台机器能打药、驱虫、赶鸟，环保无废气，操作方便，价格还低，电机寿命可以到上万小时。"

正说着，屏幕上显示电池和药箱药剂即将用完，王明赶紧把机器遥控回来加药充电。

"大家看一下，我这说话的工夫，就把十亩地给打完了，多方便。好了，今天的视频就到这里，欢迎大家继续关注我们云上科技的农业植保无人机'云中雁'。"王明说完，示意王桂花赶紧关掉录制。

王家人都聚过来。王婶问："这才飞了几分钟就要充电了？我怎么看小飞那边飞的时间比咱这个长呢？"

"差不多，他们也长不了多少。"王明嘴硬。

云上科技虽然资金雄厚，请的设计人员也多，但白敬宇早在好几年前就开始自己在研发，这突击出来的跟人家慢工做出来的肯定有差距。

云上科技设计的这台"云中雁"药箱最多能装10L，一次只能飞5分钟。因为采用锂电作为动力电源，外场作业还需要配置发电机为电池充电。而擎翼一号一次就能装15L，充电也不需要发电机，一次能飞接近10分钟。正因为这样，为了不暴露太多"云中雁"的短处，王明才选择了他们家这5分钟就可以结束战斗的小棉田。

二叔和余飞棉田里的红蜘蛛被控制住的消息迅速在村里传开，不少人不相信，特意跑到二叔棉田里看了又看。

在自家棉田打完药的王明也去了，仔细看了一圈，发现这红蜘蛛还真是少了不少。他本以为这次的红蜘蛛会让余飞他们头疼好一阵子，没想到他们竟然这么快就解决了。王明拿出手机，想把这事报给曼总监，但随即一想，还是先等等，等明天看看自家棉田的打药情况再说。

余飞跟白敬宇检查完棉田的情况也到了中午，三人刚要回家做饭，就接到文涛的电话，问她打药打得怎么样了。昨晚打药的时候，文涛去了县里，没能在现场,所以今天特意打电话过来问。

余飞兴致勃勃地跟他描述了打完药的效果,那头的文涛越听越兴奋:"好,太好了。你把昨晚拍的视频发给我看看。"

余飞挂了电话就发了过去,还给他发了棉田里没打药之前和打完药之后的照片对比。

车还没开到家,文涛的电话就过来了。"飞哥,你和白总愿意带着无人机去帮别的镇上的棉农打药吗?这是个给白总推广产品的绝佳机会,而且打药也会给按亩结算服务费。"文涛说话的声音有些急。

"文涛你那边什么情况,仔细说说。"余飞示意白敬宇先靠边停车,然后把手机公放,让车上余强和白敬宇都听得一清二楚。

"我刚才把你们昨晚打药的视频给县里的领导看了,领导们都很惊讶,没想到晚上还能作业。大家对你们的打药效果非常肯定。今年温度高,东山县有九个镇的棉田都遭了不同程度的红蜘蛛侵袭。很多棉农都是今年响应号召才重新开始种植棉花的,现在被这红蜘蛛一弄,热情也被浇灭了不少。你也知道这红蜘蛛一周就能把棉田害得不轻,现在受害的棉农还在用最老的方式打药杀虫,速度慢、效率低,效果还不强。要是今年这些棉花救不回来,明年估计也没人愿意种了。县领导现在都很头疼这件事,看了你们的视频,想跟你们合作,请你们去帮着打药,药剂棉农出,你们带着机器过去就行。九个镇的受灾面积大概在三万亩,县里和棉农商量,按每亩八元的服务费给你们算,你问问白总愿不愿意。"

余飞脑子里飞速算着,一亩八块,三万亩就是二十四万了。这钱虽然不算多,但对现在白敬宇的公司来说,苍蝇也是肉。况且文涛说得没错,这可是在全县推广擎翼一号的大好机会,农民兄弟只相信眼睛看到的。只要他们认准了,那就是一个家庭、一个镇和一个县都认准了,这种宣传效果可是多少真金白银砸的广告都没法达到的。说不定这次弄好了,擎翼科技就能翻身了呢?

她赶紧对着手机听筒说:"文涛你等等,白总就在这儿,他跟你说。"

白敬宇拿起手机,跟那头的文涛说:"文书记,刚才你的话我都听到了,我是愿意带无人机去其他乡镇打药的,但现在有个问题。我这里只有两台机器,仅有我和小飞两个飞手,擎翼一号一天极限作业量最多是八百亩,两台是一千六百亩。按这个速度,三万亩打完也要十八九天。以红蜘蛛侵害的速度,根本来不及。我现在有个方案，我给海城的公司打电话，让公司里十二位飞手明天马上带着机器坐飞机过来。我和小飞今天下午就去一趟受灾最严重的棉田勘察地形规划飞行路线。要是药水和所有的东西都准备齐全了，最早今晚，最迟明天，我们两台机器就能先去打药。等后天大家都到齐了，十四位飞手一起，两天内就能把所有受灾的棉田打完药。你觉得这个办法可行吗？"

"可行，当然可行。"文涛高兴得不行。他知道农业无人机打药之前，是要先要确定作业面积、地形和具体的病虫害情况的。余飞他们今天下午就愿意过去，那就可以在最快的速度内控制住虫害了。

"白总、飞哥，要是这次能把红蜘蛛给灭了，你俩就是咱东山县的恩人了。"

文涛这话把余飞逗乐了："你话说反了吧，是你和东山县帮了我们。"

白敬宇也认同道："小飞说得对。不瞒你说文书记，我们公司现在经济困难，你现在帮我拉了一大单生意，是你和东山县帮了我大忙。"

文涛知道白敬宇不容易："你俩愿意连夜去给棉农打药，这已经不是单纯赚钱了。你们的情谊我都记着，虽然现在大家还不太认这个农业无人机，但棉农们要是能渡过这次的难关，对这个植保无人机的印象肯定会有所改观，我也会多给你们宣传宣传。"

文涛是个干事的人，中午刚跟余飞和白敬宇他们确定好了，下午就把详细计划提交给了领导。棉农受灾这事现在就是全县的大事，领导第一时间审批，马上就安排好了第一个打药的乡镇。

余飞和白敬宇回家吃了午饭，马上就动身去林峰镇勘测情况。

余强贴上来："带我一起去呗，我也想学做飞手。"

从听到文涛那番话后，余强就仔细算过，一亩八块，这三万亩就是二十四万呐。要是出去打工，那得干多少活、要攒多少年才能有二十四万？白敬宇说用无人机两三天就能打完药，那岂不是两三天就能赚二十几万？操控无人机去给人打药，不需要下地干重活，又能赚到钱，还不用出东山县，这就简直就是给他量身定做的工作啊。

"你想学做飞手？你能吃得了这份苦吗？"余飞问。余飞知道余强上心的事不多，昨晚他对着擎翼一号问长问短，她当时就萌发了让他成为飞手的心思。只是这种话只能他自己提出来，要是别人说，他还不一定好好干。

余强信心满满："操控个无人机，还能比下地干活苦？"

余飞看他是真下了决心，跟白敬宇对视一眼，开口说："你要想学，那就跟我们一起去吧。"

看儿子终于肯跟着余飞和白总学本事，余家老两口高兴得跟什么似的，这么多年，这个混日子的老大终于长进了："多帮着你妹和白总干点活。"

在余家老两口的叮嘱下，三人开着车出门了。

车子从村口出去的时候经过刘大柱家的棉田，余强看到张燕正一个人背着个药箱在田里打药。整个棉田里就她一个人，她显然是干了大半天了，脸被晒成黑红色，前额的头发都被汗给浸成一缕一缕的了。

余强的火瞬间就上来了，刘家这是把人当骡子啊。气归气，张燕现在是刘大柱媳妇，余强就算气炸了也干不了什么，只能愤愤移开目光，眼不见为净。

棉田里的情况余飞和白敬宇自然也看到了，车里没人说话，一路开到了文涛联系好的林峰镇。

受灾的棉农们早已焦急地等在棉田边上了，大伙看到从车上下来的人竟然是两位长相出众的年轻人，瞧着那细皮嫩肉的模样，压根就不像种过棉花的。

原本那些棉农就对这什么无人机打药心里犯嘀咕，要不是县里的领导劝说，他们也不会同意用这种不靠谱的方式打药。如今看到来的人，更是不信什么科学打药了。

"老乡，先带我们去看看棉田吧。"白敬宇开口跟站在前面的黑脸汉子说。

"你们真能灭了红蜘蛛？"男人听着白敬宇不是本地口音，瞧着眼前三人，"我看你们连棉花都没种过吧？"

余强不服气："谁说没种过？我们西贝村的。"

有人认出了余强："呦，你不就是西贝村那个混子余强吗？你们家油瓶倒了你都不扶，你能下地？谁信啊！"

这话加重了大家对三人的反感。黑脸男人自己跟白敬宇说："你们走吧，别瞎耽误我们功夫。"

"就是，县领导还说派两位经验丰富的专家过来搞什么科技农业，这都啥玩意啊，请个城里人教我们种棉花？"

余飞听人针对白敬宇，不愿意了："老乡，我是西贝村的余飞，这位是跟我一起合作种棉田的白总。我们自己种了六百亩棉田，我们田里前两天才刚用农业无人机打过药，效果很好，现在红蜘蛛基本控制住了，你们要是不信可以亲自去考察。但田里的红蜘蛛耽误一天，受灾就更重。我们是县领导请过来帮忙的，如果你们以貌取人，不想让我们帮，那我们现在就回去。"

棉农中有一位微微佝偻的草帽哥，他家受灾是最严重的，他是听过西贝村有个叫余飞的种了六百亩棉田这事的。听余飞说完，他赶紧拦住她："你说的是真吗？那个什么农业科技的飞机，真把你田里的红蜘蛛都打掉了？"

余飞拿出手机里之前发给文涛的打药图片和打药前后的对比图给对方看："如果你们还不相信，可以去实地看看。"

草帽哥将信将疑："那你们能保证那个飞机也能把我田里的红蜘蛛打掉吗？能的话我现在就带你们去。"

这种事任何一个人也没法保证，余飞刚想跟对方讲道理，站在一旁的白敬宇忽然开口说："我能保证。"看余飞担心，白敬宇给她一个"放心"的眼神。

看白敬宇敢打包票，这群棉农们嘀咕了一阵，草帽哥带队，大伙一起跟着去看棉田里的情况了。

到了草帽哥那二十亩棉田边，白敬宇和余飞仔细地查看虫害的情况，做了记录，同时也勘察周围地形，看是否适合植保作业并排除棉田中不适宜作业的区域。

在余飞的提醒下，余强也拿了自己的小本本。白敬宇看他有了学的态度，也耐心教他如何检查飞行航线路径有无障碍物、如何确定飞机起降点及地面站规划作业的基本航线。

余强长这么大，从来没像现在这么好学过，他飞快地记录，生怕遗漏了一丁点儿东西。

在来之前，白敬宇已经提前查过这里近几日的天气情况，虽然跟西贝村不远，但每个地方因为地形和位置的不同，形成的风速也不同，所以得实地考察，确保接下来作业的安全性。

余飞跟草帽哥解释了棉田里的受灾情况，又跟他确认了农药的配比。草帽哥看着半死不活的棉苗，只希望能快点打药。

余飞和白敬宇当然知道对方的心情，他当机立断，让草帽哥先拉上水管子，叫上帮手，在棉田上先用大水流把叶面上的蛛丝全冲一遍，然后再把药剂配好。他和余飞现在就回去拿上机器和充电组，晚上七点准时过来打药。

林峰镇的棉农们还没听过打药前还要用水冲的。黑脸男人说："你们把这棉苗先打湿了，药还能挂在苗上吗？"

"大哥,我们用水冲是为了冲掉棉苗上的蜘蛛网。按现在的温度,棉苗上的水一个小时就能蒸发干了,不会影响打药的效果。"

"冲掉蜘蛛网?咱这儿可从来没人这么干过啊。"草帽哥也觉得白敬宇的做法不太靠谱。

余飞开口说:"大哥,没人这么干过,只能代表之前没人想出过这么好的办法,不代表这个办法不行。我那棉田就是因为被大雨冲刷过之后,打药效果才特别好。你的棉田现在三分之二已经遭害了,要不要试试,你自己决定吧。"

草帽哥看着自己那半死不活的棉田,他现在也的确没有什么好办法了,眼下也只能死马当作活马医了:"行,那就先按着你们说的办。"

别的棉农看有第一个尝试的,想到耽误一天就是一天的损失,也都一改刚才的态度,说今晚也要打药。

余飞统计了一下,今晚要打药的面积大概有七百亩,这么大面积,估计得打到凌晨五点。

熬夜打药对飞手来说都是家常便饭,虽然余飞和白敬宇不是职业飞手,但他们理解棉农们心急如焚的心情,所以也没推托,把这七百多亩棉田的打药任务都接下来了。

林峰镇离西贝村一个小时的车程,三人回来拿充好电的无人机,吃完晚饭,又急匆匆赶去了。

车子经过村口,现在天热了,刘大柱一家把饭桌放在小卖部前,刘家人已经吃上了,唯独不见张燕的身影。

余强以为张燕在刘家厨房忙活,没想到车子经过刘家棉田,发现张燕竟然还站在田里打药。余强再也忍不住:"停车,我今晚不跟你们去了。"

看他下了车,余飞想要拦他,但他已经朝着棉田方向跑去了。想到林峰镇那儿的棉农还在等着,余飞只能由他去了。

车子开走,白敬宇看了眼副驾上忧心忡忡的余飞:"别担心了,余强应该有分寸,不会做什么出格的事。"

余飞叹息一声:"他现在的确是想通了很多,我相信他也不会再随便做出不计后果的事,但正因为这样,我才觉得可惜。有句话怎么说来着,'在我最清醒、最懂爱、最好的时光里,我最喜欢的人不在我身边,如果能重新开始该有多好'。"

白敬宇淡淡开口说:"如果我最喜欢的人不在我身边,那怎么可能是我最好的时光?这句话本身就很有问题。"

余飞一怔,没想到他的角度这么刁钻,瞬间就没了刚才的伤春悲秋,笑说:"有道理啊,我之前怎么没想到。"

此时余强快步走到腰都直不起来的张燕旁边,粗声说:"你这是不要命了吗?"他拉着她粗粝的双手走出棉田,心疼不已:张燕才嫁到刘家几天,手上的老茧就厚了许多,人也黑瘦黑瘦的,跟个苦劳力没啥两样。

到了田埂边,他抢过她身上的喷杆和药箱丢在地上。张燕想让他别管她,但根本争不过他,只能由着他去了。

"你是不是傻?就这么让刘家人糟践你?"余强气得眼都红了。

"你走吧,别管我。"张燕累得话都不想多说,拿上药箱就往刘家走。

"我是为你好。"

"你要真为我好,就别再来找我。"张燕头也不回,像个行尸走肉般,一步步走向那个火坑一样的家。

余强站在原地,悔恨让他全身都在发颤。半响,他伸出手,狠狠抽了自己一个大嘴巴子。

余飞和白敬宇马不停蹄赶到了林峰镇。草帽哥的棉田边早早聚集了不少村民。来的时候余飞跟文涛联系过了,因为是第一次打药,所以今晚文涛和县委书记都会在现场。

看余飞他们把两台无人机搬下来,村民们都好奇地过来看热闹。为了不影响余飞他们工作,村委把人群和余飞他们隔开,保证余飞他们不受干扰。

白敬宇安装好机器,把草帽哥调制好的药剂倒进了药盒里。擎翼一号在余飞的掌控下,信号灯由黄变红,缓缓升起,飞向棉田上空。她眼神专注,有了上次夜间打药的经验,这次的她明显淡定娴熟了许多。操作机器的帅气样子,好几次都让白敬宇移不开眼。

今晚要打的棉田地块一共有七百多亩,好几十家受灾棉农都连在一起,所以受灾的情况都差不多。两台机器一刻不停地装药、喷洒,再换电池加药,再继续喷洒。从晚上七点一直打到凌晨五点多,才把规划的路线给打完了。

跟着看热闹的棉农早就走了,受灾的棉农也一直哈欠连天。余飞和白敬宇让大家都回去，然后才收拾机器和做剩下的工作。

喷完之后，余飞还要记录作业结束时具体飞了多少亩数和飞行次数，与之前他们估计的用药量是否相同。而白敬宇则对植保无人机系统进行检查，查看电池的耗损情况。

文涛和县委书记这一晚也跟着他们一起熬了下来。看工作终于完成，文涛带着领导走过来，这时候才有时间好好介绍一下余飞和白敬宇。

余飞和白敬宇没想到县委领导跟着他们一起熬到了现在。而县委领导也觉得余飞他们辛苦了，为了解其他棉农们的燃眉之急，不仅当晚就打药，还加班加点到了现在。

书记跟余飞握手："余飞是吧，你的大名现在可是无人不晓啊，年纪轻轻就敢包下六百亩地种棉花，还尝试了新的科学种植方式，真是有胆识、有魄力，是咱西贝村的榜样。我已经跟文涛说了，等这次救灾结束，要请你去县里跟我们跟广大棉农分享你科技种植的经验和受益的地方，让我们东山县的棉农都能改变传统落后的种植方式。"

余飞心说如果把科技种植推广出去，擎翼科技或许就能有一线生机。她紧紧握住领导的手："书记请放心，我一定会把科技种植的经验分享给大家。我的棉花农场经历了好几次风灾，光是播种就重播了三次，六百亩棉花农场里只有我和白总两人一起管理。农场里的棉花现在能长成这样，全靠现代的农业科技帮忙。可以说没有擎翼科技的技术支持，也就没有我那六百亩棉田。我在科技农业上受了益，也想让乡亲们尽快体会到农业科技带来的变革。"

"好好好，到时候我让文涛安排。"说完书记又握向白敬宇的手："白总，今晚真是辛苦你了，你设计的农业无人机真是让我们大开眼界。感谢你把这么好的产品设计出来，让农民兄弟解放了双手！像你这么年轻有才，还关注农村农业的城市老板真是不多了。"

"谢谢。"白敬宇不争功，谦虚低调地只说了两个字。

文涛在一旁说："书记，我送您回去吧，他们也准备回去了，我们后天再看打药的效果。白总、飞哥，你们也赶紧回去休息吧，今天大家都辛苦了。"

等文涛他们走后，余飞问白敬宇："你刚才怎么不跟县领导多说点好话？这可是宣传擎翼科技的好时机啊。"

白敬宇淡淡说："累了，而且没必要。"

余飞有些哭笑不得，但也知道他说的是事实。饶是说得天花乱坠，也得用事实说话。要是有效果，白敬宇就算一句话不说，也不妨碍大家认可擎翼一号这个产品。"行，那走吧，我来开车。"折腾了一晚，余飞怕他真累坏了。

没想到白敬宇先一步坐上驾驶位："我开。"

回到家已经是他们往日的晨跑时间了，余飞和白敬宇轻手轻脚地进了院子，发现堂屋的灯亮着，余强已经坐那儿了。

余飞吃了一惊："你这是刚起还是一宿没睡？"

"我已经做好早饭了，你俩赶紧去吃吧。"余强边帮着他们把车上的东西卸下来边说。

余飞没想到余强这么给力，又饿又累的两人洗了手就去吃早饭了。

余强坐在旁边，忽然开口说："白总，能不能让我到你公司去做个飞手？我余强保证一定好好给你干，有什么苦活、累活你就尽管叫我，我要是抱怨一声我就不是个男人。"

听着这话，余飞知道余强肯定又在张燕那儿受刺激了。

白敬宇放下筷子，拿起水杯喝了一口："不是我不招你，我的公司就要解散了，这次来东山县打药，应该就是公司最后一个业务了。"

余强一怔："怎么可能，你那不是个大公司吗？"

"大公司就不会倒闭？"

"那，那你怎么办？"

白敬宇有些好笑，余强竟然还担心起他来了。他拍了拍余强的肩膀："我会留在这里跟余飞一起种完这茬棉花。如果你愿意学，我也会教你如何操控无人机。等这茬棉花种出来了，你可以去海城其他无人机公司应聘，也算有个一技之长。"

余强沉默几秒，看着眼前比自己还小几岁的男人，双手抱拳："谢谢师父，我想学。"

白敬宇洗完澡回房准备休息时，发现余飞给他发了条信息，上面只有两个字：谢谢。他想起她今天绑在头上的那只"白眼狼"，忽然就笑了。看来白眼狼也懂得感恩了。

两人睡到傍晚才起来，家里三顿饭都是余强做的。余家老两口看着儿子的变化，心里美得冒泡。

第二天，吃完早饭的余飞和白敬宇带着余强到了棉花农场。微风徐徐，棉田里的棉花形成绿色的海浪，层层叠叠地涌动。

余飞拿出笔记本，记录今天棉田的情况。白敬宇观察棉株上的红蜘蛛，发现比昨天又少了些。打虫剂在五到七天内都是有持续作用的。经过这两天，棉田基本已经看不到之前那些密密麻麻的红蜘蛛堆积的场景了。

余飞和白敬宇见缝插针地教余强如何判断地形是否适合无人机飞行，教他控制面板上的各项功能和飞行路线规划。他越是教余强，就越觉得余飞这种教一遍就会的实在是太省心了。

中午几人开车回家，经过王婶家的棉田，发现王明正在田里查看打药情况。几人也没停车，直接开过去了。

余强问白敬宇说："听说王明也弄了个植保无人机来打的药，他那个机器和咱这个机器，哪个更厉害？"

白敬宇也不谦虚："我们的。"

余强一拍大腿，笑说："我也觉得，我师父的东西就是最好的。"

余飞和白敬宇都被他的样子逗笑，从车里撒下一路的笑声。

跟他们形成强烈对比的是棉田里的王明，本来以为打过药的棉田虫害此时已经被控制住了。当看到棉叶下依旧密密麻麻的红蜘蛛时，他整个人都不好了。王明想不通为什么会这样。明明他跟余飞他们都是一样的打药，为什么他们的虫害少了，他的就一点用都没有？

中午吃完饭，余飞刚想打电话去问草帽哥棉田打药的情况，没想到对方先打过来了："你们不是拍着胸脯说用你们的机器打药一定管用吗？你们过来看看，我这棉田都被你们给毁了！"

余飞拿着电话，脸瞬间就白了。

第四十一章　　酸甜苦辣

等他们赶到林峰镇，发现文涛早到了，正极力安慰情绪激动的草帽哥和其他棉农。

白敬宇也不知道哪个环节出了问题，他们全都是按照正确的步骤来打的药，为什么会出现这样的情况？

那群棉农看到白敬宇他们，全都冲过来找他们算账。他们把棉田的损失，全都算到了白敬宇和余飞身上。

文涛去拉开上前推搡白敬宇的村民，他是没想到事情会变成这样，原本是想帮白敬宇和余飞拉生意传播口碑的，现在反倒让他们惹上了麻烦。

白敬宇把余飞护在身后，余强指着那群人："别人田里打药好使，就你们田里不行，怪谁，只能怪你们自己！"

这话更是火上浇油，眼看场面越来越没法控制，余飞忽然冲到车上，一直猛按喇叭。刺耳的喇叭声终于让吵吵嚷嚷的村民安静下来，余飞沉着脸从车上下来，跟一众看着她的人说："吵解决不了问题。想要弄清楚原因，就一个个把田里的情况说清楚，我们也好想办法重新喷药。"

"还重新喷药？你当我们是傻子，还想要两次？"黑脸男人愤愤说。

说到药，白敬宇忽然开口说："打药的整个过程，调配药剂我们没有参与。这个药剂是谁调配的，是哪种药剂，能不能站出来说一下？"

大伙面面相觑，黑脸男人站出来："我配的，你们自己的法子没用，现在还怀疑到我头上了？我用药害了自己家的棉田？"

余飞说："大哥，我们不是怀疑你，我们只是想要确定药剂的量和药效。"

黑脸男人冷哼一声："我在村里种了十几年棉花，配个药剂还轮不到你怀疑。"

"你用的是哪种药剂，能把包装给我看一下吗？"白敬宇问。

黑脸男人感觉自己受到了污蔑，压根不配合："包装丢了。我告诉你们，你们今天要是想用这种伎俩推脱责任，你们今天出不了林峰镇。"

这话把文涛给惹到了，他冲到对方面前："我告诉你们，这里不是法外之地。你们要是敢胡闹，别说棉田的事解决不了，你们也得进派出所。时间不等人，要想救棉田，你们就把包装袋给找出来！"

村民们你看看我，我看看你，最终草帽哥走了出来，从兜里掏出一个包装袋："这是那晚丢在我田里的。"

白敬宇看到上面的牌子，迅速在网上搜索了这款药物的作用时间。

每种杀虫药物都有不同的生效时间：有些生效早，像余飞他们在棉花农场用的那款，目的是为了第一时间遏制虫害，但后续还要连续打；有些药剂则生效晚，可以一次最大限度灭除不同形态的虫害，且后劲强，后续需要补打的次数少。

果不其然，这款药物的生效时间是三天后，也就是最早也得后天才能看到效果。

文涛拿着查到的资料跟大伙解释，但黑脸男人根本不买账："要是后天不生效咋办？"

"我赔。"文涛说。

有了文涛这句话，白敬宇他们的小车子才顺利回去了。

一路上余强都在骂骂咧咧，想到文涛为他们做担保，余飞心里既感激又担心。看她忧心忡忡，白敬宇忽然伸手揉了揉她的头发："放心吧，一定可以的。"

余飞整个人都是麻的，等白敬宇收回手，她才从后视镜看到自己的脸已经红了。

这两天余飞有种度日如年的感觉，好在第三天一早，她和白敬宇刚晨跑回来就接到了文涛的电话，说是林峰镇那边给了反馈，红蜘蛛少了不少。

"太好了，你都不知道我这两天有多担心。"虽然知道擎翼一号肯定没问题，但这一刻她才真正放下心来，朝白敬宇比了个"OK"的手势。

白敬宇嘴角上翘，这是他预料之中的事。

那头的文涛显然比余飞还兴奋，说："我之前怕你们心理压力大就没跟你和白总说，之前我跟县委书记去各个镇上给受灾棉农做动员工作，大家没人相信这无人机能打药。我们好说歹说，受灾最严重的林峰镇才死马当作活马医。现在大家看到无人机打药管用之后，都急着让你们赶快去打药，有的甚至愿意加钱。哈哈哈，我都不知道我这心里有多畅快！县领导对擎翼一号赞不绝口，说以后想要跟白总这边长期合作。飞哥你跟白总说一声，我这边已经排好顺序了，你们下午三点之前到蒙水镇，这次要打的面积是一千亩。在你们去之前，我让他们先把药剂准备好，再用水管把棉田上的蛛网先冲干净，你们就按时过去就行。"

"没问题，辛苦你了，文涛。"余飞笑眯眯地挂了电话，跟白敬宇和余强转述了文涛的话。

"要是县里能长期合作，那公司是不是就可以再撑一撑了？"余飞是真不想看到白敬宇的心血就这么没了,只要有一线机会,她都想要帮他留住。

白敬宇知道她的好意,整个东山县总种植面积的服务收入,对于维持擎翼飞行队来说是没问题的,但如果要维持整个公司的研发和运转,那是远远不够的。与其撑着拖累其他的研发人员,不如让大家去更好的平台发展。

白敬宇不想让她再担心,笑说:"以后的事以后再说,先做好眼前的打药工作。"

"好。"余飞点开文涛给她发的排序表格给白敬宇看,"这是下午要去打药的镇子,那里跟我们西贝村的环境差不多。这是他们帮拍的环境照片,你看看。"

一直在旁边听着的余强还没从好消息的激动中抽离出来,摸着无人机的遥控器说:"宝贝,真是个宝贝啊。"

中午的时候,余美和严志高在西贝村村口下了车。

自从余美决定要学音乐之后,她从半个月回一次家,变成了不定时回家。现在天气热了,她就趁着周日回家来拿些夏天的换季衣服。严志高这段时间也忙得焦头烂额,一直没空过来看白敬宇和余飞的棉花农场,这次趁着周末,就跟着余美一起回来看看他那个生活在村里的兄弟。

两人从村口走回来,热得一头汗。余美推开院子门就大喊:"爸,妈,我回来了。"

余妈推着余爸出来,余建国招呼严志高:"严老师来了,快坐。余美给老师倒茶。"

"余叔不用客气了,我先去看看白总。"

"白总跟小飞在厨房忙活午饭呢。"

听这两人在厨房,严志高也不急着进去当灯泡了,接过余美递来的茶水,坐着跟老爷子聊起天来。

余美听了父母说大哥的变化,一脸不信地跑到余强房间,竟然真看到余强正拿着本子坐在桌边学习。她看怪物般盯着余强:"哥,你咋了,受啥刺激了?"

余强没好气道:"怎么说话呢,没看到你哥在好好学习吗?别打扰我。"

余美笑他:"你当年要是有这劲头,咱家现在就已经是俩大学生了。"

"怎么,就许你半路跑去学什么唱歌,我就不能好好学点东西?"余飞和白敬宇帮余美转学艺术的事,余爸余妈也跟余强说了。

"能,太能了!你早该这样了!"余美心说你要早知道学,咱家也不至于变成现在这样。但旧事重提没有任何意义,看着现在的余强像是变了个人,余美打心里高兴。

这次回来,她是确切感受到了家里的变化。整个家不再是以前那种让人逃离的绝望和窒息,取而代之的是欣欣向荣和对未来的期许。她知道这一切都是因为有了二姐这个定海神针。她心里对余飞又多了一分感激,暗暗告诉自己,不能辜负她的希望,一定要努力考上音乐学院。

中午吃完饭,严志高跟白敬宇回到房间,白敬宇问道:"县里的旅馆订好了吗,老蒋他们今晚九点左右估计就能到了。我和小飞下午要去蒙水镇打药,打到十点应该也能收工了,到时候我过去看看他们,跟他们说说明天打药的情况。"

"放心吧,来之前我就订好了,一共十二间。中巴我都给你租好了,到时候飞手们坐着车去哪儿打药都方便。"

"不愧是你,靠谱。"白敬宇笑笑,把钱给严志高转过去。

"骂谁呢?老蒋也是我朋友。"严志高没要。

"他们现在过来是工作,没理由让你掏钱,赶紧收了,别跟我装大款,你兜里都快比脸干净了吧?"

严志高嘿嘿笑着,果然是从小到大的兄弟,对他门儿清。"话说你现在跟飞哥关系怎么样了?"严志高边收钱边问。

白敬宇看他一眼,一本正经地胡说八道:"进步神速。"

"行啊哥们,果然是近水楼台先得月。哎,那你让飞哥帮我个忙呗。"

"什么忙?"

严志高一脸憋屈:"让她帮我劝劝那个甄妮,让甄妮重新加我。"

白敬宇差点笑出声:"我没听错吧?"

"我希望你听错了。我实在不知道我爸是什么时候开始瞎的,非说那女的合适我,让我好好跟人处。我之前跟她提过假装情侣的事,说每月给她转一千,没想到人把我拉黑了,现在也加不上。我爸这段时间被国外的事气得天天找我茬,还断了我经济命脉。我现在就想赶紧找到那个甄妮,给她加价,让她好好跟我演,平了我爸这股邪火。"

白敬宇笑出声:"一千块?要我我也拉黑你。"

161

"这次你让她尽管开价,老爷子掏钱,我不心疼。"严志高这次是豁出去了。

下午严志高和余美坐着白敬宇他们的顺风车回县里。车子出村的时候,余美远远看到一个男人站在棉田边,忙问余飞说:"姐,那不是王明哥吗?他也回来了?"

余飞应了一声。

余美又接着说:"之前王婶看你从海城回来,就怕我们家跟她提你之前跟王明哥定娃娃亲的事,现在他不也一样回村了吗?嘁,想想王婶和桂花姐那副不可一世的模样,真是可笑。"

"别人怎么说怎么想是别人的事,我们做好自己的事,不要在背后说别人。"

严志高从后视镜里看到白敬宇那张白板脸,不怕死地故意问:"飞哥还跟人定过娃娃亲啊?"

余美这可找到听众了,滔滔不绝说:"可不是?那时候王家看我二姐长得好、学习好,以后肯定有出息,就死皮赖脸地贴过来。后面看我二姐从海城辞职回来,我家被人追债之后,就绝口不提这事了,还在村里散播谣言,说我姐配不上王明,生怕我们家缠上他们似的。我呸!"

"小美。"余飞提高音量,随即又说:"那些都是大人们的玩笑,没脑子的才会当真。你已经成年了,以后不要再说这些不着调的话。"

虽然余飞在说余美,但严志高却有种躺枪的感觉。看严志高吃瘪,白敬宇的心情终于好起来,扯开话题,问起余美专业课的学习来。

说到自己的课,余美又打开了话匣子:"严老师给我找的专业老师真是太厉害了,虽然现在每天都很累,但我现在考海城音乐学院比之前有信心多了。"

严志高也对她这段时间的进步表示肯定:"要按这个进步来看,明年二三月的校考录取概率还是挺大的。"

看余美是真喜欢且是真用功,余飞也放心了:"谢谢严老师的帮忙。"

"谢我就不必了,谢白总吧,那专业老师可不是随便谁都能请得动的。巧了,她老公正好是白总手下的老蒋。有了这层关系,那老师才答应的。"

余飞没想到这事还是白敬宇帮了大忙,转头问白敬宇:"这事你之前怎么没跟我说?"

白敬宇从后视镜里看了眼嬉皮笑脸的严志高,淡笑道:"也不是什么大事,没什么好说的。"

"在你眼里,什么才是大事?"余飞问。

"你的事。"

白敬宇忽然间的这句话,让整个车里都安静了。

余飞瞬间涨红了脸,余美好歹也是十六七的人了,"哦"了一声,边笑边看着坐在前面的两个人。白敬宇从样貌、心胸和能力上,都比那个王明好太多了。要是二姐真跟他在一起了,那以后他们家肯定能越来越好,她百分百赞成白总做她的姐夫。

车子快到县里的时候,余美看二姐头上戴的那个红色狐狸样子的头绳很有意思,开口说:"姐,你头上那个头绳能不能给我戴几天?好可爱啊。"

"不行!"

以前余飞有什么好东西,余美喜欢了就会拿过来用。余飞也不介意,都让着这个妹妹。余美以为这次也一样,没想到余飞拒绝了。

余美一愣:"为什么?"

余飞正想着用什么借口搪塞过去,没想到一旁的白敬宇直接说:"那是我送给她的。"

严志高差点被刚喝进嘴里的水给呛到:第一次送礼物给妹子就送根头绳?这事也就白敬宇能干得出来。

白敬宇说得理所当然,余飞的脸已经红到耳根了,但还是强装镇定地跟余美解释说:"这是我生日的时候白总送的心意。把别人送的东西随便借给另外的人不太礼貌。你要是想要头绳,下次我给你买些新的。"

余美要是知道这是白敬宇送二姐的,打死也不会开口要的。知道自己刚才说错了话,她赶紧笑嘻嘻地顺坡下驴:"我要新的,还是二姐对我好。"

回到家的王明给曼总监报告了公司产品打药的效果。曼歆没想到"云中雁"打药的效果这么差,她问:"'擎翼一号'那边怎么样?"

王明支支吾吾:"他们比我们稍微好点。"他不敢说实话,只能避重就轻地问:"曼总监,那我们现在怎么办?你知道这些农民最喜欢比性能,'擎翼一号'能晚上作业,这一点我们现在根本做不到啊。"

"没事。"曼歆不着急。要是白敬宇成心想要跟云上科技合作,那"云中雁"很快也能具备夜间作业功能;要是白敬宇就是敬酒不吃吃罚酒,那"擎

163

翼一号"很快就在市面上销声匿迹了,"云中雁"必定是市场的主流。

总裁办公室的内线电话进来,曼歆挂了王明的电话,快速接起来:"林总。"

"白敬宇在查你。"林睿开门见山。

曼歆怔了半秒:"查我什么?"

"你说呢?"林睿反问道。

曼歆不说话。

"他现在一起合作种植棉花的人是谁你知道吗?"

曼歆沉默几秒:"知道。"

林睿的语气又冷了一分:"你知道还不处理?"

"我本以为……"

林睿带着怒意打断她的话:"你以为?"

曼歆深吸一口气,要是余飞发现他们上市造假账的事真被查出来了,她和林睿都得吃不了兜着走。她知道林睿的手段,如果事情不赶紧解决好,那林睿就会亲自动手,到时候就没她什么好果子吃了。"我知道怎么办了。"曼歆说。

林睿挂上电话,又用手机打了另一个电话,跟对方说:"她要是不中用,你就动手。"

余飞和白敬宇送余美他们到了学校,就直奔蒙水镇。

蒙水镇的地势、地形跟西贝村几乎一样,有了在林峰镇的成功案例,这次来围观的村民更多了。新领导还特意安排了县电视台的记者过来跟拍这次的打药过程,要在全县播放。此举一来给受灾的棉农一颗定心丸,让大家看看科技给农业带来的改变,二来也算是帮白敬宇宣传。

就算在镜头面前,白敬宇和余飞也是有条不紊地操控机器。俊男美女在画面上的样子,犹如广告代言人一般,连拍摄的大哥都忍不住称赞两人在镜头里上相。

打完药的时间跟白敬宇预估的差不多,饥肠辘辘的两人开车赶到严志高订好的旅馆里。老蒋他们早就等在那里了,看到对方的那一刻,双方都有些错愕。

白敬宇之前跟老蒋说的是要擎翼飞行队的十二位飞手过来,可现在站在白敬宇面前的,全是擎翼科技的研发人员。

而这些公司同事看到白敬宇也吃了一惊:这才多久时间,原来那个明月清风、高冷神颜的技术大佬，现在竟然穿着胶鞋和沾满泥点的裤子，脸晒成小麦色，头发也长了不少，全身上下很接地气，哪还有之前的半分高冷？

"你们怎么来了？"白敬宇开口问。

老蒋笑得有些苦涩："飞手全离职了，这事原本要提前跟你说的，但兄弟们不让说，非要亲自上阵，主要是大家也想来看看这个棉花农场。我一看人数正好也合适，我们操控得也不比飞手差，所以干脆就让大家一起来了。"

这番话余飞听来都觉得难受，何况是白敬宇？白敬宇知道大家这次一起来，既是最后一次共事，也算是来告别的。一时间，各种情绪涌上心头。他看向大家，自责愧疚："是我没经营好擎翼科技，对不起你们对我的信任。"

老蒋拍了拍白敬宇的肩膀："这话说的，公司变成这样又不是你的问题，大家都知道是怎么回事，没人怪你。"

"白总，我不后悔跟着你出来，这大半年我每天都满怀激情、干劲十足，技术也提高了不少，我应该感谢你才对。"有同事说。

"是啊白总，我们都知道你为公司付出了多少，无论以后怎么样，我们都不会忘记在擎翼科技的这段时光。"

"白总，以后要是您再创业，一定要叫我，我随叫随到。"

"我也是。"

"还有我！"

"别想太多，无论什么时候，只要你需要，招呼一声，我们都会来帮你。"老蒋说。

大家纷纷表态，白敬宇把眼中的潮气压下去：他是个重情义的人，背叛过他的人他不会原谅；在低处时对他不离不弃的人，他也会记一辈子。

老蒋怕白敬宇情绪太过起伏，立马笑着转开话题："白总，这位就是跟你一起种棉花的余总吧，怎么人站半天了你也不给我们介绍一下？"

余飞跟着白敬宇一起进来的，刚才那一幕全程她看在眼里。之前她在海城会计公司，被云上科技封杀的时候，公司里的人都对她躲闪不及，让她认清人情冷暖。如今她看到这些同事对白敬宇的情谊，别说是白敬宇，就连她都是满满的感动，她主动开口说："各位擎翼科技的同事大家好，我自我介绍一下，我叫余飞，是跟白总合作种棉花的棉农，你们叫我小余或者小飞都可以。"

老蒋很有眼色，小飞是老大叫的，他们怎么能叫呢？他笑笑说："余总是棉田的合伙人,而且之前公司财务遇到问题,也是余总帮忙解决的,大家感谢一下余总。"

"谢谢余总。"其他同事纷纷友好地跟余飞打招呼。

余飞有些不好意思,因为擎翼科技给余飞带来了前所未有的体验和便利,所以她对跟白敬宇一起设计出擎翼一号的这群同事有着天然的好感。如今她被这股真挚的热情包裹着,很快也融入了这个集体。

白敬宇要带着大家一起去吃晚饭,余飞虽然手头不宽裕,但这顿饭她坚持要请。

余飞带着大伙去了当地比较有特色的小饭馆,说是小饭馆,其实这个点也就是烧烤摊。

看着老板端上来的一盘盘香喷喷的烤物,老蒋看着这些形状有些奇怪、不同于海城烧烤的东西,问余飞说:"这些烤的都是什么?"

余飞热情地介绍那些像丸子一样的肉串说:"这些软糯又有弹性的是猪的眼睛和羊的眼睛;这盘像大肉串一样软糯的是鸡屁股;那边小拳头大小、切了花刀、撒着葱花的是牛睾丸;最边上那盘细细的像鸭肠一样的是猪鞭……"

一桌男人瞬间都面带惊恐,不约而同看向白敬宇。只见白敬宇淡定从容地拿起一串牛睾丸,不紧不慢地吃了起来。

老蒋等人内心大为震惊:那个以前不能吃凉、不能吃烫,每顿饭菜都颇为挑剔的人,竟然吃了街边的牛睾丸?他们的老大为了给公司找条新路,到底经历了什么?

"那个,老大,有没有稍微没这么有特色的烧烤?"有人问。

"在这边一起吃这种烧烤的,都是关系最铁的。关系不到还尝不上,快吃吧。"白敬宇忍着笑,一本正经跟大家说。

看大家不动筷,余飞拿起一串牛睾丸递给老蒋:"趁热,凉了就不好吃了。"

看余飞一脸真挚,老蒋硬着头皮接过来,心情复杂地咬了一口。本想不嚼直接吞,没想到东西一入口,并没有想象中的腥臊气。刷了油和酱、撒上蒜蓉跟葱花的烤牛睾丸,竟然有种蛋黄加鸭胗的香味和口感,老蒋竟然感觉还挺好吃的。理智告诉老蒋停下,但嘴里却一直诚实地在嚼着。

其他人看老蒋都身先士卒了,也都纷纷拿起自己认为能够接受的东西,硬着头皮开吃。

"原来烤鸡屁股是先卤过再烤干的,里面竟然还有点小脆骨,吃起来跟肥肠入口一样,味道……还挺好。"吃了鸡屁股的同事,又整了一串。

"猪鞭还挺脆。"

一顿饭吃得宾主尽欢,余飞要去结账的时候,发现白敬宇已经提前结过了:"不是说我来请吗?"

"你请跟我请都一样。"白敬宇说完就过去最后跟老蒋他们叮嘱明天要打药的注意事项和会合的地方。

余飞看着他的背影,还在回味他刚才那句话。

说到工作,刚才还嘻嘻哈哈的大家瞬间就认真起来,每个人都记下老大交代的事,这是他们擎翼科技研发部最后一次一起执行任务,所以每个人都格外重视。

白敬宇送大家回到旅馆,几位年轻些的同事拉住老蒋说:"老大果然有眼光,你让老大帮忙问问,这位余总还有没有其他的姐妹,也帮我们介绍介绍。"

老蒋乐不可支:"这余总是独一份儿,你们啊,就别想了。"

此时开车回去的白敬宇给余飞递了一瓶果汁:"刚才结账的时候给你买的,烧烤有点腻,喝点酸甜的解一解。"

"谢了。"余飞也没推辞,接过来仰头喝了一口,"你要不要也来点儿,我没对嘴喝。"

"好。"白敬宇接过来喝了一口才说,"对嘴喝也没关系,你喝过的我不嫌弃。"

这话余飞实在没法接了,车里有些尴尬的安静。她摁开车载电台,县交通台的主持人正在念一封关于年龄焦虑和婚姻选择的来信。在小县城,余飞这个二十六七岁还没结婚的已经算是大龄剩女了。来信的人才二十四,就已经焦虑得不行。

白敬宇听着,忽然问:"对于年龄和婚姻你会焦虑吗?"

"会啊。"余飞坦然道。

白敬宇有些诧异,以为像她这么一个不管别人看法的人,不会在意这些:"余叔、余婶也对你催婚吗?"

余飞摇头:"这些年我一直在念书,毕业后又在海城工作。距离远了,他们也不太催,这是我自己生出的焦虑。但这种焦虑不是因为到现在还没结婚。而是因为我到现在为止,还没能给自己足够多的安全感。"

白敬宇转头看她:"在你看来,多少安全感才够?"

"我觉得吧,其实很多人对婚姻焦虑,是以为结了婚、生了孩子就可以缓解焦虑,但其实,很有可能是雪上加霜。解决这个问题,只有给自己足够的安全感。对于现在的我来说,什么事都可以自己解决,自己能给自己兜底,也有能力帮助家里人。要是能解决这些,就有足够的安全感。"

她的通透让白敬宇意外。别人觉得她身上太"刚"太"硬",但他就是喜欢她的这份真和不妥协。"你会期待爱情吗?"他问。

"……每个女孩子都会期待吧。"

白敬宇边开车边问:"你觉得我怎么样?"

"……挺好。"

"那你,愿意做我女朋友吗?"

……

余飞静默了,白敬宇等待答案的每一秒都觉得异常漫长。等着等着,他觉得这也太漫长了吧?开着车的白敬宇转头看向副驾驶,发现余飞不知什么时候已经靠在位置上睡着了。

看到她闭着眼的睫毛在轻轻抖动,白敬宇无语轻笑,躲得过初一,躲不过十五,他就不信她能躲他一辈子。

余飞知道自己装睡的演技拙劣,但她现在心里太乱,实在不知道怎么回答他这个问题,只能先逃避。毕竟她需要时间去好好问明自己的内心,才能不留遗憾地回答这个问题。

第四十二章　　新订单

第二天余飞和白敬宇一早就要赶去今天要打药的隔壁村棉田。

这两天连续打药,余飞的肩膀有些隐隐发痛。她活动了下,装作昨晚什么都没发生一样,一本正经地跟白敬宇讨论一会儿要打药的事。看她略微紧张的表情，白敬宇心里好笑，却也没有拆穿。

有了老蒋他们十二位飞手，再加上白敬宇和余飞两位，十四位飞手分成四个小队，同时去往四个镇子。

有了帮手，白敬宇和余飞也能喘口气了。原本两人为了多喷点面积，每人要飞八百亩一天；现在分摊下来，每人飞个五六百亩也就够了。机器能休息会儿，人也不用这么疲惫。

余飞的胳膊酸得厉害，白敬宇看出来了，让她先休息一会儿，他来打完剩下的区域。余飞也没勉强，在田埂边坐下喝水。白敬宇边遥控农业无人机，把六百亩棉田的虫灾给灭了，边漫不经心地问道："我喜欢你这件事，你考虑得怎么样了？"

余飞嘴里的水差点喷出来。"怎么了？"白敬宇忍着笑，转头看着狼狈的她。

"呵呵，没事。"如今没法装睡了，她只能擦掉嘴边的水，表演装傻。

老蒋他们打药的时候，全都穿上印有"擎翼科技"字样的黄色工作服。虽然知道公司很快就没有了，但擎翼科技是他们的心血和骄傲。他们遥控着自己设计出来的"擎翼一号"，在上千上万亩棉田上打药，这一刻，他们是自豪的。

这几天余强也跟着余飞他们一起出去打药，抓紧一切机会跟白敬宇和老蒋他们学本领。

老蒋和白敬宇给余强讲解无人机的飞行原理和打药优势时，不少棉农也跟在旁边听。在亲眼看到了这个农业无人机的本领之后，许多棉农不再持怀疑态度，而是开始主动去了解这个从来没有接触过的新科技。

吃完晚饭，白敬宇在网上查询公司申请破产的程序。手机忽然进来一条信息。他拿起来一看，发现自己的账户上忽然打进来了几十万。白敬宇一怔，刚要打电话问严志高，手机忽然响了，是老白打来的："爸。"

"小宇，爸给你打了点钱，这些都是我这些年攒下来的，不多，你先拿着。不管怎么样，先别让公司破产。爸看过你们公司的产品，你的理念很好，产品也是有前途的，现在就是黎明前最暗的时候，挺过去天就亮了。钱的事你别发愁，爸这还有一套房，我已经把房子挂到网上了，卖出去爸就把钱转给你。"

白敬宇一听就急了,他自己要创业,把自己的房子卖了无可厚非,但他不能让老白把自己的房子给搭进去:"爸,您千万别卖房,钱您也收回去,我现在暂时不需要了。"

"小宇,这些年来,爸没能为你和你妈妈做过什么事,我心里一直很难受。我知道你对我有心结,爸不会要求你原谅我什么。我只希望,你能让我在你最需要帮忙的时候,帮帮你。"

白敬宇没想到老白会跟他说出这样一番话,他沉默半晌,说:"这样吧,钱我先留下,但房子不能卖。您要是不听,那这个钱我也不留了。"

白季礼叹了口气:"好,那我先把房子留着,你什么时候需要了,随时跟爸说。小宇啊,无论什么时候,不管发生什么事,你都不要自己扛。爸虽然能力有限,但我也会竭尽全力去帮你。"

在白敬宇记忆里,老白因为工作极少陪他。这些年因为他母亲去世的事,白敬宇心里一直无法对他解开心结。今晚听完老白的这番话,白敬宇内心深处那堵冰墙,已经悄然坍塌了。

"谢谢……爸。"

"父子俩不用说谢,你能接受爸爸的帮助,我很高兴。"

挂上电话,白敬宇坐在椅子上,心情久久没法平静。

细想来,他跟老白之间的和解,好像是从种了棉花开始的。他对自己跟老白之间关系的反思,也是在接触了余飞,看到她如何对待养父母之后才有的。

如果当初他没自己出来创业,没来西贝村跟余飞种棉花,那他大概不会发现老白对他的感情,更不会反思自己这么多年的做法。那这辈子,他很有可能跟老白就这么一直保持着距离感。直到过完这一生,他都不会知道自己错过了什么。他庆幸自己没有错过这一切,也感恩所有的事都来得及弥补。

看着屏幕上申请破产的页面,他沉默了半晌,终于关掉了。

整个擎翼飞行队连续打了四天的药,三万亩棉田终于打完了。送老蒋他们上车离开的时候,白敬宇用力跟每个伙伴拥抱。老蒋眼眶发红:"老大,后会有期!"

"后会有期!"白敬宇压下眼里的潮气,拍拍他的后背,跟大家说,"回去吧。"

余飞跟白敬宇一起把人送走，回来时余飞开车。看他情绪低落，她开口说："要不然再撑一撑，这两天我看不少农民都对擎翼一号产生了兴趣，经过这次的打药，说不定就能卖出机器了呢。"

他知道她这段时间一直在担心擎翼科技破产的事，他开口说："这次打药，村民们虽然对机器有好感，但离他们购买还有很长的距离。虽然这样，但这几天我认真想过了，擎翼科技是大家的心血，我的确不能让它就这么破产了，我要留住它。"

余飞一脸欣喜，直接把车停下："那你赶紧跟老蒋他们说，不然他们就都走了。"

白敬宇摇头："公司我打算不申请破产，但现在这种情况，也不打算把他们请回来。等我度过了这段困难期之后，确定他们回来能跟着我吃饱饭了，我再去请他们。"

余飞看着他："你的意思是，擎翼科技没有员工，也不赢利，但你会继续交税，不申请破产，等到有投资资金的时候，再重新开始？"

"是这个意思。只要我继续交税，是可以不破产的。"白敬宇之前卖了自己的房子，把所有债务都平完了，但也再拿不出钱来继续养着公司。现在有了他爸的支持，他至少可以再支撑一段时间。

余飞知道这是如今最好的办法了，她安慰他说："有这段缓冲时间，我们可以想办法去拉投资，只要拉到足够的钱，擎翼科技就能重新起来。"

看她信心满满的样子，白敬宇有些好笑又有些感动："你就这么相信我能拉到投资？"

"当然了。现在全县的棉农都认可擎翼一号了，以后全县的飞行业务也就稳了，加上口碑相传，附近的几个县很快也会被影响。飞手业务这个钱就算不多，但也算是擎翼科技的稳定业务之一。现在老蒋把机器都留在这里了，如果你愿意，可以在这边培养一批飞手，一是让农户更了解这个产品，二是至少可以赚出每个月公司的税钱。有了固定地区的稳定业务，有成熟的飞手，市场接受度再上来，加上你的能力，有眼光的投资人谁会不投你？我要有钱我就投你。"

白敬宇被她的话逗乐，刚才惆怅的心情此刻已经烟消云散，他淡笑说："好，那我就等着你来投我。"

车子行驶在乡间小道上，远离了城市的污染和其他光源的干扰，天上的星星显得又多又亮。"你以后打算把擎翼科技做成什么样的一家公司?"余飞问。

白敬宇看向天上那颗最亮的星星:"做成怎样的一家公司我没细想过,我只希望我的产品能解放农人的双手。广袤的农田就是农人们的游乐场,他们用遥控器操控着这些'大玩具',玩着就把活给干完了。我还想研发出能自充和自己执行工作程序的擎翼二号,到时候机器就再不用像现在这样,还得人力先规划好哪些地块不需要喷洒农药,它自己就能识别。除此之外,还能避障和识别杂草。等机器更新到一定程度,就可以跟零售市场联合在一起。最理想的状态就是从农作物播种开始就可以提前售卖。买家可以通过擎翼系列产品每天上传的数据,了解自己买下的这些农产品从生长期到成熟期之间的所有信息,买家监管的同时也提升了信任度。而卖家从一开始就解决了销路问题,就能把心思更多放在培育上面,也因为有了监管,会对农作物更负责。这样的结合,对买卖双方来说都是共赢的方式。"

余飞想象着他说的场景,一脸向往:"按你这么说,未来农田的生长过程全都是自动化和机器化的了。"

"没错,未来是人工智能的社会。未来的农业,也是科技智能化的农业。"

"要真到那个时候,估计就不会像现在这样,每家每户只种个几亩地了,每一家少说都是上千亩。减少了昂贵的人工成本,全都是机器化劳作,这么一算下来,一家承包上千亩,一年下来利润真的很可观了。"余飞越算越激动。

"没错,所以我才说,以后农民会是个炙手可热的职业。"白敬宇看向余飞,"你是第一个敢吃螃蟹的人,其实我还挺佩服你的勇气的。"

余飞笑道:"初生牛犊不怕虎,可能就是因为不认识虎吧。"

白敬宇边笑边说出真心话:"种植是个漫长的过程,做好农业需要时间,你愿意跟我一起尝试,我很感激。"

余飞也开启了商业互吹模式:"要说感激应该我感激你,要是没有你跟我一起面对这些问题,我一个人根本不可能解决。说到底,还是白总你的产品和公司给力。"

"只是我的产品和我的公司给力吗?我这个人也挺给力的,你考虑考虑?"

……

余飞没想到他还能把话题绕到这上面来,眼下她正开车,装睡和装傻都不好使了,她终于松了口:"看你表现。"

"我会好好表现的。"白敬宇笑得跟个二傻子似的。虽然她没马上答应,但相比之前,已经进展飞速了。

余飞看他笑个不停,强迫自己把注意力放在路况上,不要去管旁边那个一直盯着她看的男人。可这事想着容易做起来却太难了,她全身僵硬,大脑放空,车子在昏暗的路灯下飞驰,惊得路边的小虫仓皇飞舞。

车子好不容易开到家门,余飞晕晕乎乎从车上下来,一个没留神,脚差点儿被崴到。白敬宇眼疾手快,在副驾一把拉住她。

"谢谢。"余飞心有余悸,要是崴了脚,肯定得耽误田里的工作。

"不客气。我表现得怎么样?"白敬宇一脸"快表扬我"的表情。余飞哭笑不得,快步转身进了屋。

几天后,余飞和白敬宇再次把当初帮他们做过兼职的那些手脚麻利的女工请来,拔掉田里之前跟棉苗一起种下去的玉米苗。

玉米苗完成了帮棉苗挡风、减少草害和分担虫害的重担,如今棉田到了花铃期,需要大量营养,玉米再不去除就要开始跟棉花争营养了。

除了张燕没来,之前那些大姑娘小媳妇全都来了,加上余强,大伙在田里拔玉米苗,干得热火朝天。

一直忙得脚不沾地的文涛终于腾出空来,在棉花农场找到白敬宇和余飞,亲自把打药的服务费交到白敬宇手里。

白敬宇看着这些颇有分量的现金,有些哭笑不得:"谢谢文书记特意给我扛过来。"

文涛笑眯眯:"我之前也想说直接打你卡里,但领导说了,这样有仪式感,我就直接带来了。说实话,这次要是没有你带着飞手团队一起过来,这三万亩非但救不下来,还会因为时间太长,传染更多的棉株。你这次真是帮了我们东山县大忙了。我今天除了来送钱,还要跟你们说个好消息。基于这次农业无人机的绝佳表现,县委书记已经在农业大会上表态了,要推进县里农业科技化进程。县里决定让五个大的公社各买回一台擎翼一号,到时候还要请白总帮忙培训。"

"没问题。"这的确是白敬宇之前没想到的。

"文涛,这真是个好消息。"余飞比白敬宇还兴奋,同时又有些担忧,

"'擎翼一号'一套可不便宜,这五个公社确定一定要买吗?"

"几个公社有四个在之前受灾的镇里,他们见过农业无人机的威力,没有不同意的。况且县里考虑到机器总价对棉农来说有些高,所以县里决定扶持一半的钱,公社自己出一半钱,这么好的政策,还有不买的道理?"

"县里出一半的钱?"余飞听得心都痒了,"那我能申请吗?"

文涛嘴角抽了抽:"白总都跟你合作了,机器还不是任你用,你还用买?"

"他只跟我合作一年,一年之后我就没机器用了。"余飞扳着指头跟文涛算。

白敬宇伸手把她拉过来,笑着跟文涛说:"她跟你说笑的,只要她愿意,我和她会一直合作下去。"

听他说完,余飞莫名心中漏跳了一拍。好在文涛也没注意余飞的表情变化,跟白敬宇说:"等大家都习惯了这个机器,肯定就没法再忍受以前的老速度了。到时候先富起来的人会单独跟你买机器,落后些的就会跟你下飞手服务的单子。总之路肯定会越走越宽的,我们都看好'擎翼一号',你一定要撑下去。"

白敬宇看着眼前粗犷淳朴的黑脸汉子,忽然觉得这一年,他失去了很多,但同时,也收获了很多。

余飞和白敬宇又恢复了每天去一趟棉花农场视察的工作频率。

棉花农场里的棉株比其他棉农的早播种,出苗结蕾当然也比别人的早一步。此时旁边二叔、二婶的棉田里才刚到蕾期,余飞他们的棉花农场就有不少棉株开花了。

传统棉田里一般七月上旬至八月下旬才是棉株的花铃期,如今余飞的棉田六月初就开花了,这让不少棉农都过来瞧新鲜。二叔、二婶看着旁边只隔了几米距离,却差了一月有余生长期的棉田,后悔当初没跟着余飞他们同时播种。

"大伙都说按老辈子的播种日期来的,谁知道还能按温度?"二叔坐在自家田埂边,看着余飞那头开花的棉株,自言自语。

二婶看他心思沉,埋汰道:"你拉倒吧,现在看着人家先开花了眼热,你咋不想想,当初他们因为先播种遭遇了好几次风灾的事?咱要真跟着提前播种了,现在估计早不种了。"

想到余飞他们一开始的损失,二叔心里平衡了,人家那是敢于尝试、不怕失败,而且还付出了不少代价。现在比他们种得好、长得快,他也就没什么不平衡的了。二叔燃了一根烟,眯着眼睛:"当时我觉着小飞这孩子就是一时脑热,白总一城里人跑这儿来种棉花就是人傻钱多。嘿,没想到这俩没种过棉花的年轻人还真有点儿道道,种的棉花比我们这些种了几十年的都出息,不服不行啊!"

"谁说不是呢?咱再用以前的老方法怕是不行了。我听小飞说他们过几天要用无人机给棉株第二次打顶呢。我寻思着,要是他们这打顶方式真这么好使,咱到时候也花钱请他们帮我们用无人机打顶,我可不想去遭以前那份儿罪了。"

二婶扶着自己的老腰,年轻的时候还能咬牙干,但要是现在让她像以前那样,大热天到田里弯着腰,一株株地掐除棉株的顶尖,她可没这力气了。

二叔想起那光景,自己也打怵。之前不是没用过打顶的机器,虽然速度比人工打顶快,但那么大的一个铁疙瘩放在棉田里,碰掉不少花蕾不说,漏打率还高。就因为这样,很多棉农宁可累点,也要用以前的老办法。但现在这个农业无人机不同,它是在天上飞的,打药不会伤到花蕾。要是效果不错,他们这十亩地真可以请白总他们过来打,对小飞他们来说也就是半小时不到的事。一亩棉田的服务费是八块,一共就八十而已,省多少力气?

都不是年轻力壮的人了,也是时候跟上社会发展的步伐,改变劳作方式了。老两口商量着,决定明天就跟余飞他们说这事。

等拔完了棉花农场里所有的玉米秆,余飞、白敬宇和余强回到家里,余妈已经煮好了晚饭等着他们了。

自从余强每天都跟着余飞去棉田干活后,老两口的精神头就一天比一天好。余爸甚至能自己扶着轮椅推着走上好几步;余妈则为了让儿子一回来就吃上一口热饭,眼睛也好使了不少。蒸一锅馒头,煮一锅稀饭,再炒两个简单的菜,她忙活忙活也是能弄出来的。虽然味道赶不上白敬宇做的,但不用饥肠辘辘地做饭,一回到家就能吃现成的,三个饿坏的人也没啥可挑的了。

吃饱喝足,余飞把锅碗瓢盆都收拾妥当之后,去白敬宇房里跟他商量棉田第二次打顶的事。他们第一次打顶的效果不算太明显,但也能看出棉株的变化。

白敬宇和余飞在种植棉田的过程中,一直是依据各个仪器给出的数据来做出相应调整的。第一次打顶的效果不尽如人意,这次他们就是要根据棉株生长数据做出二次调整。

白敬宇已经把打药的路线全都规划出来了,他指着屏幕上画出来的地块跟余飞说:"初花期是使用化学措施防止棉株旺长、控制徒长的关键期。所以我们要根据天气和棉花长势,来确定打药的时间和打顶药的用量。现在田里打了三次红蜘蛛的除虫药之后,虫害几乎没有了。后天我们只需要直接喷洒打顶药,抑制顶端优势就可以。根据气象数据,三天后的天气和风速比较适合打药,明天我们把药剂配好,后天一早就开始打。"

"好。"余飞清楚无论用哪种方式来打顶,效果的好坏关键在于打顶时间的把握。打顶过早,上部果枝长势强,使棉株形成伞状,田间阴蔽加重,通风透光不良,烂铃增加;打顶过晚,无效花蕾增多,吐絮成熟推迟,导致棉花减产质劣。

所以适时打顶的时间非常重要,现在白敬宇依据棉株的长势、地力、密度等数据来确定具体时间,她还是比较信服的。

她在自己的小笔记本上记下安排好的事项,然后说:"花铃期是棉花营养生长与生殖生长并进的时期,既长根、长茎、长枝、长叶,又要现蕾、开花、结铃。这是棉花一生中生长发育最旺盛的时期,也是肥、水需求的高峰期。所以从现在开始,我们就要适时适量地追施肥料,促进棉桃生长、防止早衰和脱落了。"

"你说得没错,是时候要追肥了。"白敬宇说。

余飞把这一项给记了下来,问说:"具体的数值是多少?"

"我一会儿把数据调出来,我们一起定个范围值,明天根据数值进行滴灌。"

"好!"余飞说完,忽然想起来,"对了,二叔、二婶明天要订我们的打顶飞手服务,明早我们两台机器飞半个小时估计就够了。趁着太阳还不算毒的时候,早干早结束。"

房门忽然被推开,余飞和白敬宇转头看到余强搓着手走了进来。"忙着呢。"余强嘿嘿笑。

"有事？"白敬宇问。

"那个，师父，跟你商量个事，明天去田里打药，能不能让我试着操控一下机器？"

余强这段时间帮着余飞和白敬宇一起到处跑着去打药，现场学习，晚上还要记住机器的基本功能和白敬宇教的知识点。这段时间他觉得自己已经学了个八九不离十，就差上手摸机器了。

余飞知道余强什么性子，做什么事都毛毛躁躁。虽然这段时间他是有用功了，但具体学得怎么样他们都不清楚。机器毕竟是白敬宇的，现在擎翼科技总部已经没人了，要是余强把机器给弄坏了，想要修可就麻烦了。

"哥，你这还没学几天，要不然再把位置和飞行路线好好了解一下再上手操作吧。"余飞说。

余强本以为余飞会帮他说话，没想到她不帮也就算了，还开口阻止他。从来没这么认真学过东西的余强火气一下就上来了："你不让我试试，怎么知道我不了解？别以为我不知道，你就是不想让我碰机器，说让我当飞手，就是哄我玩的。"

余飞眉头皱起："这机器不是玩具，你要是没学到家，操控机器要是出了问题，我和你都负不了责。再说你确定你真想要当飞手吗？这段时间跟着蒋大哥他们到处打药你也看到了，飞手也不是容易干的活。田地在哪儿就要跑到哪儿，有时候还要通宵干活。为了达到最好的效果，无论是几点，都要按时到达地头，一站就是一整天。一旦开始干活，厕所都没法上。飞手不仅需要体力好，还需要细心和耐心。你以前做事总是三天打鱼、两天晒网，我当然要让你考虑清楚。"

余强心里火，但也没法反驳，毕竟以前的他的确就跟余飞说的一样，干事没长性。他又羞又恼，梗着脖子看向余飞："我余强以前的确没干出点东西来，但这次不一样。我敢拍胸脯跟你说，我这三十多年从没有像现在这样，认真地想要干成一件事。你们能不能相信我一次？"

余飞知道余强是认真的了，但让不让他试，还得看白敬宇的意思。她转头看向白敬宇，白敬宇倒也干脆："明天早上七点半出发，我亲自教你操作机器。"

"还是我妹夫爽快。"余强朝他竖了个大拇指，转身走了。

"余强你胡说八道什么？"余飞尴尬地站起来想要追出去，白敬宇笑着

177

叫住她:"他也不是胡说八道,我相信他说到做到。"

"他说的这点是没错,可我说的不是这个。"

"那你说的是哪个?"白敬宇明知故问。

余飞看着他似笑非笑的脸,咽了咽口水:"忘了。"

"那我提醒一下你?"

她收拾好笔记本:"不用,我明天要早起,回去睡觉了。"

看她慌乱的样子,白敬宇笑着起身送她到门口。余强的话提醒了他,看来擎翼飞队是时候要开始招人了。

第二天一早,余飞和白敬宇晨跑回来,发现余强已经把早餐做好了,还盛了两碗先给余爸余妈凉着,等他们一会儿出来吃。余飞边洗手边打趣他:"儿子有用了。"

余强没好气:"一边去!"

"辛苦了。"白敬宇接过余强递来的稀饭。

余强嘿嘿笑:"不辛苦,孝敬师父是应该的。"

一旁喝着水的余飞差点没把水给喷出来。

三人吃了早饭,余强像是一夜之间开了窍,跟之前懒散无赖的样子判若两人,不仅极有眼色地主动把机器和药水搬上车,还跟余妈说不用做饭,等他中午回来再做。

余飞对于余强的变化还不太适应,但白敬宇却能理解余强:总有一些人和一些事,能让一个男人在短时间内成长。

来到棉田,二叔二婶他们已经到了,知道今天由余强来操作机器,两人都不太放心。

余强在白敬宇的指导下,手持着遥控器,屏气凝神地盯着缓缓起飞的无人机,肉眼可见地紧张。即便白敬宇和余飞说他没问题,他还是怕。怕飞不稳,怕碰着树枝和电线,怕弄坏了机器。直到擎翼一号在余强的操控下,药剂均匀地喷洒在地上的棉花上,所有人才徐徐缓了一口气。

旁边的二叔看余强都能操控擎翼一号,心里痒痒:"要不,我也去试试?"

"你可拉倒吧,小心别弄坏了。"二婶说。

余飞笑着说:"没事,二叔要是想学可以报名。从今天开始,白总要招收无人机飞手,村民们谁想要学的都可以过来,白总和我免费教。"

"真的？那可太好了！我听文书记说，县里很多地方都需要这个什么飞手。我这把老骨头也就是凑凑热闹，我家女婿倒是可以叫回来学学。他在城里也是在餐馆打工，还不如回来学学这个本事。"

"没错，咱闺女也可以叫回来一起学。"二婶想到自家一年才能见到父母一两次的孙子孙女，真是可怜得紧。要是女儿女婿能学会这个，就不用出去打工了，在家就能赚钱，还能一家团聚，多好的事！

"女人也能学？"二叔不确定。

余飞一脸认真地反问他："我不是女人吗，我不是学了吗？"

二叔有些不好意思，二婶已经兴奋得合不拢嘴了："太好了，我一会儿就打电话跟闺女说这事。哎哟，这可真是个好消息啊。"

此时正打药的余强在白敬宇手把手的指导下，从一开始的紧张到后面完全适应了。打完了二叔二婶的棉田，又开始给棉花农场进行二次打顶。

第四十三章　　盔甲和软肋

转眼十天过去，这天余强跟着余飞和白敬宇从别的镇子打完药回来。自家棉田打完药之后，余飞和白敬宇基本都在外面跑，把之前染上虫害的镇子几乎都打完了三遍药。原本席卷全县的红蜘蛛虫害，这下才算是彻底清除了。

晚上文涛请余飞和白敬宇在村委办公室吃饭，说是有好事跟他们说。虽说是文涛请客，白敬宇还是在家做好了几个硬菜，跟余飞一起拿过来。

文涛今晚格外高兴，还准备了一瓶白酒，给每人都倒了一小盅："我知道你俩不喝酒，今晚就破例，跟我喝一杯。"

余飞边摆筷子边笑："先说是啥好事，我们才好说祝酒词。"

文涛笑着把酒递给白敬宇："咱村里的菜市场，终于弄起来了。以后咱西贝村再也不用去别的镇上买菜了，在自家门口就能吃上各种各样的鸡鸭鱼肉菜。"

余飞眼看着文涛回村当了村支书之后，就脚不沾地地忙着给西贝村村民寻找致富脱贫道路。从引进种子超市，让全村实现通网、通信号，再到鼓励村民尝试接受新型科技农业种植，现在又弄好了菜市，他是一天比一天黑瘦，西贝村却是眼见着一天比一天好了。余飞端起杯子，郑重说："这事得喝一杯，太不容易了。文书记辛苦了。来，我代表西贝村，代表我们家，谢谢涛哥又给我们村做了一件大好事。"

白敬宇也拿起杯子："我基本不喝酒，公司成立时也只喝了果汁庆祝，但这一杯，我要跟你喝。祝贺文书记心想事成，感谢你这段时间对我和小飞的帮助。"

文涛笑着摆摆手："要说感谢，我才应该感谢你们。你俩这段时间为其他村里的村民忙前忙后，解决了红蜘蛛的危机，全县都松了一口气。除了这个，我还得谢你们免费给村里人普及农业知识，现在还教他们操控无人机。你们不知道，因为你们免费教学，最近已经有很多年轻人回村了。你们也知道村里没了年轻人就没法发展。只要年轻人愿意回来，村子就能活起来，所以说你俩才是村民们最应该感谢的人，来，我敬你们一杯。"

三人一起喝下，白敬宇没想到余飞竟然跟他们一样，一口气喝下去了。下一秒，他就看她被辣得两眼发红，他是又气又心疼。

余飞的嗓子火烧火燎，刚要去倒水，白敬宇已经把水递到她嘴边。她喝完放下水杯想要吃点东西垫垫，白敬宇已经给她夹了块糖醋里脊。

看余飞乖乖吃下去，文涛就算再迟钝也看出点儿道道来了。他心里高兴，于私，余飞是他多年的好友，她跟靠谱且能力超群的白总走到一起，他当然为她高兴，于公，要是白敬宇成了西贝村的女婿，那以后西贝村的发展就更有奔头了。所以怎么想，都是值得高兴的。

白敬宇和余飞不喝，文涛自己也喝得开心。三人说着以后的发展，文涛越说越激动："现在菜市弄好了，下一个就是电炕改造。在我调离岗位之前，我一定要把这事搞成了。"

余飞怕城里人白敬宇听不懂，忙跟他解释说："火炕就是我们冬天时用玉米秆、树枝这些东西生火烧热的土床。火炕改成通电的电炕，就是电炕改造。你之前刚来掉进水里的时候，我把你拉回家，你在余强房里睡的就是土炕。土炕烟熏火燎，烧旺的时候能把人给烤得嗓子疼，半夜柴火不够的时候，又把炕上的人给冻醒。不仅如此，烧土炕取暖还非常麻烦，每天晚上需要烧一次炕，凌晨火不旺的时候又需要烧一次，不然炉子就得灭了。"

看她小嘴巴巴说个不停，脸颊都红了，白敬宇就知道这女人就是一杯倒的量。他含着笑，问："你希望把火炕改电炕吗？"

"当然了，这还用问？电炕只要在睡前打开电源，设定好温度，一觉睡到大天亮，省电又舒适。烧土炕多麻烦，睡起来也不舒服。土炕缝隙还漏烟，熏得人晚上经常咳嗽。"

余飞虽然脑子有些昏沉，但总体还是清醒的，她端起杯子跟文涛说："涛哥，我支持你土炕改电炕。要是村里再有人出来反对，我跟你一起去劝。双儿要是硬把你拉走，我，我跟她绝交。"

看余飞把杯里的水豪迈地一饮而尽，两个男人都有些无语地相视一笑。

白敬宇拿起杯子跟文涛碰了一下："涛哥，有我能帮忙的地方你开口，先预祝你马到成功。"

文涛也拿起杯子，表情有些沉重："不瞒你们说，我做这件事也是有私心的。我爸当年就是睡土炕时出了火灾，人就这么烧没了。那时的我就发誓，以后一定要让家里人都远离火炕。"

白敬宇没想到这中间还有这么伤心的往事，他又倒了一杯酒，跟文涛说："电炕改造是惠民利民的事，大家没理由不接受这个改变。我和小飞都全力支持你。"

文涛红着眼跟他碰了杯："有你们这句话，我一定把这事给干好。"

吃完饭，一瓶白的已经见底，喝高了的文涛摇摇晃晃送两人出门，白敬宇和余飞让他赶紧回去，这才慢慢往家走。

两人都没想到这粮食酿的酒后劲这么大，喝了两杯的白敬宇跟喝了一杯的余飞都有些晕乎，只能先把车撂在这儿，靠着两腿走回去。

盛夏季节的夜晚还是热浪阵阵，但路边有条小溪沟，里面不时传来流水声和几声蛙叫，配合着周边婆娑的树影和满天的繁星，倒是冲淡了不少燥热。两人就走在这样的乡间小道上，有一句没一句地说着话，倒是轻松惬意。

"给你爸做了手术，你后面还有什么打算？"白敬宇问。

余飞想了想，说："我想再多承包两千亩，扩大棉花农场。"

白敬宇一怔："醉话？"

余飞笑着摇头："酒后吐真言。"

白敬宇打趣道："我记得你以前说过你是被迫接手棉田，种棉花也是无奈之举。你这个决定我是不是该理解成是因为跟我合作，让你爱屋及乌，喜欢上了种棉花。"

余飞笑得更欢:"白总今晚是喝了多少假酒,醉成这样?"

白敬宇听完作势要往回走:"怪不得我觉得这酒不对劲,原来是假酒。不行,我得去找文书记,跟他说他请客吃饭的酒是假酒,我得让他给我个解释。"

余飞笑着拉住他:"别闹。"

"那你说,到底是谁喝醉了?"

"我,是我喝醉了。"余飞笑个不停。

看余飞要松开拉着他的手,白敬宇反手拉住她:"这段路不好走,你又喝醉了,我得拉着你,免得你摔了明天又偷懒不上工。"

余飞脸上热气腾腾,脑子里也晕晕乎乎,只能任由着他拉着往前走。两人就这么沉默着往前走了一会儿,白敬宇忽然开口问:"为什么想要再承包两千亩?你不打算离开这里去海城了?"

"……不去了吧。"

白敬宇脚步一顿:"为什么?"

一阵微风拂面,余飞脑中冷静了不少。以后还去不去海城这个问题,其实在很多个夜深人静的晚上,她都问过自己。

刚从海城回来的时候,这个答案是肯定的,她想走,她要去大城市扎根,去实现自己的人生抱负。但自从在这里种了这六百亩棉花之后,她在解决棉田的各种问题的日复一日中,看着小苗慢慢长大变壮,她开始犹豫了。这片棉田里有她的痛苦和失望、眼泪和心酸,但除此之外,还有惊喜和希望。无论经历过多少失望和心酸,只要还有希望,她就不想离开。

她从被迫成为一个棉农,到主动要当一个新农人,她越来越清楚自己想要的是什么。这片土地不仅孕育着种子,还承载着她的梦想。她不想离开这里,而他,终究是要走的。余飞慢慢把手从他掌心里抽出来,说:"刚从海城回来的时候,我的确很想再回去,但种棉花种到现在,我想我在这里已经找到了新的道路和方向。这是一条比去海城打工扎根,更能实现自身价值的路。所以,我不会再去海城了。"

余飞是以斩断他们间朦胧情感的决心来说出这番话的,本以为白敬宇听完之后,会理智地跟她保持距离,没想到他重新握住了她的手,认真看着她说:"我知道了。"

他知道了?余飞一脸疑惑,他好像没明白吧?

"我打算以后把擎翼科技的研发部移到这里。"白敬宇说。

余飞不敢相信:"在这里研发产品?"

"这里是一线。只有始终待在农业一线上,才能设计和研发出最实用、最符合农业生产的产品,我把研发部搬到这里有什么问题吗?"白敬宇笑着看她。

余飞有些不敢相信:"你是说真的?"

"我跟你说的每一句话,都是真的。"白敬宇从牵起她手的那一刻,就没打算要放开。既然她不想走,那他就留下来。

看着他深邃坚定的眼神,余飞只觉得心底深处有个东西破茧而出。这一次,她不想再去压抑,她要让这股情感自由生长。

沉浸在对未来向往里的余飞问白敬宇:"我如果真要再承包两千亩,你会不会觉得我不自量力?"

"不会,我相信余总决定的事,一定能做好。"

余飞笑起来:"这马屁拍得深得我意。不过话说回来,我之所以有这个胆子,全要归功于你研发出的产品。没有你,也就没有现在和以后的棉田农场。"

白敬宇嘴角扬起,这女人喝了酒之后,说的话都好听了许多:"会说你就多说点儿,我喜欢听。"

"你不是不喜欢听这些商业吹捧的吗?"她记得县里领导和村里不少干部都这样夸过他,但每次他都表情淡淡的,并不太在意。

"我只喜欢听你的吹捧。"

余飞只觉得自己的脸颊又烧了起来,这个男人可真是每句话都说到她的心里了啊。

就在两人快走到余家巷子口的时候,白敬宇忽然听到后面有动静,他回头,却没看到人。他揉了揉太阳穴,觉得或许是因为今晚喝了酒,脑子有些不太清醒了,看来以后还是不能随便碰酒精。

等他们进了院子里,听到锁上大门的声音,曼歆才从暗影里走出来,眼神阴冷地看着这个乡下的铁门。看来有些事,是该有个了结了。

两天后,余飞和白敬宇去棉田看无人机化学打顶效果。

余飞认真记录着打顶后的棉株生长数据。跟网上记录的人工打顶数据对比之后,她发现无人机化学打顶的果枝长度明显小于人工打顶的长度,这表明人工打顶对棉花顶端的生长控制得还是要比化学打顶好;但在花蕾数量对比的过程中,化学打顶胜出。因为人工打顶,人进入棉田会影响花蕾数量。这样一对比,其实也算是打了个平手。

白敬宇和余飞对这次的打顶效果还算满意,毕竟化学打顶节省了大额的人工费用,能有现在这样的表现,已经是非常好了。

村里会计和二叔、二婶也看到了余飞棉田里的打顶效果。村里除了刘大柱一家,所有的棉农都提前跟白敬宇预订了"打顶套餐"。

余强跟白敬宇和余飞申请村里的田由他来打药。这段时间他已经能熟练操控擎翼一号,有时候白敬宇太忙,余强还顶替他,成了那些慕名免费来学无人机操控的村民的教练。看余强能独当一面,白敬宇也开始按照飞手的工时费来给他结算工资了。

余强没想到自己这么快就能靠这技术赚钱了。当他第一次拿到做飞手的报酬时,兴奋得当场倒立了。这是他长这么大,第一次靠双手赚到的钱,余强说什么都要庆祝一下。

从棉田回来,余强让余飞先回家,他自己拉着白敬宇一起去了村里刚建起来的菜市,说是要请全家吃顿好的。余飞也没拦着他,这么多年,余强也该好好孝敬一下余爸余妈了。

余爸余妈听说自己的大儿子能赚钱了,比过年还高兴,既想要儿子多买点,让隔壁邻居都看看,又心疼儿子花钱。

不一会儿,余强拎着一条五斤多的大鱼进门就喊:"妈,这文涛弄起来的菜市场真不错,各种肉和菜一样不缺,跟县里的菜市场一样的。"

余妈赶紧过来接儿子手里的东西:"哎呦我的儿啊,好日子也不能一天就过完啊,这得花多少钱!这么热的天,一顿吃不完不都浪费了吗?"

余强一脸的财大气粗:"妈您就甭担心了,坏不了。我刚才给镇上的农机家电打电话了,他们一会儿就把咱家的新冰箱送过来。"

"啥?你还买冰箱了?"余爸也坐不住了。

余飞看向白敬宇,白敬宇淡淡点了点头。

余强一脸兴奋:"爸,我这大半个月就赚了三千多,买台冰箱只花了不到两千。"他说完当场就把一千块交到余爸手里,"爸,这是我孝敬您和妈的。我之前不懂事,咱家的电器都因为我,被砸的砸,被抢的抢。从现在开始，我会跟着白总好好干，争取今年年底之前，把咱家的电器都添上。"

余妈听得眼圈都红了："我的儿啊，咱不花那些钱，家里没那些电器也能活。"

余爸感激地朝白敬宇道谢，要是没有小白总带着，他还不知道这个混蛋儿子什么时候才能懂事。余爸把钱交到余飞手里："小飞，这钱是你哥给的伙食费。从这个月起，他每月都要给你交钱。"

余强刚要反对，看余爸和白敬宇都盯着他，只能悻悻道："交交交，每月交。"

这一晚的晚餐，是自余飞被迫回村，余强出了网贷那档子事之后，余家人吃得最开心的一顿饭。

晚饭过后，白敬宇照例回房做擎翼一号的改进研发。虽然现在公司没有了研发资金，但他不想放弃，就算单打独斗，他也要继续做下去。

余飞收拾完碗筷，刚回到房间，手机里就收到一条陌生号码发来的短信。她点进去刚看了一眼，瞬间就如坠冰窟。短信上说，已经把她的住址和家人情况都调查清楚了，要是她再让白敬宇去追查云上科技上市的事，就让他们尝尝不听话的后果。

余飞拿着短信来来回回看了很多次，她之前是跟白敬宇说过她和云上科技的恩怨，但她没想到白敬宇是真的在帮她追查这件事。余飞犹豫着要不要现在去跟白敬宇说这件事，她思量了好一会儿，等平静下来之后，决定先看看再说，因为如果她现在说了，白敬宇为了她的安全，有可能就真的停止调查了。

她从不是一个容易被吓倒的人，况且白敬宇当时作为云上科技的联合创始人，被这些人欺骗，他当然有知情权。如果白敬宇的调查让他们慌了，那就只能说明，白敬宇已经接近真相了。

抱着这些想法，余飞没删除短信，也没把短信的事告诉白敬宇。

转眼过了一周，余飞和白敬宇几乎每天都去棉田查看长势。这两天余强没跟着他们去棉花农场，其他村有打药的单子，余强一早就跟他带的两个徒弟一起去给人打药了。

余飞和白敬宇站在棉田边，此时棉田中的棉花全都盛开了，红的、白的、紫的，把绿色的棉田装扮得极为养眼。

"真美啊。"余飞一手压着差点被风吹起的草帽，凑近闻了闻棉田里的花朵。看着自己亲手种下的棉花从一点点小芽芽长到现在的亭亭玉立，她终于体会到余爸之前种棉花犹如养孩子的心情了。

"吾家有女初长成。"同样戴着草帽的白敬宇在一旁感叹。

"花铃期应该是棉田最好看的时候了吧。"余飞说。

"更好看的在后头，等棉田吐絮了，那就是一片雪白的棉田。"

余飞满脸期待："还有两个月就是吐絮了，希望这两个月里，这些棉宝宝们都能平安度过，不要再出什么幺蛾子了。"

"怕也没用，兵来将挡，水来土掩。"

"说得也是。"余飞笑着从包里拿出纸笔，只要旁边站着白敬宇，她就什么困难都不怕了。

第四十四章　　并肩作战

花铃期又分初花铃期和盛花铃期，此时棉花农场里的棉株都到了盛花铃期。

她仔细记录着棉花的生长情况，在初花铃期时，棉花的株高日增量是2~2.5厘米。但现在到了盛花期，日增量就下降到了1厘米左右。此时棉田里的棉株高度大多都达到了85~95厘米，株形紧凑，茎秆下部粗壮，向上渐细，果枝健壮，叶色正常。

看余飞一直蹲在一株棉花前仔细观察，白敬宇问说："看什么呢？"

余飞用手仔细掰开棉花顶端上的叶子，忽然伸手一抓："我看你往哪儿跑！"

白敬宇不知她这边发生了什么事，赶紧快步走过来，发现余飞从面前的一株棉桃里揪出一条体色黄白、背上有线、长约2~3厘米长的棉铃虫。

余飞把虫子扔进了装垃圾的塑料袋里狠狠捏死，边捏边说："我刚才就觉得那个棉桃不对劲，里面果然有鬼。"

白敬宇有些不忍直视已经被捏出汁的棉铃虫，看余飞气得还想继续捏下去，他赶紧阻止："好了好了，把垃圾袋给我，你再看看被害的棉株的大概范围。"

棉铃虫是棉花铃期的大害虫,主要蛀食棉花的蕾、花、铃,有时也取食嫩叶,十分猖獗。

他的话提醒了余飞,她把手里的垃圾给了白敬宇,赶紧在棉花田里和周边的杂草丛中寻找棉铃虫的痕迹,如果数量多的话,就要开始防治了。

余爸种棉花的这些年,没少受到棉铃虫的危害,所以余飞对棉铃虫并不陌生。被棉铃虫蛀的棉株,蕾不能正常开放,严重时甚至枯黄脱落。

受害的花铃出现黑褐色水浸状斑,严重时棉铃上布满黑点,僵化脱落,所以余飞一找一个准。

棉田里虽然有摄像头,但现在棉田枝繁叶茂,想要十分清楚看到每棵棉株上的情况,并不是容易的事,所以他们之前才没能早早发现棉田里的棉铃虫。

白敬宇用平板调出棉田监控器画面,通过摄像头扫描和细分辨,看棉田棉株上出现的棉铃虫是什么形态。

棉铃虫可以从形态上判断虫龄大小。虫卵的孵化期是3~7天,幼虫期为15~20天,蛹期18天左右,成虫期是7~10天。而幼虫有5~6个龄期,不同龄期的幼虫取食棉花的部位也不同。从苗到蕾、花,最后啃噬棉铃,一只幼虫可以钻蛀10~20个花蕾或花铃。要是放任不管,棉田将会受到毁灭性伤害。

此时在监控画面里,白敬宇看到棉田里的棉铃虫有幼虫期、蛹期还有成虫期。

既然种了棉花,白敬宇对棉花常见的病虫害还是有一定了解的。对于棉铃虫的危害,如果是第一代棉铃虫,危害一般在叶子上,时间大多是在五六月份,幼虫会把叶片吃成缺刻形;第二代棉铃虫主要危害棉花的花,它们喜欢钻在花中间,花会闭合,打药就很难打到棉铃虫的身上。

从时间和棉铃虫的形态上来看,现在棉花农场里的棉铃虫属于第三代。因为经过前面两代的不停繁衍,第三代的棉铃虫就会有各种形态。从一龄幼虫到六龄幼虫,从刚出生的卵到成虫,都能在棉田里找到。

现在正是棉花的结铃期,而棉铃虫危害的方式跟孙猴子吃仙桃一样,咬一口这个棉铃又去祸害另一个棉铃,被咬过的棉铃都会有不同程度的受损。要是棉铃虫到达一定数量,那棉花农场将会受到极大影响。

"我们得先预估棉铃虫的密度,才能配比打药的药量。"白敬宇通过摄像头检测棉田里的棉铃虫。

余飞看他在小屏幕上找虫子,说:"你在摄像头里找就老费劲儿了,其实我们可以做个简单的统计,比如100株棉花的范围内,如果能找到10条棉铃虫或者10颗卵,那我们就该打药了。化学农药防治的关键是要抓住卵孵化盛期和幼虫初龄阶段进行喷药防治,在这个时期隔2~3天再喷一次就能基本控制。"

"这个办法不错,以前余叔也是这么做的?"

"不是,这是我从农业网站上学的。以前我爸种棉花遇到棉铃虫,通常就是在棉花上直接去找虫子。要是虫子太多抓不完,那就在棉田摆放杨枝把诱蛾,每一亩放6到8把杨枝把,日出前早早到棉田里从杨枝把里捉蛾捏死。要是不想去弄杨枝把,就在夜晚用高压汞灯和频振式杀虫灯聚蛾杀蛾。用这个方法诱杀棉铃虫的效果好、数量大,也有利于卵量减少。如果不想花钱买灯,还有个法子,就是去田里抓棉铃虫的天敌。常见的瓢虫、草蛉、赤眼蜂等都可以攻击棉铃虫,抓回来放进棉田,就能以毒攻毒。可这些法子对于我们六百亩棉田来说,都不适合,大面积还是用无人机打药更方便快捷。只要我们确定了基数,就能马上进行。"

白敬宇看着在农业方面成长得越来越快的余飞,笑说:"好,那就按你说的,以我们前面这片棉株来算,我俩各从一边向中间找,这样快些。"

余飞点头:"对了,我们应该也让二叔、二婶他们过来检查一下他们田里的情况。"说完,她拿出手机打给了二叔。

在经过仔细检查后,余飞和白敬宇确定棉田里的虫卵已经达到了打药的标准,且棉铃虫以低龄幼虫为主,这给打药又增加了一个有利因素。

"现在市面上杀棉铃虫的药很多,从有机磷类到菊酯类,再到氨基甲酸酯类等,但这些药不仅对棉铃虫有很强的杀灭作用,还对它的天敌比如草蛉赤眼蜂等都会造成很大的危害,这些药的使用,会对棉铃虫或者是蚜虫的爆发造成机会。所以我们需要找一种对环境危害比较小,同时不会误伤到其他物种的药剂。"

"那我们一会儿到种子超市那看看。"余飞擦了擦头上的汗,在车里拿自己水杯的时候,顺带把白敬宇的保温杯递给他。

白敬宇一口气喝了一半,这才擦掉嘴边的水珠:"不用了,我下午要去找严志高,回来的时候直接从县里买回来吧。"

"也好。需要我一起去吗?"余飞问。

白敬宇摇头："不用，你在家忙自己的事吧，省得老是熬夜。"

"你不熬夜怎么知道我熬夜？"余飞反问他。

"心灵感应？"白敬宇一本正经地说。

"那你现在感应到我想揍你了吗？"

"失灵了。"

两人说笑着往家里走，没注意到远处一辆面包车里有几个男人正盯着他们。

"老大，咱都盯这么久了，到底什么时候才动手？"

花臂男人把嘴里嚼着的口香糖往窗外一吐："急什么？等着。"

第二天余飞和白敬宇配好了药，余强自告奋勇要领着"徒弟"负责打药，其余两人帮着换药加药。

余飞和白敬宇也没反对，对于余强来说，多给他锻炼的机会也是好事。况且余爸余妈想去棉田看看已经不是一天两天了，她打算趁着这次机会，带他们去一趟棉田。

吃完早饭，余飞先把余强和机器都拉到棉田，又返回来跟白敬宇一起将后排全都弄平，再合力将余爸扶上车，载着两位老人一起到了棉田。

为了防止农药随风飘过来，余飞把车停在了上风处，还让大家都戴上了口罩。

这是余建国走不动路之后，第一次来到棉田。即便知道六百亩很大，来到现场后，余爸余妈还是被这看不到头的棉田给震住了。这么大面积的棉田，这在以前，他们是想都不敢想啊。

余爸感慨道："我之前种五十亩棉田，在村里甚至整个东山县都已经了不得了，现在跟你们的棉田农场一比，那就是小娃娃看到了巨人啊。"

余妈看着远处打药的人影，喜笑颜开："看看，咱儿子出息了，捣弄起机器来一套套的。"

"就你那眼神，隔这么老远你也能看见？莫不是闻到他身上的臭味了？"余爸笑着揶揄老婆子。

余妈白了自家老头一眼："自己儿子还能认不得？他是我身上掉下来的肉，就算看不见我也知道他在哪儿。"

余爸不再理她，转头问白敬宇："小白总，我听小飞说咱现在打的这个杀棉铃虫的药特别好使，一点儿就能杀一大片，这是啥药？"

"余叔,这药是酰胺类的药,活性很高,的确少量就能达到灭杀效果。这些药不仅能杀死成虫,还能把虫卵给包住。棉铃虫孵化出来,第一口吃的就是卵壳。它吃卵壳的过程中,就会接触到药,这样就能让刚出来的幼虫马上死掉。"

余建国边听边感慨:"连药都发展得这么快了,我真是跟不上时代了。"说完他满脸欣慰地看向余飞:"当初我是真担心你种不好这些棉花,毕竟这是六百亩啊。前段时间棉田遭风灾、虫灾的时候,我是整宿睡不着啊。这棉花身太娇,动不动就出毛病,我就天天担心出问题。今天到这里一看,我的担心是多余了,这棉田里的棉株全是壮苗,比我种的那会儿好多了,真是长江后浪推前浪啊!"

"余叔,棉田能有现在这样的成果,也多亏了您之前给我们的提点。"白敬宇说。

余建国摆摆手:"我那都是老经验,对你们这个现代化的种植来说不管用啰。看到你们这么能干,我是真高兴啊。等以后我能站起来了,也要跟着你们一起用科技种棉花。"

余飞笑说:"爸,就冲您这种思想觉悟,怪不得村里种棉花没人能种过你。"

"你这话爸爱听。"余爸笑声朗朗。

在他站不起来的那一刻,他觉得这个家已经完了。他没想到,因为余飞留下来种棉花,所有的一切又好了起来,就连最不争气的儿子也走上了正道。这个差点散掉的家,是余飞拢回来的。余飞就是这个家里的福星和贵人,现在就连余强都看明白了,余爸余妈就更不用说了。

二叔二婶看老余也出来了,都过来跟余家老两口打招呼。二叔给余爸递了根烟:"余老哥,你真是养了个好女儿啊,现在连儿子也出息了。"

二婶也笑着跟余妈说:"今天强子可是露脸了,操控机子那叫一个熟练啊,还能指导人了,哎呦,以前真没想到你家强子能成现在这样。"

这话余妈就不爱听了:"你们这是不了解我儿子,我家强子要么不干,要干准能成。"

余爸抽了口烟,跟自家媳妇说:"行了,都是看着强子长大的,他什么德行人家还不知道吗?强子现在能跟着学好,咱就偷着乐吧。"余妈撇嘴,虽然不乐意,但也没法反驳。

"你家小飞真是个好姑娘,现在有对象了吗?没有的话,我介绍我侄子跟她见见?"二婶一早就相中余飞了,这么有能耐的姑娘,以后谁家娶到,谁就赚到了。

余爸这段时间也看出白总对余飞的不同了,他笑着摆摆手:"现在年轻人都有自己的想法,咱这些老思想都跟不上趟儿了。谈恋爱这种事,就让他们自己找吧。"

三天后,白敬宇带着余强去给订购了擎翼一号无人机的大队讲解使用要点,余飞自己去棉田查看打药后的情况。

打完药剂的棉田效果立竿见影,再看不到棉铃虫的成虫,余飞对于这个效果很满意。她开着车沿着棉花农场巡视了一圈,正打算回家,手机忽然响了起来。

看到上面甄妮的名字,余飞心情愉悦地摁开了免提。

"妮妮,怎么了?"

"白敬宇在你身边吗?"

"不在,他今天跟我哥去别的村里教学了。"

甄妮刚回办公室,拿起杯子喝了一大口水,看着堆在自己办公桌上半人高的花束,愤愤跟余飞吐槽说:"我跟你说,那个严志高是真疯了,他这段时间每天都给我送花,第一天一束,第二天两束,第三天三束,今天我桌上都给堆满了。你都不知道,办公室里其他老师看我的眼神都变了!"

余飞笑起来:"你俩这是什么情况?"

甄妮一脸郁闷:"我跟他能有什么情况?之前他说每月给我一千块,让我跟他扮演情侣,我拒绝了。那货消停了一段时间,最近又通过我爸妈,死活要加我微信,然后给我发消息,说价格随我开,只要我同意。我懒得理他,没想到这货就开始大张旗鼓地每天让闪送搞送花送零食这套。"

"严老师人在这边支教,还能把千里之外的你弄得人仰马翻,也是个人才。"余飞笑道。

之前白敬宇跟她提过说能不能让甄妮加一下严志高,她知道甄妮的性子,所以拒绝了,没想到严志高另辟蹊径了。

"你还笑,能不能有点同情心?"

余飞忍住笑:"好好好,不笑。那你有什么打算?"

"你现在跟白敬宇关系不是挺好的吗?你看看能不能帮我跟白敬宇说说,让他去阻止一下他那个脑子缺根弦的好兄弟。"

"我会跟他说的,但要是严老师一意孤行呢?"

甄妮气鼓鼓道:"他要是不识相,我也不是吃素的。他不是让我随便开价吗?那行,我就开个大的,我看他怎么办。"

余飞感叹:"一时间不知该同情你还是羡慕你了。"

"我甄女侠就当劫富济贫了。"

两人说得正嗨,余飞的车子开到一段下坡路。路面有些陡,她点踩刹车,没想到车速并没有减慢,反而随着坡度越冲越快。余飞有些慌神,她强迫自己镇定下来,把控好方向盘,用力把刹车踩到底,但车子还是丝毫没有减速。

"甄妮,我车子刹车失灵了!"余飞语气急促,她不知道早上还好好的车子,刹车怎么忽然就坏了。

"什么?"那头的甄妮比余飞还慌,"那,那你怎么办?快叫人,看有没有能帮上忙的。"

余飞顾不上跟甄妮说话,田边的路大多都不太平整,余飞的车子从坡上冲下来,又没法刹车。此时她唯一能做的,就是握住方向盘,不让车子撞到路边的树木和房屋,同时祈祷这时候不要有人路过,不然后果不堪设想。

然而越是不希望发生的,就越是会发生。

路上拐角忽然出现一个赶羊的老伯赶着几只散养的羊,正朝着她这边走来。四五只羊走在老伯前面,悠然地吃着路边的青草。老伯就走在路的正中间,不紧不慢,丝毫没有躲避的意思。

路不宽,余飞猛摁喇叭,想让老伯赶紧把羊赶到旁边;但老伯不知是行动缓慢还是听力有点障碍,根本没反应。而羊被这忽然响起来的喇叭声震到,反而就站在路中间不动了。

车子眨眼间就到了羊和人的前面,此时的余飞都急红眼了,边大声冲窗外朝老伯喊让他赶紧闪躲,边控制着方向,让车朝着路边的田埂冲了出去。

田埂跟路之间有个十多厘米落差的沟,车子一下冲了下去。"轰"的一声,余飞连人带车,翻倒在了刘大柱家的棉田里。

"飞哥,飞哥?你怎么样了?"掉落在座位底下的手机里传来甄妮着急的声音。

余飞缓了半分钟才睁开眼,看到车子没撞到人,只是翻到了棉田里。她自己除了一些皮外伤，并没有伤到什么重要地方，松了口气。她想去够手机，但手机掉的位置太远，她动弹不了，也够不着。

附近村民听到声响，都从家里跑了出来。不少村民认出那是余飞的车，赶紧过来帮着把车给扶正。车里的余飞这才能把门打开，被搀着从里面走了出来。

"小飞你没事吧？"正在田里干活的张燕从棉田另一头赶过来，扶住脸色还有些发白的余飞。

"燕子姐，我没事。我这车出了问题，没刹住，把你家棉田给毁了一部分，回头我把钱补给你们。"余飞知道张燕在刘大柱家不好过，怕他们为难她，赶紧先把赔偿的事说了。

张燕看她手已经流血了，着急道："你快别说这个了，我带你去村里的卫生所把手上的伤口包扎一下。"

余飞看手臂上的伤口的确流了不少血，面包车也暂时没法开了，她只能坐着张燕的电动车去卫生所。

去之前余飞从车子座位底下找到了手机，跟还在通话中、已经快急哭的甄妮说："我没事，手臂受了点轻伤，一会儿去包扎就好了。"

听到她没事，甄妮整个人像软面条一样瘫坐在椅子上："刚才真是吓死我了，你的车子怎么会无缘无故就刹车失灵了呢？"

余飞看着车前头凹下去一大块的面包车，心里虽然也是疑云重重，但却不想再让甄妮担心："这车当时买的是二手的，这段时间也是出老力了，估计是刹车片老化了，回头我好好修一修，你别担心了。"

"你真得好好修修，不行就换一台，安全无小事。"甄妮认真叮嘱。

"嗯，知道了。"余飞边说边看向刹车盘，发现轮子内侧的刹车油管被整齐地一刀剪开了。这么齐的切口，不可能是磨坏的。她查看了四个轮子，发现每个轮子后面的刹车油管都被剪开了。什么人会干这种事？余飞想到了那条恐吓短信，脸色瞬间白了。

那头的甄妮跟余飞挂了电话，立马就给白敬宇发了信息。上次在跟严志高的相亲局上，她加了白敬宇的微信，没想到第一次给他发信息，说的竟然是余飞出车祸的事。

白敬宇刚给村民们讲完课，看到甄妮的信息，马上给余飞打去电话。

此时的余飞已经在卫生院做完了简易的包扎，刚坐上张燕的电动车准备回家。看到白敬宇的电话，她接起来就问："你们那边怎么样，结束了吗？"

"你出车祸了？严不严重？"白敬宇听她的声音已经知道她没什么大碍，但还是要确认清楚。

"你怎么知道的？"余飞很是意外，她就是怕影响白敬宇在外面授课，所以才没第一时间把这事跟他说，没想到他还是知道了。

"甄妮跟我说的。"白敬宇也没隐瞒。

原来如此。余飞故作轻松道："不用担心，车子刹车出了问题，下坡的时候我给拐进棉田里了，车和人都没什么大碍。"

"刹车出问题了？"白敬宇皱眉，余飞开车的习惯很好，每次出门之前，她都要绕一圈检查车子情况才开的。再说她早上开车去棉田的时候怎么没有发现刹车出问题？

余飞知道他心里有疑惑，但当着张燕的面，她又不想多说，只一笔带过说："车子还在棉田，我要请人帮忙推回家，等你回来再说吧，先这样。"白敬宇猜到她身边有人，也没再继续问下去，只叮嘱她自己小心，挂了电话。

此时正是午饭时间，因为白敬宇的课讲得好，热情的村民都要留他和余强吃饭。余强哪受过这种被人高看一等的待遇，想也不想就答应要留下来。白敬宇没把余飞的事告诉余强，只说有急事处理，骑上摩托车就先家赶了。

等他到家，看余飞正在院里修理车子，余爸余妈在一旁看着也帮不上忙。看白敬宇这快就回来了，余飞有些意外："你怎么这么早就回来了？余强呢？"

"他留在那儿吃完饭才回来。"白敬宇说完上前把她手里的扳手给拿过来，"你手都受伤了怎么还干这个？我来。"

余飞看他回来连水都没顾上喝，洗了手去给白敬宇倒了杯水："你先休息会儿，我这就是皮外伤。再说车子也没什么大问题，只要把车子的刹车油管都换了就没问题。"

白敬宇顺着她说的，查看了断掉的刹车油管，聪明如他，马上就看出了问题。

余飞怕他在两个老人面前说漏了嘴，马上给他使了个眼色："你没吃午饭，我去给你做碗面条吧。"

余爸余妈听说他没吃饭，都催着白敬宇先去吃饭。

白敬宇知道余飞的意思，跟着她进了厨房。"那个管子是被人剪断的。"白敬宇刚进厨房，就紧张地拉过余飞，"你人真的没事吧？"

"没事。"此时只有他们两人，余飞把手机拿出来，给他看了那条短信。

白敬宇看完眉头紧锁："你怎么不早跟我说？"

"我以为他们只是恐吓一下。"余飞心有余悸，但更多的是气愤难平，"早上我开车去棉田的时候车子还是好的。我在棉田一上午，把车就停在田埂上，自己进了田里，估计那些人就是那个时候下的手。"

白敬宇也听得心惊，当时就只有余飞一个人。要是那些人直接对余飞下手而不是对车下手，白敬宇不敢再想。他眸里的怒气几乎要喷出来："你在棉田里有没有看到什么可疑的人？"

余飞摇头，她回来之后就仔细回忆过，早上她停车的地方比较偏僻，自己进了棉田之后又走得深，压根没注意道边的情况。

"我一会儿去查看那附近的棉田监控，看看有没有拍到什么。"白敬宇沉声说。

"你那边是不是查到什么东西了？不然他们也不会狗急跳墙。"余飞说。

"我已经掌握了他们上市作假的一些资料。你还记得我之前跟你说过严氏集团想要给擎翼科技融资，但在节骨眼上公司出事以及之前对擎翼科技有投资意向的投资公司都忽然改变主意的事吗？"

余飞点头，要不是因为这样，擎翼科技现在也不会变成这样。

白敬宇继续说："现在严家已经查出，当时公司出事跟林睿有关。"

"云上科技现在的老板？"余飞震惊之后就是气愤，"那投资公司忽然改变主意，也是他干的？"

白敬宇点头，上次他独自去县里找严志高，就是为了这事。

余飞气得太阳穴发胀，这是要把人往绝路上逼啊！她要是白敬宇她也不能忍。

"这事不能这么算了。既然他们出手了，就表明你就快接近真相了。我们现在要做的，就是加快调查的速度。"

看余飞语气坚决，白敬宇有些意外，本以为经过这次的事，她会退缩。就算她不怕，她也会顾及她的家人。

"你不害怕？"

"进攻就是最好的防御。当初我就是因为害怕他们会伤害我，伤害我的

195

家人,所以才从海城回来了。可现在他们不还是一样追到了这里?所以我想明白了,一味忍让和躲避是没用的。只有把他们干的坏事都揭发出来,让他们受到应有的惩罚,才能彻底结束这一切。"

在知道余飞是被人下黑手的那一瞬间,白敬宇的确已经动摇了要去继续查云上的决心。但现在看到余飞不但不怕,还坚定地让他继续查下去,他瞬间就坚定了信心。他双手搭在她的肩上,认真跟余飞保证:"你受到的委屈和伤害,我会让他们加倍还回来。"

余飞看着他,也一字一句说:"我跟你一起,让他们付出代价。"

看着眼前的姑娘,白敬宇忽然就明白了自己为什么会喜欢上她。她从来不是城堡里只会等待骑士来营救自己的公主。她自己就是一名披荆斩棘的女骑士,无论身处何地,她都会跟他并肩同行。

厨房门口忽然响起一阵轻咳,余飞和白敬宇转头看过去,发现余爸余妈不知什么时候已经站在门口,正看着他们"抱"在一起。

余飞脸上一红,迅速拉开跟白敬宇的距离:"爸妈,你们怎么来了?"

"我们是想问问白总,你哥在那边今天表现咋样。"余妈笑嘻嘻地说。

"这事不急了,你们先忙吧,我们走了。"余爸催促还想看戏的老伴赶紧把自己推走。

看着老两口快速离去的背影,余飞从脸红到脖子根,狠狠瞪了眼笑得一脸无辜的白敬宇:"都怪你。"

第四十五章　　反击

余强吃饱喝足,被人开车送到村口的时候已经是下午三四点。

路过刘大柱家的小卖部时,余强瞥见刘大柱家的那辆小面包车正停在店的后门边。驾驶位上的刘大柱正摸着副驾驶上一个女人的手,那女人不是张燕,是个胸脯顶得老高的女人。

余强刚喝下去的酒瞬间就醒了大半。

他认得那女人。她老公常年在城里打工干活,每年就回来一次,把在外面赚的钱全给女人,把女人养得跟村里那些天天要下地干农活的糙皮老娘们完全不一样，细皮嫩肉的。这女人还净爱穿些飘、露、透的衣服，让村里那些只能看不能吃的老光棍馋得没事就爱瞎编她的床底八卦。

眼下刘大柱在小卖部这开着车门摸女人的手，是压根儿不怕被张燕看到啊！

想到跟老黄牛一样给他们家干活的张燕，余强火气就冲了上来。可现在张燕已经是刘家的媳妇了，他要是现在冲过去揍刘大柱，说不定还会被他倒打一耙，把屎盆子扣在张燕头上。余强自己无所谓，但张燕不行，她在刘家已经够难的了，他不能再让她受这份气。

余强转头往家走去，可没走几步，就听车那边传来撕扯打骂的声音。他回头就看到张燕不知什么时候冲到了车子前，扯着女人的衣服和头发就打，边打边骂她不要脸。

地上散落着农具，是张燕刚从地里干活带回来的。没想到刚回来就撞见刘大柱和别的女人干的好事。被老婆撞破，刘大柱不仅不心虚，还恼羞成怒，帮着女人去打自己媳妇。余强越看越火，想去帮，但他怕自己这一去，原本有理的张燕也被说成没理的了。

门口的动静把刘家老两口都闹出来了，之前在小卖部里看人打牌的王桂花过来拉偏架，让那女人在张燕脸上狠狠挠了好几下。

张燕孤立无援，扯着嗓子跟自家婆婆喊："刘大柱已经不是一次两次了，这次让我抓到了现行，我要跟他离婚！"

没想到刘婆子睁眼说瞎话："放屁，我儿子清清白白，你再胡说我撕了你的嘴。再说你爸拿了我们多少钱的彩礼你没点儿数吗？想用这法子骗完彩礼就走，门都没有！我告诉你，要么把彩礼一分不少地还回来，要么别想走出我刘家的门！"

看自家老娘把张燕镇住了，刘大柱过来就给了张燕一个耳刮子："贱婆娘，让你到田里干活，棉田里被余飞那娘们祸害成那样，我说让她多赔点儿你还帮她说话，还拉她去卫生所！你个吃里扒外的玩意，我看你就是跟余强不干净才护着他们一家。"

"你胡说！"张燕捂着脸呜呜哭。

"我胡说？你要不想着余强，你会一天到晚想着去学那什么劳什子无人机？怎么，你看余强现在出息了，所以就想跟我离婚？就你这破烂货，人现在还看得上你？也不撒泡尿照照自己！以后你要是再敢管老子的事，看我不打死你。"

余强没想到自己千躲万躲,脏水还是泼到了张燕和他身上。余强是个暴脾气,当下就握紧拳头冲过去,朝着刘大柱脸上就是一拳:"你他妈有胆再说一遍。"

一直站着不说话的刘老柱看儿子被打,上去抄起门边的扁担就朝着余强的脑袋上用力砸了下去。

余飞正跟白敬宇说棉田的事,就听院子外有人喊:"余家嫂子,余强在村口被柱子叔打了。"

正坐在院里掰玉米的余妈一听,瞬间就把掰到一半的玉米往地上筐里一扔,抄起耙子就要往外冲:"敢打我儿子,我跟他拼了。"

余爸站不起来,只能干着急,拍着轮椅喊:"刘老柱凭啥打我儿子?这是欺负他爹站不起来啊!"

余飞和白敬宇听到动静从屋里跑出来,余飞怕余妈过去之后情况更糟,拦住余妈:"妈,您跟爸在家等着,我跟白总马上过去看看情况。"

劝住了余妈,余飞和白敬宇坐上摩托车就往村口赶。等他们到的时候,正看到张燕护着已经倒地不动的余强,众人的巴掌、拳头纷纷落到了她的身上。

"住手!"车子刚停下,余飞就跳了下来,一把推开拿着棍子打向张燕的刘大柱。

打红眼的刘大柱跟跄了几步,差点摔在地上。

余飞蹲在余强前面,拍了拍他的脸:"余强,余强。"余强没有反应,余飞把手放在他鼻子下。感受到气息,她才松了口气。

看余家的人来了,刚才一起围着打人的刘家人都往后退了几步,刚才还趁机踹上两脚的王桂花更是退出好几米,一副只是看戏的样子。

刘大柱看清推他的人是余飞后,他提着棍子就要砸过来。谁知棍子还没碰到余飞,刘大柱的肚子上就结结实实挨了一脚,疼得他滚到地上嗷嗷直叫。

白敬宇的身手把刚才还气势汹汹的刘大柱一家给吓住了,刘母心疼自家儿子,哭号道:"打人了,我儿子被人打伤了!姓白的,我家柱子要是有什么三长两短,你得养他一辈子。"

刘大柱也干脆躺地上赖着:"我的肚子疼啊,哎呦,我不行了,快叫救护车。"

余飞扶着被打得嘴角流血的张燕站起来,张燕死活不起来,扶着地上不省人事的余强一直哭。余飞冷着脸指着地上的刘大柱说:"我已经报警了,你们一家把余强和张燕打成这样,已经犯了故意伤害罪。要是余强有什么三长两短,刚才动过手的人,一个也别想跑!"

王桂花一听这话,吓得热闹也不敢再看了,赶紧脚底抹油溜了。

刘老柱没想到这余飞说报警就报警,余强是他给敲倒的,此时他心里发虚,但还是梗着脖子嘴硬道:"你们不也把我家大柱打成这样了吗,警察来了你们也没理!"

"我们刚才是正当防卫,要是他不袭击余飞,也就不会挨那一脚。"白敬宇厉声说。

"你打我们就是防卫,我们打你们就是故意伤害,合着这天下的便宜都让你们给占了?"

白敬宇晃了晃手机:"刚才的情况已经录下来了,是不是正当防卫,警察会判断。"

警铃声由远及近,刚才还凶神恶煞的刘大柱一家,此时全都蔫了。

余强被拉进医院后不久就醒了过来,被诊断为脑震荡。余飞和白敬宇轮流在医院守着。

这天傍晚,余飞拿着吃食刚到病房门口,就看到张燕坐在病床边给余强削苹果。看着为了自己变成这样的余强,张燕抹了好几次眼泪。余强只能笨拙地安慰道:"哎呦,我说你哭啥,我这不是好着呢嘛?"

看到余飞,张燕有些尴尬,下意识就站了起来。余强赶紧跟张燕说:"站着干吗?你赶了这么远的路过来,赶紧坐下。"

看到两人这样,余飞还有什么不明白的。等张燕走后,余飞问余强:"你现在是什么打算?"

余强边嚼着饭菜边说:"什么打算?当然是告刘家,让刘大柱蹲局子去。"

"那你跟燕子姐呢?"

余强停下咀嚼,沉默了几秒,说:"我之前要是能有点担当,她也不用落到现在这个地步。她说她要跟刘大柱离婚。我已经跟她说了,等她离婚了,我就娶她过门。要是刘家不放,我就赚出彩礼钱还给他们。"

"要是爸妈不同意呢?"余飞问。张燕毕竟是嫁过一次的人。一个村里嫁两次,按余爸余妈的老思想,张燕是不太容易嫁进来的。

余强像是下了极大的决心,说:"不同意我就带着她自己单过。父母我会养,张燕我也不会再丢下她一个人。"

听到这句话,余飞一脸欣慰。这么多年了,余强终于有个男人的样子了:"只要你能好好对爸妈,好好对燕子姐,我会帮你一起说服爸妈。"

"不愧是我妹。"余强满脸高兴,余爸现在可太听余飞的话了,要是她帮着说,那这事就靠谱多了。

"你倒在地上的时候,是燕子姐一直护着你,你以后要好好对她。"余飞说。

"我会的。"

余飞把吃完的饭盒收拾好,刚要走,躺在床上的余强忽然说:"小飞,以前哥不懂事,一直没好好对你,哥在这儿跟你说声对不起。以后谁要敢欺负你,哥跟他拼命。"

余飞转过头看着余强,眼眶有些发酸,这么多年了,这一刻,她终于体会到有个哥哥是怎样的感觉了。

余强的治疗费超过了八千,刘老柱父子俩已经在派出所里被拘留了五天。这天余飞和白敬宇刚开车到棉田,就看到王明在那儿等他们了。

白敬宇刚把车停好,王明就上来套近乎:"白总,小飞。你们这棉田里的棉花长得可真好。"

"找我有事?"余飞不想跟他浪费时间,推开车门下来,准备开始工作。

今天她要跟白敬宇在棉田里化控,这是打顶后必须要进行的棉田管理。目的就是运用化学调控手段,把棉花塑造成理想株型,从而提高棉花产量,改善纤维品质。

棉花喜温好光,在适宜的温度、光照、水肥条件下,能无限生长。而棉花的产量与品质不仅受到遗传因素影响,还会受环境的直接影响,如生育前期多雨高温,就容易造成营养生长过旺,影响棉花的产量和品质。所以在棉花种植的过程中,协调棉花营养生长与生殖生长是促进棉花高产、提升棉花品质的重要因素。

余飞和白敬宇在棉田蕾期和初花期的时候都给棉株实施了化控,现在盛花期打完顶之后,是他们对棉田进行的第三次化控。这些工作对棉田很重要,且需要在上午露水干后马上进行喷施,所以余飞他们要抓紧时间,压根没空应付王明。

王明不想当着白敬宇的面跟余飞求情,笑着搓搓手:"是有点事找你。你能不能过来一下,咱俩单独谈谈?"

余飞不想跟他单独聊:"我跟你没什么事不能让人听的,要说就在这儿说。"

王明有些尴尬,咳嗽两声,还是说了:"是这样,大柱父子那边现在还在派出所关着,刘婶托我过来求个情。刘婶那边说了,余强的医药费他们家负责,想问问你能不能让余强去派出所签个和解书。"

原本王明根本不想蹚这个浑水,但他家跟刘大柱家是有些沾亲带故的关系的,加上之前刘老柱当村主任的时候,他们家在村里没少受照顾,刘婶求到他们家的时候,他才没法拒绝。

余飞冷着脸看他:"如果他们打的人是你,现在你躺在医院里被打成脑震荡,他们只负责医药费,然后让你签谅解书你会签吗?"

王明没想到余飞态度这么硬,干笑两声:"刘婶不是这个意思。大家都是一个村里的,以后低头不见抬头见。她是想问问你们这边有什么要求,有要求可以提。"

其实刘婶的意思就是只给医药费就要谅解书,但眼下余飞的态度,王明要是不这么说,这话就说不下去了。

在王明来这儿之前,余飞其实已经料到刘家会来说和,也跟余强商量过了:如果刘家不为难张燕,让她顺利离婚离开刘家,就让余强不再追究这件事。余强一开始不同意,但最后为了张燕,还是应下了。

余飞把这个条件摆出来,王明有些为难:"刘大柱花了大价钱娶的老婆,这才多久就离婚,他们怕是不会同意的。"

"不同意也行,那他们父子俩就在里面待个几年再说吧。"

"别别别,我一定转达你们的意见,刘婶会好好考虑的。你们忙,我先走了。"王明说完坐上电动车,一溜烟跑了。

白敬宇打量着她,颇有兴趣道:"你为了你哥能娶上媳妇也是操碎了心,什么时候也考虑一下自己的事?"

余飞从车上搬出两台无人机:"我哥还没娶上媳妇,我急什么?"

白敬宇压低声音:"我急。"

余飞没听清,抬头看他:"你说什么?"

"没什么,我说一会儿喷洒缩节胺的时候,要先轻后重,少量多次。"白敬宇看她一副只有工作、没有感情的表情,识相地把话题扯回到工作上。

"知道了。"余飞拿出药和机器,开始进行配制。

使用缩节胺要灵活掌握化控时间与数量。他们今天打药,是根据这几天的天气情况和检测仪上的土壤数据以及棉花长势等综合因素决定的。

此时余飞和白敬宇一人操控一台机器,按喷大不喷小、喷高不喷矮、喷主茎顶部和果枝梢部的原则,仔细喷洒着每一株棉花。

按白敬宇和余飞之前制订的计划,在整个棉花种植过程中,他们需要喷洒缩节胺的阶段有四次。第一次蕾期的时候喷洒,是为了控上促下,稳长增蕾。第二次喷洒是在初花期,为的是防旺增铃。第三次喷洒是在盛花期,也就是打完顶的现在,他们重点喷株冠、果节顶部,为的是塑造良好株型。最后一次喷洒要等到吐絮期,为了控晚蕾,缩短上部果节,防止赘芽丛生。

余飞现在对于操控无人机打药这个工作已经得心应手,她和白敬宇忙活了大半天,总算把所有棉田都打完了药。

站了一上午的两人累得坐在田埂边喝水休息,余飞这才想起那天甄妮拜托她跟白敬宇说的事。"对了,白总,严老师最近怎么样了?"余飞放下水壶问道。

"怎么忽然问起他?"

余飞把甄妮的事说了出来,然后才说:"严老师如果是无聊想找甄妮逗闷子,你能不能帮着劝劝他别再玩了,甄妮挺忙的。"

白敬宇有些哭笑不得:"甄妮第一时间告诉我你出事的事,我也算欠了她一个人情,按理是应该帮忙。但严志高这次其实也不是玩,他爸是认定了甄妮这个儿媳妇,觉得严志高下半辈子走上正道只能靠甄妮了,这才让他跟甄妮好好相处。为了这个,他们父子俩没少上火。严叔最近身体不太好,还进了医院,严志高是不想再跟他爸顶着干了,但也知道甄妮不可能跟他在一起,所以才想出这么个法来。其实严志高看着不靠谱,但人是不坏的,如果可以,就让甄妮帮他一回吧,大不了在钱上面多要点儿回来。"

余飞傻眼了,她帮甄妮说话,白敬宇帮严志高说话,这到头来,谁也没帮上谁嘛。"算了,我俩都是局外人,他们也不是不靠谱的人,我看还是让他们两人自己解决吧。"余飞说。

"我也是这么想的。"白敬宇盖上杯子盖,"今晚我去照看余强,你今天就别去了。"

"余强知道我们今天打药,刚才发信息过来让我们都别去了。他请了护工,让我们在家休息。"

"长进了,知道心疼妹妹了。"白敬宇心说算他还有点儿心。

余飞也感慨:"余强这段时间真是改变了不少,的确有个哥哥样了。"

"他要再不长进,我也就没必要教他了。"白敬宇想到之前余飞在余家受的委屈,看她这段时间忙前忙后又瘦了不少,心疼说,"今晚你想吃什么,我们一会儿去菜市场买菜,我给你做。"

这段时间太忙,都是余妈做菜,已经很久没吃到白敬宇做的菜了。想到他做的糖醋里脊,她口水都快流出来了。

"糖醋里脊。"

"没问题,还有吗?"白敬宇边说边把东西搬进车里。

"红烧肉。"余飞想起她爸之前念叨着想要吃一回红烧肉。

"安排!走,买菜去。"白敬宇拍了拍衣服上的灰,坐上驾驶位。

换了刹车油管的面包车第二天就已经能开了,白敬宇载着余飞,开车一路朝菜市场驶去。两人在车里兴高采烈地商量晚上吃什么的事,压根儿没看到远处的棉田边,也停着一辆小面包。

吃完晚饭,早早就打包了一盒好菜的余妈催促余飞,让她开车送自己去镇上医院给儿子带吃的。晚上这一桌好菜,余强没吃进嘴里,余妈心里不是滋味,非要再给儿子送点儿过去。余飞知道余妈挂念余强,也没反对。白敬宇舍不得让余飞晚上开车,也跟着她们一起去了。

三人走到医院走廊,看到张燕正提着一壶热水从水房出来。余飞这下知道余强为什么发信息让她不用过来了,原来是有人过来照顾了。

"你来这干什么?"余妈语气不悦,她心里对张燕有气,要不是因为张燕,余强也不会被刘家父子打成这样。

张燕一脸局促:"余婶,我,我来看看强子。"

"他有家里人照看,用不着你。你赶紧走,别让人看到说闲话,我家可不想再跟你扯上什么关系。"余妈冷着脸说完,捧着饭盒就进了余强的病房里。

张燕也是个要强的,红着眼眶把手里的热水壶递给余飞:"那我就先回去了,你一会儿跟你哥说一声。"

看张燕转身就走,余飞把水壶递给白敬宇,追了上去:"燕子姐,我妈这人就是嘴硬心软,她现在也是在气头上,她的话你别放在心上。"

张燕停下脚步,擦掉脸上的泪:"余婶说得没错,我的确不适合来看强子。他现在出息了,找个黄花大闺女结婚好好过日子不难。我这婚都不一定离得了,他没必要蹚我这摊浑水。"

余飞拉住她的手:"燕子姐,我哥应该跟你说了,只要你一离婚他就娶你,就算跟家里闹翻也在所不惜。长辈们转过弯还要点时间,如果你还愿意跟我哥在一起,那你就要相信他。刘大柱那边已经派人来说和了,他们想要签和解书,就得同意跟你离婚。我哥说了,就算把彩礼钱还给他们,他也要把你从那火坑拉出来。他已经在努力了,也请你不要轻易放弃。"

余飞的话让张燕的泪又掉了下来:"小飞,谢谢你,我知道该怎么做了。"

等余飞回到病房,看余强正跟余妈吵得不可开交,白敬宇一脸无辜地坐在旁边,听母子俩吵吵。

余强示意余飞帮他说话,余飞知道余妈在气头上,什么话也听不下去,所以就干脆跟白敬宇一样,坐在旁边看热闹,时不时插上两句嘴。

余飞在余家这么多年,早把每个人的脾气摸清了,余妈就是冲锋枪,扫完子弹就空膛,她就等余妈的火在余强身上发完了,她在回去的路上才好劝。就算暂时劝不动,余妈也没这么多体力跟她发飙,这就是战略战术。

母子俩吵的时候,白敬宇看余飞闲着,给她发了条信息:会玩数独吗?

余飞看到信息,谦虚回道:会一点儿。

白敬宇回她:别谦虚,我看到你手机上有这游戏。最难模式,五十道题,谁输谁出来劝架。

余飞看他一眼:玩这么大?

白敬宇挑眉:敢不敢?

余飞点开数独界面:五秒后开始战斗。

在余强母子的唇枪舌战中,余飞和白敬宇左右各坐一边,一言不发地低着头在比赛。完全沉浸在游戏世界里的两人自动屏蔽掉了噪音,进入了只有对方的世界里。

余飞比得正酣,就听白敬宇手机响了。白敬宇在填最后一行的数字,看了眼来电,直接划掉了。"你怎么不接?"余飞问道,手里填数字的动作没停。

白敬宇头也不抬:"专心比赛。"

余飞已经在做最后一道题了。数独她经常玩,所以做题的速度很快。看白敬宇如此专注比赛,连电话都不接了,她不免有些好笑:"怕我赢你?"

白敬宇填上最后一题的最后一个数字,按下结束比赛的按键,这才放下手机,看着她不紧不慢地说:"我是让你专心比赛,才不会输得太难看。"

余飞一怔,有些吃惊地看着已经完成的白敬宇,动作僵硬地填上了最后一个数字。她本想要扮猪吃老虎,没想到自己才是那头猪。

晚了九秒啊!经常在游戏里虐别人的余飞,瞬间就知道什么叫一山更比一山高了。

看她有些发愣,他有些好笑地打字过去:不服?

余飞强撑笑脸:不敢不敢,心服口服。

白敬宇给她使了个"打扫战场"的眼神,拿起手机走出了病房。

余飞看着还在吵个不停的母子俩,脑子有些发涨,她咳了两声:"都歇会儿,喝点水。"

走到走廊上的白敬宇拿出手机,拨通了严志高的号码。没想到对方也挂了他的电话。白敬宇正犹豫着要不要再打一遍的时候,严志高又打过来了:"哈哈哈,跟你说个好事,刚才玉环姐忽然给我打电话,说她同意跟我假扮情侣了。"

严志高给甄妮起了个外号叫"玉环姐",白敬宇听严志高说到玉环姐这三个字的时候,都是咬着牙的。白敬宇轻笑出声:"那要恭喜你了。"

"这算哪门子喜?那玉环姐就是个吞金兽,也不知我爸被灌了什么迷魂药,就认准她当儿媳妇了。"严志高郁闷不已。

"人家答应帮忙,你就感恩吧。现在当务之急就是让严伯伯的病先稳住了再说。"

"也只能这样了。对了,你小子刚才为什么不接电话?"严志高问。

白敬宇低笑一声,实话实说:"跟小飞玩数独。"

"知道重色轻友怎么写吗?"

"正事说完了?"

被白敬宇这一怼,严志高也顾不得数落他重色轻友了:"哎呦,差

205

点忘了说正事。上次云上搞我们严氏,我爸很生气,就一直让人去查云上科技的林睿。得亏你之前给的那些信息,不然也查不到林睿这只老狐狸有这么多黑料。我爸说了,相对于我们的损失,你跟云上的恩怨更甚。我已经把姓林的黑料发你邮箱了,怎么处理你来决定。"

"替我谢谢叔叔。"

余飞出事之后,白敬宇就开始了反击。这段时间网上一直出现云上无人机炸机的事故报道,都上了热搜,云上的公关都忙不过来了,只能用钱把热搜压下去。

他们以为结束了,可在白敬宇的计划里,这才只是开始。而严志高的这波助攻,来得正是时候。

"谢什么?你就是我爸半个儿,还是有心脏的那一半。行了,说多了都是泪,你忙吧!我还得备课,就快期末考了,等放暑假我再去你那棉田看看棉花,薅不到羊毛就薅点棉花。"

白敬宇哭笑不得:"暑假的时候棉田也吐絮了,棉花少不了。"

挂上电话,白敬宇打开邮箱看到里面的资料,抬手就给自家老爸发了过去。

从医院回去的路上,白敬宇心情不错。虽然他笑意极淡,但余飞还是感觉到了他今晚的不同。她以为他是赢了数独心情高兴。原本输了的她是不爽的,但看着他俊朗的侧脸和乌黑的眉眼,她忽然觉得输了也挺值的,毕竟秀色可餐。

第四十六章　未来可期

三天后,海城财经新闻上就出现了云上科技老板被约谈的消息。

余飞在棉田忙了一天,晚上洗完澡才有时间上网。她习惯性先浏览海城新闻,当看到林睿被约谈的消息,震惊之余,马上抱着电脑跑进白敬宇的房间:"快看快看,大喜事!"

白敬宇看她穿着宽大的白T恤和短裤,还没吹干的头发湿湿地贴在额前,一双美腿又细又白。他愣了好一会儿,才不好意思地把目光从她的腿上移到屏幕上："这事我三天前就知道了。"

余飞一脸吃惊："三天前？"她想起他那晚含笑不语的样子，终于回过味来，"这事跟你有关？"

看着她湿黑清澈的眼眸，他笑笑："举报材料是我发的。"

余飞张了张嘴，随后心情飞扬："这么大的喜事，你怎么不早点跟我说？"

白敬宇伸手把她跑乱的刘海别到耳后，笑说："想着要给你个惊喜。"

"干得漂亮，我太惊喜了。你说云上科技这次能受到应有的惩罚吗？"

白敬宇顿了顿："这次的资料都是林睿以前的老料，跟云上科技关系不大。我估计林睿也不会束手就擒，肯定会想办法脱身。想要让云上科技付出代价，还是得找到他们上市造假的确切证据。"

余飞也知道云上科技不会这么好对付，她看着上面的新闻和底下的评论："无论如何，这次的事也够他们喝一壶的。"

此时的云上科技的确跟余飞想的一样，内忧外患。这一波接一波的事让公司上下军心大乱。林睿被拉去谈话，曼歆觉得头顶上就像悬了一把随时都会掉下来的剑一样，成天提心吊胆，坐立不安，就怕林睿出事后会连累自己。此时的她已经后悔跟林睿一起背叛白敬宇了。

其实林睿一开始拉拢曼歆的时候，她是犹豫的，但最终她还是没抵过心中的贪欲。她天真地以为，只要自己掌握了实权，到时候再让白敬宇回来也不是难事。现在看来，那时的自己简直就是天真又愚蠢。可惜世上没有后悔药。

云上科技兵荒马乱的时候，曼歆也顾不上余飞他们了。

白敬宇和余飞按着计划，一步步把棉田的管理弄好。在他们的细心打理下，整个棉花农场枝繁叶茂，欣欣向荣。

转眼就到了暑假，余飞的棉花农田有过半的棉株已经出现裂铃吐絮了，这代表着他们的棉花农场正式进入了吐絮期。虽然余飞和白敬宇的棉花农场已经一次次刷新了传统棉农的认知，但七月中旬就吐絮的光景，还是让村里种了大半辈子棉花的棉农大为惊奇。

棉花吐絮期一般有七十天左右时间。以往按传统的种植方式，是八月中下旬才开始吐絮，十月到十一月初吐絮完成；但现在提前了一个月，九月底十月初就能完成吐絮。

吐絮期是指棉铃成熟，铃壳干涸开裂，棉瓤吐露的过程。此时的棉花进入完全生长生殖时期,植株下半部分开始吐絮,而上部分继续生长,是增加铃重、提高纤维品质的时期。

以前余爸种棉花时,一到吐絮期,余飞和家人们都要进田里抢摘烂铃。只要是下部出现黑斑的棉铃,他们都要及早揪下来带回家,用药剂溶液浸蘸后晾晒干了,用手把里面的棉花抠出来,尽量减少浪费,毕竟一颗棉花长到吐絮期太不容易了。现在棉花农场进行科学种植和管理之后,棉田里的黑斑棉铃几乎没有了,也就省去了这个步骤。

余飞和白敬宇站在田埂边看棉田的监测数据。昨天下了一天的大雨,余飞担心棉田会涝,因为吐絮期如果土壤含水量过大,就不利于棉铃成熟:"我们要不要开沟排涝?"

白敬宇看土壤检测仪上的数据,摇头说:"不用,现有的排水系统已经够用了。"

余飞再次感慨:"现代化的种植方式可真是太好了。以前到了吐絮期,要是下一天雨,第二天我爸准得请人过来开沟排涝,不然棉花就容易烂根。现在我们的棉花农场有排水系统和浇灌系统,不需要担心干旱和内涝的问题,真是老省心了。"

白敬宇看着眼前陆续吐絮的棉田说:"不只干旱内涝的问题,传统棉田里在吐絮期会出现很多晚蕾,而晚蕾多为无效桃,以前都需要人工到田里去除;现在有了擎翼一号,整个棉花农场只要进行化控处理就能让棉桃同一时间成熟,不存在早蕾晚蕾的问题。"

余飞不停点头,完全认同:"还有虫害问题。棉花吐絮期的突发性病虫较多,传统棉农只能背着药箱进到棉田里打药,大暑天捂得严严实实,棉田里又密不透风,打药效果还不见得好。现在有了无人机,我们不用再遭这些罪,是科技让农业变得简单轻松了。"

"以后机械化的程度会越来越高,到时候几千上万亩的棉田,田间工作的全是机器,一两个棉农就能管理好上万亩的农田,真正实现现代化农业种植。"白敬宇说完收回目光,"但想要达到这个程度,我们的农业科研发还需要走很长一段路。"

"路再长,只要还在走,就一定有到达的时候。"余飞看着他,语气笃定,"农业现代化是未来的趋势。擎翼科技现在虽然遇到了问题,但我相信,它一定能重新振作起来的。"

白敬宇被她一本正经的样子逗乐:"那余总得加油了,我还等着你给我投资呢。"

"没问题,我明年包两千亩棉田,赚到的钱全投你公司。"余飞知道就算是两千亩棉田的利润,对擎翼科技的研发来说也是杯水车薪。但有一点儿算一点儿,要是种好了,明年两千亩,后年就可以变成一万亩。事情只要还在做,未来就有希望。

白敬宇对她这种单纯又质朴的想法觉得好笑又感动,他伸手揉了揉她的头发:"放心,擎翼科技一定会振作起来的。"

晚上两人吃了晚饭,照例在白敬宇房里商量如何解决棉田里的问题。

余飞翻开笔记本,这里面写着她今天巡田时记录下来的问题:"第一个问题,吐絮期的植株下部分虽然不长了,但中上部分还是在继续生长。如果不加以控制,会影响到田间的通风和透光性,还会消耗大量的养分。我们最近需不需要再喷洒一些整枝打杈的药物?"

白敬宇看着显示器里的棉田,说:"在初花期和盛花期的时候我们已经各进行了一次化学整枝,吐絮期的枝条应该不会生长过旺,先看看情况。要是后面枝条过旺,我们再打一次。"

"嗯。"余飞又翻了一页,继续说,"吐絮期的棉花容易出现早衰现象,需不需要追肥?"

白敬宇对比了最近上传的棉田数据,说:"从目前棉田的数据来看,棉株的营养还能跟上。等进入九月份,天气变凉,棉田吸收营养的根系变弱的时候,可以在叶面喷肥,每隔一周喷施一次,连续一到三次就可以。"

余飞也觉得可行,继续说:"棉花吐絮期也是病虫害的高发时期,极易导致烂铃,降低产量,所以这时的病虫害防治也不能松懈。"

"没错,这个时候在棉株上的主要是棉铃虫和红蜘蛛,我们不能掉以轻心。"

他说话的时候,漂亮的眉目在灯光下染上一层薄光,让她又差点看呆。余飞强迫自己把注意力转回到工作上,接着说:"我们大概在什么时候打棉铃催熟剂?"

"催熟药剂是让棉株加快发育,提早吐絮,为统一采收做准备。这个药剂的效果与温度密切相关。只有在高于20℃以上时效果才会明显,所以棉田喷药后,要求每日气温要在20℃以上,且要连续15天左右。我根据西贝村往年的天气规律来推算,我们棉田打催熟药剂的时间初步定在九月初。等棉田统一成熟了,就可以安排采收机过来采收了。在统一开裂后的五到七天内采收完,才能保证采收到的棉花质量统一。"

两人聊完已经是十点以后,余飞打了个哈欠,最近每天都是早早往棉田那跑,睡眠有些不足。

其实有了检测设备,他们本可以不用天天往田里跑,但田里的那些棉花就跟他们的孩子一样,一天不去心里总是记挂着,所以他们就跟准点上班一样,每天都会去棉田查看情况。

"早点睡吧,你明天不用起这么早,我自己开车去买菜就行。"

余飞收拾好笔记本,揉了揉肩膀:"那可不行,严志高和甄妮明天都要过来,余美也回来了。一大家子要吃饭,买的东西多。你一个人弄不了,明天跑完步我们一起去。"

严志高和甄妮其实并没有约好一起来,他们是各自跟白敬宇和余飞说暑假要过来看棉花,好巧不巧就正好是同一天,所以白敬宇就干脆让严志高在县里接上甄妮再一起过来。

"好。"白敬宇含着笑意把她送到门口,心说这白眼狼终于也知道疼人了。看着她柔顺的整肩黑发,他忍不住伸手去揉了揉,"做个好梦。"

余飞心里一阵悸动,好似他揉的不是她的头发,而是她的心。"你也早点睡。"余飞说完头也不回地快步回屋,就怕他看到自己慌乱的神情。

第二天,被迫去接人的严志高故意租了一辆车况极差的面包车去接甄妮。

甄妮拖着三个大行李箱,从飞机场再到火车站又转汽车站,美美的妆发早被汗给弄趴了。此时热得不行的她站在尘土飞扬的马路边,顶着烈日等了两小时,才看到一辆破旧的面包车慢悠悠地晃过来停在了她面前。

"抱歉啊,车子在半路抛锚了。"严志高一下来就态度极好地道歉。

甄妮等了大半天,嗓子都快冒烟了,但还是好脾气道:"没事,我也刚到不久。"

"那就好,上车吧。"严志高说着,瞥了眼甄妮身边的大件行李,并没有下来搬的意思。

甄妮知道严志高不待见她,她又何尝想理他?要不是想给失学儿童基金会尽一份力,她才懒得跟他假扮什么情侣。她愿意搭理他,全是看在钱的分儿上。

既然是商业合作,甄妮也就没什么好计较的。甚至还觉得严志高能在大热天开车过来接她,她该感谢。

甄妮拉开面包车后座,发现拉不开,她一个用力,车门竟然掉下来了。

看甄妮愣神,严志高一副见怪不怪的样子:"没事,把车门按照原位置插上就行。"

甄妮看着这个随时能散架的车子,满脸担心:"我说大哥,你就不能租个好点的车子?这车能开到飞哥家吗?"

严志高气定神闲地看着甄妮自己把行李搬上车:"小山村就这条件,克服一下吧。这车子看着破,开过才知道皮实,把你送到地方没问题。"

箱子不轻,刚才也是别人帮着她推出来的,如今甄妮自己一个人把箱子搬上车明显吃力。

"不好意思了,甄小姐,我昨天跟学生打篮球,把脚踝给扭了,实在帮不上忙,抱歉抱歉啊。"

甄妮心里呵呵,脚给扭了还能开车?不过她也没什么好计较的,合作伙伴而已。

拉开车门,甄妮自己吭哧吭哧地往车上搬行李。

严志高看着她自己一个人忙活,心说这女人是真没数啊,来住一个月而已,带三大箱行李。这是知道他也来,所以特意要在这开时装发布会呢?他看着她跟铁塔似的身材差点没忍住笑出声,感叹女人太过自信真是要命。

说实话,严志高对甄妮是一点好感都没有。他不知姓甄的这家人是怎么给他爸妈灌的迷魂药,让精明了一辈子的老严非得逼着他跟这玉环姐在一起。在严志高眼里,这姓甄的心机简直太深了,之前装出一副清高样,打死不跟他合作。现在一看能自己定价,马上狮子大开口。这头赚着他的钱,那头还拉拢着他爸,这明显是看好了他家,非得嫁进来啊。这女人想美事呢?严志高怎么可能让她得逞?所以在来的时候,他故意晚来了两小时才出发。

甄妮自己搬完这三箱东西,喘着粗气坐到副驾驶位上:"麻烦你了,西贝村,谢谢。"

"当我司机呢?行吧,走着。"严志高一脚油门,车子原地晃了几下,这才咣里咣当地往前走。

甄妮耗费了大量体力,此时饿得有点虚。她从背包里拿出一大瓶芝士酸

211

奶和一大块方形火腿肠。

"来点？"她虽然喜欢吃，但从来不吃独食。

看她一身赘肉还专挑高热量食物，严志高在心里摇头："你吃吧，我吃过早饭了。"

甄妮没再理他，专注地吃起东西来。

看她三两下就解决了一大块火腿，随后又从包里掏出一个手枪鸡腿。严志高闻着这油腻的味儿实在忍不住了，故意在颠簸的地方加大油门。车子一个蹦高，甄妮手上没抓稳，鸡腿硬生生给掉到座位底下去了。

"我的鸡腿！"甄妮看着掉在脏兮兮的化纤毯子上的鸡腿，心都要碎了。对于一个吃货来说，到嘴的鸡腿飞了，不亚于听到男朋友出轨。

耳膜遭到重创的严志高看她悲痛欲绝的样子，忍不住皱眉："不就一个鸡腿吗？不至于。少吃点对你有好处。"

这话就等于火上加油，甄妮朝他吼："你懂什么？粒粒皆辛苦，何况这是一只大鸡腿！一只鸡才两条腿，少了一只那鸡就瘸了懂吗？什么叫对我有好处？吃不着对我有什么好处？你这就是典型的心理阴暗，自己吃不着也不想让别人吃。"

严志高觉得这女人的脑回路太过清奇，他连话都不想回怼了，直接又朝最颠簸的地方开去。

这下甄妮手里的饮料也没能拿住，虽然只剩最后一口了，但甄妮是真怒了："你故意的，是吧？！"

"抱歉啊，农村的地面就这样，我也不想的，克服一下吧。"

甄妮看他专挑最颠簸的路面走，早在心里偷偷把这笔账记下了。她一脸体贴地说："你不是腿扭伤了吗？剩下的路就让我开吧。"

这种村道不比城市的柏油马路，严志高这种开车老手都得小心着开，加上这车也不省心，他估计她连车子都发动不起来。为了看她的笑话，严志高还真答应了，把车一停："行，那就你开吧，我这伤腿也该休息休息了。"

甄妮看他故意一瘸一拐地走到副驾驶位，心中冷笑一声，关上车门："系好安全带。"

严志高一脸淡笑："你先把车子发动起来吧。"

话音刚落，车子就在路上蹿了出去。

"我去，这路你开这么快，不要命了。"严志高吓得赶紧把安全带给插上。

212

"我饿,急着回家吃饭。"甄妮说着就冲上一个颠簸路面。

严志高以为车子要翻了,尖叫一声,没想到甄妮技术极好,顺着力又把车子安安稳稳开下来了。只是严志高的个头高,在屁股被颠起来的时候,头就撞到了车顶上。看她还在用力踩油门,他紧紧抓住安全带,转头看到甄妮脸上的笑意,他恨恨咬牙:大意了,竟然被这女人摆了一道。

放暑假的余美此时拉着行李箱坐大巴回村,刚下车,就看到王亮也拖着行李箱从另一辆班车上下来。

"小美,你们放假了?"王亮看到余美眼睛都亮了,赶紧快走两步跑过来,"我来帮你提吧。"

余美想起王婶子对他们家人的态度,自己握紧箱子:"不沉,我自己来。"看王亮手里的大箱子,她有些疑惑:"你不是出去打工了吗?这不年不节的,你怎么回来了?"

王亮挠头笑笑:"回来找活干。"

余美以为他在开玩笑,边拉着箱子往前走边说:"大家都去外面打工,这村里能有啥活?"

王亮跟上去:"我打算回来跟你哥学开农业无人机。我听二蛋说他跟着你哥才学了一个月,现在就能去帮人打药了。半个月就赚了两千块,我合计着一个月还不得小六千?你不知道,在城里打工,想一个月赚六千那得是真下苦力,况且在外面赚钱在外面花,一分都甭想带回家。我这一年年在外面也没攒下娶媳妇的钱,所以一听二蛋说跟你哥学操控无人机干农活一点儿不累,跟玩儿似的,赚得还不少,我就赶紧回村了。"

余美自从上次回过一次家,就一直没回来过,所以对家里发生的一切都不太了解。此时听王亮这么一说,停下脚步:"我哥?你确定是我哥?"

王亮掏出手机,给她看自己跟二蛋的聊天记录:"就是你哥。你哥现在是这十里八乡的名人了,不仅当了飞行队的队长,成天带着队员去各个村里打药,还能到几个大公社去指导别人怎么操控无人机,那叫一个威风。"

余美看完一脸震惊,她上次回来的确是看到自己老哥跟着白总学东西了,可这才过了多久,余强就能独当一面,带着别人赚钱了?

余美急匆匆回到家,余飞和白敬宇都去棉田了,家里只有余家老两口在。

此时余妈扶着余爸,她爸扶着轮椅,两人正在院子里练习走路。余爸虽然还是颤颤巍巍,但也能撑起身子站起来走两步了。

余美一脸欣喜:"妈,爸已经能走了?"

看女儿回来,余妈高兴:"可不是?快过来扶你爸坐下。"

余美放下行李,过来跟老妈将人扶到轮椅上。余建国满头大汗,坐回轮椅上摇摇头:"走是走不了两步。你姐说总这么坐着肌肉容易萎缩,到时候就算做手术了也恢复不好。前段时间她就经常扶着我站起来,真是费老劲了。"

"我看您刚才站得挺稳,也能走几步了。"

余建国摸了摸自己的膝盖:"那是你姐陪着我练了好几个月了。我一开始站都站不起来,现在练得久了,扶着轮椅自己也能站一会儿。"

余妈在一旁补充说:"你都不知道你爸当时那个疼啊,看着就跟踩在刀尖上似的,也就你姐能让你爸咬着牙站起来了,能练成现在这样,真是不孬。"

余美推着轮椅往堂屋里走:"爸,您别着急。姐说等这茬棉花卖了,就能带你去海城医院做手术,到时候您就能自己走了。"

余建国看着自己的腿,叹了口气:"我欠你姐的,咱全家都欠她的。"

"哎呦,行了,这话你一天念叨好几十遍,听得我耳朵都生茧了。"余妈拉着女儿的行李箱也进了屋:"小美啊,你这唱歌学得咋样啊?"

余美给自己倒了杯喝水,一口喝完才说:"挺好的,今年过年前就去海城参加校招考试。"

余建国一脸正色地跟余美说:"学唱歌的学费不便宜。你哥能赚钱之后,每个月都给我和你妈一些钱,我们把钱都攒下来。你到时候先拿上去考试,学费的事,等考上了,爸再给你想办法。"

余美笑着说:"爸,学费的事您就别担心了。姐跟我说她会给我出一半的学费,剩下的,我就边上学边打工,自己赚。海城到处都有打工的地儿。"

余建国摇头:"不行,你是我们的孩子,小飞不欠你的,不能让她给你拿学费。这钱就算让你哥出,也不能让小飞出。"

余妈一听这钱让余强出,立马就心疼得不行,在旁劝道:"哎呦,你这么较真干什么,这小飞不也是小美的姐吗?她出一半也是应该的。小美懂事了,要自己打工赚一半的学费,这多好的事。"说完余妈还叮嘱余美说,"你哥还得攒钱娶媳妇,没法帮你了,到时候出去了你就自己多赚点儿,谁让你自己非要选唱歌呢。"

余建国听着老婆子的话,忽然就怒了,拍着轮椅说:"余强要攒钱娶媳妇,小飞就不用给自己攒嫁妆了吗?你看看咱家现在这样,有能力给她攒吗?你再看看村里像她这个岁数的,哪个不是两三个孩子的妈了。你再看小飞,她到现在还在给我攒做手术的钱,她图啥?小飞心善,咱的良心也不能被狗吃了。"

余爸的这番话,让母女俩都不吭声了。半晌,余美开口说:"爸,我已经成年了,的确不应该再让姐帮我出学费了。我听严老师说考上大学可以申请助学贷款。要是我真考上了我就申请,等毕业了再慢慢还。你们放心,姐去海城上大学的时候能自己赚学费和生活费,我也可以。"

余建国眼眶一红:"好孩子,是爸不中用,委屈你们了。"

余妈在旁叹了口气,再也没说话。

看余妈不爽,余美赶紧提她哥:"妈,我听说现在我哥厉害了,都能带着村里人赚钱了?"

果不其然,提起自家儿子,余妈瞬间就来劲了:"那可不?你哥现在可是附近十里八乡有名的飞手,想过来跟你哥学无人机的还得排队呢。别说同村的,就连镇上和县里的,都有过来学的。你哥在家待了三十年,终于出息了,这就是命好啊。我跟你说,现在村里就没有不夸你哥孝顺的,一有空就给我和你爸做饭,每个月还给钱孝敬我们,哎呦,我这辈子是值了。"

余爸开口说:"这也是白总和小飞给带的,不然就余强那个性子,还不知得混成什么样。"

余妈白他一眼:"白总是教了咱家强子,但强子也争气啊,不然白总能让他当队长,让他带着这么多人去其他村里给人打药?"

"爸,现在大家都愿意用无人机来打药了?"余美不想让爸妈吵起来,把话岔开了。

余建国一脸自豪:"可不?省时省力又省钱,谁不愿意用?白总现在还免费开班教愿意学的村民操控机器,你哥还当了飞行队的队长。"

"怪不得,我刚才回来的时候遇到王亮了。他从城里回来了,说要来跟我哥学操控无人机。他说咱村里出去的年轻人,还有不少也准备回来要跟着学呢。"

余妈插嘴道:"你哥现在赚得不比出去打工的少。村里人都不傻,这一合计,在家干这个比出去打工挣的强多了。这一传十十传百,很多出去打工的年轻人都想着回来做飞手了。还有不少跟你姐打听棉田种植的事,也想跟你姐一样,包个几百亩棉田种棉花呢。"

余美咋舌:"真没想到啊,以前谁也不愿留在村里,现在都想着回村里创业了。我姐和白总种棉花种出这效果,真是太牛了。"

第四十七章　一对活宝

此时余飞在棉花农场接到甄妮的电话。甄妮知道她和白敬宇都在棉花田,直接就把车开到了棉田边。

余飞看到从一辆破面包车上下来的甄妮,高兴地跑过去抱住她:"妮妮,你终于来了,可想死你了。"

"我也想死你了。"甄妮抱着余飞,捏了捏她的肩膀,"妈呀,你的肌肉都紧实了不少,身体线条比以前在海城还要流畅,还有这小麦色的皮肤,爱了爱了。"

余飞看着自己练出的一身腱子肉,有些哭笑不得:"你在这儿住俩月回家,也能练成这样。"

甄妮举着自己白白胖胖的手臂:"不骗我吧?那这俩月我在这儿住定了。"

两个女孩抱在一起又蹦又跳,甄妮拉着余飞要去看心心念念的棉花,余飞当然乐意,带着好友就奔进了田里。

白敬宇看严志高半天还没从车上下来,有些奇怪地走到副驾驶位,刚拉开车门,严志高便捂着嘴从里面蹿出来。白敬宇吓得一闪身,转头就看到严志高蹲到田埂边干呕了。

"什么情况?"白敬宇蹲下来给他拍背顺气,看他一副难受的样子,又给他递了瓶水。

严志高干呕了好一会儿没呕出东西,起身一口气喝下半瓶水,像是丢了半条命似的靠在车边,有气无力地说:"这女人就是一疯子,疯子!"

傍晚,余家已经许久没这么多人一起吃饭了。

余家五口,加白敬宇他们三个外来的,八个成年人在小厨房里坐不下,余飞干脆把饭桌搬到了院子里，大家围坐在院子里说说笑笑吃晚饭，好不热闹。

白敬宇和余飞不喝酒，严志高就跟余强和余老爷子喝，余美和余妈跟甄妮打听海城大学的情况，余飞跟白敬宇在聊棉田的事。

夏日凉风习习，饭菜可口，甄妮吃得连连点头，跟旁边的余飞说："我总算知道你运动量这么大却不干瘦的原因了，这白总做的菜也太好吃了，我本想来这减点秤回去的，这下是不可能了。不行，我得再添一碗饭。"

"放心吃，天天下地干活，吃再多也不长肉。"余飞笑着又给甄妮盛了满满一碗饭，还给她夹了块糖醋小排，"这个特别好吃，快尝尝。"

看甄妮吃得满嘴流油一脸满足，坐在她对面的严志高一脸"没救了"的表情，跟旁边的白敬宇吐槽道："这玉环姐真是破罐子破摔了，就她这食量，吃头牛都不一定能饱，真为她以后的老公担心，娶回家能养得起吗？"

"你啊，就别咸吃萝卜淡操心了。"白敬宇笑着给他递去一罐啤酒，"你跟余叔喝点儿吧。"

白敬宇不喝酒，余叔每次喝酒都只能独酌，现在严志高来了，余建国总算找到酒友了。

今天的余建国是真的高兴，他刚倒下的时候说万念俱灰也不为过，那时的他绝对没想到自家的日子还能有这么红火的一天。小飞的棉田眼瞅着就要丰收了，不懂事的儿子也终于能挑起担子了，小女儿也有了奔头，一切都在往好的方向走。最近他每天早上起来都觉得是在做梦，回想起年初几乎家破人亡的日子，他真觉得是做了一场梦。

一顿饭吃到八九点还没散，严志高和余强还在边喝边聊，白敬宇扶着喝多了的余爸回房，听到厨房里跟余飞一起收拾碗筷的甄妮问余飞："哎，那白敬宇是不是喜欢你啊？我怎么觉得他一晚上都在偷偷看你，好几次都给你夹菜，还都是你最喜欢的菜。"

余飞心里一慌，这么明显吗？她不想骗甄妮，只能实话实说："应该……是吧。"

甄妮兴奋得音量都高了几度："我的妈呀，你们这对冤家也太好嗑了。快说他是怎么追你的？你答应了？"

余飞示意她小点声："他没怎么追，我也没答应。"

甄妮有点蒙："啊？那现在什么情况？"

217

余飞红着脸："就是……正在考察中。"

甄妮愣了几秒，直接爆笑："当时你被云上科技逼回老家，现在却在老家考核云上前总裁的表现。你俩可真是绝配。你赶紧跟我说说，霸道总裁都是怎么追人的，真像小说里写的那样，鲜花珠宝标配，楼房名车任挑？"

"小说看傻了吧？你说的那些都没有，他倒是送过我一棵头绳做生日礼物。"

"什么？头绳？"甄妮搞不懂这是什么套路，"这总裁追人都这么抠的吗？连朵花都不送？"

"花又不能吃不能用的，头绳还能扎个头发。再说他给棉花农场弄了这么多现代化的机器，这些机器可比什么鲜花珠宝有用多了。"

站在外面的白敬宇听完余飞的话，笑意如同火焰，在他漆黑的双眼中燃烧起来。

甄妮打趣余飞："妈呀，这就护上了？看来是考察不了多久啰。"

白敬宇刚要听余飞怎么说，没想到外面的余强忽然往这儿走了过来，白敬宇只能转身走了出去。

晚上白敬宇和严志高睡一屋，严志高睡在简易床上，白敬宇还在电脑前工作。

严志高打了个哈欠："你查的云上黑料现在有进展吗？"

"还在查。现在的云上是林睿最后的靠山了，他不会这么容易让证据被查到，该封的渠道他都封了。除非他或是参与其中的人亲口承认，不然没法抓到他的把柄。"

严志高坐起来，有些隐隐担心："那姓林的还真有些能耐，没想到被查了这么久，还能全须全尾地放出来。他这人手黑，现在出来了，也知道这段时间云上的事都是你这边弄的，我怕他不会这么容易放过你。"

白敬宇闻言冷着脸说："我也不会放过他。天底下没有不透风的墙，我迟早把他的把柄找出来。"

严志高知道白敬宇的脾气，说："他喜欢玩阴的，你跟他硬干容易吃亏。这两个月我就留在你这儿，他要是敢动你，我跟你一起弄他。"

"你确定？听小飞说，甄妮也要在这儿留两个月。"

一听这话严志高就要疯了："我去，她还有完没完了，阴魂不散啊？不行，我得想点法子，早点把这瘟神弄走。"

第二天余飞和白敬宇早早就去棉田了，两人走的时候都没叫醒各自房中睡得死沉的甄妮和严志高。等严志高起来吃早餐的时候，发现一身运动装的甄妮正在厨房喝稀饭。

　　穿着一身白色的甄妮，此时在严志高眼里就跟个发泡发胀的馒头似的。他不知她是真起晚了还是故意在等他。他懊恼自己为什么不早点起来，现在落得又得跟她一起坐那辆小破面包去棉田。

　　看他一脸不乐意，甄妮也憋屈，但没办法。她只能安慰自己，这男人很快就走了，忍忍就过去了。

　　上车的时候，严志高说什么也不让她开了。甄妮故意担心地看着他的脚："你的脚扭了，还是我来吧。"

　　严志高想到自己昨天遭的罪，没了好脸："我年轻力壮，一晚上就好了。你再磨蹭就自己走着去。"

　　甄妮倒也没再说什么，拎上小包就上去了。

　　严志高特意选了条放羊的山路走，一路上慢慢跟在一群羊后面。青草味混合着动物的粪便味一起涌进车里，两人被熏得头晕脑涨，但都咬牙死撑，谁也不说臭。严志高这招杀敌一千、自损八百，为的就是让这女人受不了这里，早早离开。

　　"这里你应该住不惯吧，打算什么时候走？我开车送你。"严志高捏着鼻子一脸殷勤。

　　车子在小路上颠，甄妮也不服输地憋着气，反问他："你什么时候走？"

　　严志高装得一脸洒脱："我习惯了这里，开学再走。"

　　看他一脸"谁能熬过谁"的样子，甄妮偷偷换了气，梗着脖子呵呵一声："巧了，我也开学再走！"

　　两人好不容易到了棉花农场，甄妮感觉自己口腔鼻息里全是牲口粪便的味道。她深呼吸了几下，又猛灌了几口水，依旧没法把这股味道压下去。严志高也没好到哪儿去，胃里翻江倒海，但在甄妮面前，他强装舒适，一脸"谁是弱鸡，高低立见"的表情。

　　"你们怎么来了？我还想着中午回去吃了饭再叫上你们。"余飞大老远看到他们的车子，快步走了过来。

　　"我说飞哥，以后你们出发能不能喊我一声？"严志高是真想跟白敬宇他们走啊。

甄妮对余飞没叫她一起走也颇有意见,要是跟余飞一起走,她今天哪还用跟着这姓严的闻一路粑粑味?

"明天不准再自己先走。"甄妮上来拉住余飞。

余飞笑道:"我是想着你们昨天刚过来,晚上又喝了酒,就让你们多睡会儿。从明天开始,我们走的时候叫上你俩。"

严志高和甄妮眼里同时溢出嫌弃,怎么绕了一圈,还是得跟这讨厌的人一起?

"你不是说假期要补眠吗?怎么这么早过来了?"余飞不瞎,看到两人不对付,她奇怪甄妮为什么要跟严志高一起来。

"补眠可以晚上早睡,一日之计在于晨,我就过来看看有什么能帮忙的。"看甄妮挽起袖子要下地,严志高"嗤"了一声,忍不住出声道:"你能帮上什么忙?"

甄妮忍他一路了,呛道:"我有的是力气,我怎么就帮不上忙了?这棉花成熟我就能帮着采。"

严志高毫不留情地笑出声:"大姐?你当这里是用锄头的老棉田啊?这里是科技棉田,不需要人力,懂吗?"

甄妮不服:"搞得你很懂似的。"

严志高得意道:"我不是很懂,但多少比你懂点儿。这棉田采摘是用采棉打包机来打包采收的。"

甄妮反问:"采棉打包机采收?这棉田吐絮都是参差不齐的,大型机器一进去,这得多大的耗损率。"

严志高自从当了老师之后,就染上了好为人师的毛病,尤其是在甄妮面前:"不懂了吧?这棉田里的棉花,采收前是要喷施脱叶剂的。打完后棉花叶脱落,棉花集中吐絮,到时候采棉打包机一下去,田间采棉和机载打包一次完成,一键搞定。"

"一键搞定?骗谁呢?"甄妮没见过这么先进的农业机器,所以觉得严志高是在忽悠她。

"头发长见识短,我跟你说,采棉机里面有采头,采头里面有很多摘锭,摘锭会把棉花缠绕,通过后方的脱棉盘脱到它的车后方的网箱里。等棉箱存满棉花,积存的棉花会自动进行压实成型并用保护膜打包。等机器做完这些,就会把棉包弹出,就跟母鸡下蛋一样,全程都是自动化,用不着人力,懂吗?"

严志高说完还故意撩了下刘海。

"就你懂得多,大聪明!"甄妮撇嘴。

看两人你一言我一语地斗嘴,余飞白捡乐子。等热闹看得差不多了,这才笑着开口说:"严老师说得没错,我们的棉花农场的确没什么需要人力干的活。我和白总过来也就是查看各个仪器的数据,检查棉田情况,其实就算不过来,在家里通过显示器也能看到。只是过两周棉田就要调控打药了,所以最近要多过来查看一下棉田情况。"

甄妮听完一脸羡慕:"这科技种棉田听起来比城里的九九六要轻松多了啊,田园牧歌的生活也太棒了。要是以后我不想干了,就过来跟你一起种棉花。"

看严志高在笑,甄妮瞪他:"你笑什么?"

"你要来这儿住,这村里的鸡保准半个月就能被你吃干净。"严志高想到她昨晚啃鸡腿的样子,连连摇头。

"我付钱买,你管得着吗?"甄妮怼回去。

"得,管不着,我去看白总了。"严志高懒得跟她说。

余飞看了眼时间:"他去给灌溉系统加肥了,要不然我们一起去吧,我顺便带你看看我们的灌溉系统。"

"就是你之前说的能精准控水,还有压力自平衡功能,能保证出苗水灌溉均匀的那个灌溉系统?"甄妮问。

"对。"

"那还等什么,走。"甄妮早想去看了。

严志高嘴角抽搐,他去哪儿,这女人真就跟到哪儿啊。

晚上四人一起回家之前,又去菜市买了好些食材。严志高说难得白敬宇做菜,不能浪费机会,硬是去把菜市从头到尾买了一遍。

甄妮一直是看不惯严志高这种有钱了不起的样子的,但不可否认,有了他,伙食明显提高了好几个层次。从这点上来说,她还是得感谢严志高的钱。

吃完饭,余美出去找朋友玩了,甄妮嫌身上黏糊糊的先去洗澡,严志高躲在白敬宇屋里不知给谁打电话,收拾完厨房的余飞被白敬宇叫住。"有事?"余飞看他手别在身后,有些奇怪。

白敬宇忽然把手伸过来,递给她一朵纸做的粉色花。"送你的。"他看着她补充道,"我自己折的。"

余飞接过来看了看:"这是……棉花?"

白敬宇噙着笑:"喜欢吗?"

余飞心口乱跳,他怎么忽然送她花?是不是他昨天听到了自己跟甄妮说的话?

看她不说话,白敬宇微微蹙眉:"不喜欢?"

"喜欢。"棉花是她的希望,她怎会不喜欢?再说他折得真是巧,任谁看了都很难不喜欢。余飞拿着"棉花"回到屋里,爱不释手。

甄妮洗完澡回来瞧见,很是稀罕地想要拿,余飞没让:"你手上沾了水,擦干了再拿。"

"懂了,是白敬宇送的吧?"甄妮边擦头边笑,"这男人倒也别出心裁,但送纸花怎么觉得怪怪的?"

"这个不会凋谢,挺好。"

"行行行,你觉得好就行。"甄妮边敷面膜边开始吐槽严志高,"你说那大聪明到底要住多久才走?"

余飞放好花:"棉田采收打包机我们是托严老师帮忙从国外买回来的。他应该是要在这儿等到机器到达,确定没问题了才会走,估计没这么快。"

"那机器是他帮买的?"甄妮有些意外。

"是啊,我们这棉田种植期间,严老师帮了不少忙。他其实跟你一样,都是个做好事不留名的热心肠。严老师不仅支教,还偷偷赞助了不少学校里的贫困生,他人其实不坏的。"

这甄妮的确没想到,她还以为他就是个有钱只会炫的主。

晚上余美回来,路上遇到在巷口等她的王亮。"你咋蹲这儿了呢?"余美差点吓了一跳。

"那个,你跟你哥说一声,我不去跟他学了。我哥说他们公司现在也开了飞行服务队,我哥负责组队招人,我得留下帮我哥。"

余美一听不乐意了:"咋?你哥也要组队?这是跟我哥抢生意呢?"

王亮也不高兴了:"你这话说的,这全县的生意都合该是你哥的,别人都不许干了?"

"随你,反正你们干不过我哥。"余美气呼呼地回家了,她得赶紧把这事跟白总和二姐说。

第四十八章　同行是冤家

一周后。

晚上白敬宇吃完饭照例还在电脑前忙活，严志高在他身后来回踱步："我说你可真行啊，人家抢生意都抢到家门口了，你还跟没事人似的，真沉得住气啊。"

白敬宇不咸不淡："林睿出来肯定找茬，早料到会这样，云上科技的惯用伎俩而已，没有新意，犯不着置气。"

严志高是个暴脾气："犯不着置气？你组建擎翼飞行队，那臭不要脸的云上科技也要组飞行队，关键是价格只收我们的一半，这就是赔钱赚吆喝。之前在余强那儿下单的棉农，一大半都转到了那什么王明那儿了。你这公司现在就靠着飞行队业务撑着，这姓林的是一出来就想要弄死你啊。"

白敬宇停下手里的动作："他是狗急跳墙。"

严志高看他话中有话，凑过来："怎么说？"

"我通过一些方式放出风声，让林睿觉得我掌握了一些重要信息。"

严志高明白了："造假这件事绝对不是林睿一个人能搞定的，只要有第二个人参与，那就一定能离心。你放出风声让他觉得出了内鬼，他一边要找到内鬼，一边要对付你，所以只能用最简单粗暴的方式。"

白敬宇冷静地敲着键盘："他越是自乱阵脚，我们越容易找到破绽。"

第二天一早，晨跑回来的白敬宇和余飞吃完早饭就直接去棉田了，起晚的严志高刚走出房门，又看到同样起晚了的甄妮：

"呦，这不是号称要来这儿帮干活的玉环姐吗？起得真早啊。"

"彼此彼此，大聪明。"

两人这段时间已经习惯了斗嘴吵架，连绰号都毫不避讳地直接叫了。

严志高刷完牙，看到甄妮搬着她的三个行李箱放到了院子里。他大喜过望，这女人终于要回去了？"你看你这么多东西，我今天没事，送你一程。"严志高少有的对她热心，其实是怕一会儿余飞回来一挽留，这甄妮又留下了，他得速战速决，亲自把这瘟神送到车站。

看严志高殷勤的样子，甄妮心知肚明，她露出一脸假笑："谢了，先帮

223

我把东西搬上车吧。"

为了让她赶紧走，严志高也不介意当苦力了。他搬着三箱死沉的东西上了车，心说这女人明明带了这么多衣服来，怎么这些天她来来回回就只穿那两套跟吹胀的气球似的运动装？这是纯粹拉着衣服出来溜啊？这女人果然是个奇葩。

车子开出巷口，甄妮指着另一条道："走这边，这里近。"严志高以为这是余飞告诉她的，也没问，就按着她说的走了。

在路上颠了十多分钟后，甄妮开口说："前面五十米停车。"严志高抬头一看，这不是西贝村小学吗？她来这里干什么？

正想着，就看到一位五十多岁的男人走出来，甄妮赶紧开门迎上去："陆老师您好，我是余飞的朋友甄妮。"

陆老师跟她握手："谢谢，谢谢你和小飞了。虽然我们第一次见面，但你和余飞每年都给我们学校捐赠儿童书籍，我们学校的孩子和老师就没有不知道你的。今年你还给我们学校赞助了电脑，村支书给拉了网线，学校的娃娃们终于也可以看到外面的世界了。"

看陆老师红了眼眶，甄妮不好意思道："能为孩子们做点儿事，我心里也很高兴。我这次带来了三箱童书，都是最新的图书，孩子们应该会喜欢。"

严志高一脸蒙，什么意思？敢情这三个箱子不是她回家的行李，是三箱书？

严志高还在发愣，甄妮转头跟他说："愣着干吗呢？帮忙拿东西啊。"

严志高回过神来，跟他们一起，一人拖了个行李箱进了学校。

孩子们和其他老师已经等在操场上了，等他们一进去，所有人都列队鼓起掌来。

看着孩子们送来的感谢的花束，严志高觉得受之有愧。旁边的甄妮压低声音跟他说："拿着吧，那些书和电脑，都是用你给的钱买的。"

严志高：……

回去的路上，甄妮心情不错地哼着歌，严志高从后视镜里打量她："不回家了？"

"我什么时候说回家了？"甄妮反问。

严志高气笑："没想到你还挺有爱心，借花献佛开心吗？"

甄妮"喊"了一声："你搞搞清楚，这钱是我自己挣来的。你今天是沾了我的光。"

"行，是你赚的。"严志高好奇地问，"我冒昧问一下，那三个箱子都用来装书了，你衣服装哪儿？"

甄妮看傻子一样看他："当然是我那个小背包啊。"

想到她把食物和衣服放在一起，严志高摇头，这女人还真不讲究。

回去的路上，甄妮发现颠簸少了许多，严志高开车终于不再挑最坑洼的地儿走了。既然她不是他想的那样，一心掉进钱眼里，那他也就没必要这么针对她了。

此时余飞跟白敬宇在棉田巡逻的时候，接到余强的电话，说他跟王明那帮人遇上了，在林峰镇打了起来，王明讹他，余强让他们赶紧过去。

余飞和白敬宇开着车去到的时候，王明正躺在地上哼哼。旁边的人指责余强为了抢活，拿板砖拍王明。

余强双拳难敌四手，一张嘴哪说得过几十张嘴，只能一脸冤屈地喊："老子没打他，是他自己拿板砖拍的。你们这群黑心烂肝的收了他的黑钱，睁眼说瞎话也不怕遭报应！"

王明这阵子收了不少学徒，为了跟擎翼科技抢人，云上科技不但免费教人学，甚至给来学的人出工资，美名其曰是为了让人安心学习。好家伙，被王明他们这么一闹，不仅原本要去余强那边学的年轻人全都跑到王明那边了，连本就在余强那儿学的人，都跑去了。

原本出门众人簇拥的余强，瞬间就只剩他一个光杆司令了。如今王明以多欺少，他气得指着那些自己曾经教过的飞手，说他们忘恩负义不是玩意儿。

看余飞他们来了，余强像是看到了靠山，马上把事情经过说了一遍："这林峰镇原本就是订了我们擎翼飞队去打药的，现在王明这个王八蛋横插一脚，非要给人便宜一半来抢生意。我气不过，想拿板砖拍他，但扭打在一起的时候，我板砖还没碰到他，他自己就伸手过来用板砖砸自己头上了。"

王亮看自己大哥在地上疼得直哼哼，指着余强说："撒谎都撒不圆，谁能为了个赔钱的单子拿板砖拍自己？是你你能干出这事？"

"我不能，他能！"

不少不明原因的村民都在对着余强指指点点，余飞恼余强的冲动，但看这么闹下去也不是办法，走到王明面前："我打120，送你去医院检查一下。"

余强急了:"他自己拍的,凭啥我们送他去检查?"

王亮一脸硬气:"我们不去检查,我们要等警察来验伤。"

看他们一副"讹定"的样子,白敬宇不紧不慢地指着不远处棉田里一个不起眼的灰色装置:"那是我之前在林峰镇打药除红蜘蛛时,为了实时观察虫害的情况,给林大哥安装的观测器。上面的摄像头能时时记录这片地的情况,刚才的事情到底怎样,去找林大哥问问就知道。"

余飞也开口说:"有了证据,大家也不用再扯皮了。"

王明没想到竟然还有摄像头,他给已经成了他得力手下的刘大柱使了个眼色。刘大柱心领神会,立马把王明扶起来。王明捂着脑袋,一脸身残志坚的样子,跟大家说:"不能因为我的伤耽误了客户下午打药。我们云上科技的人轻伤不下火线,扶我起来,我还能去工作。"

刘大柱演技更浮夸,张开双手跟大伙说:"看到了吗?这才是大公司应该有的素质。公道自在人心,虽然王总一心为民,不跟那些个自私自利的小人纠缠,但我们的眼就是证据,谁好谁坏,大伙儿一清。"

不明真相的观众被几人的演技蒙蔽,再对比"抢活打人"的余强。那些个棉农们看王明的眼神都不一样了,纷纷打听这个叫云上科技的公司。

余强气不过要拦住泼完脏水就想走的王明,没想到却被余飞拉住。"他们敢冤枉老子,咱有证据,怕他个屁。"余强愤愤说。

余飞压低声音:"那不是摄像头,是我和白总之前来给他们棉田测量地势的测量工具。"

余强瞬间哑火了,为了不被王明等人缠上,只能自认倒霉。

不出余飞所料,经过这么一闹,余强手里最后那几单也跑了。

余家人天天唉声叹气,余飞也急得不行,但白敬宇该干吗干吗,还让余飞有点耐心,事情会有转机的。

果不其然,三天后,隔壁村就传出了云上科技的飞手操控能力不行,无人机撞到电线杆,导致电路起火短路,全村断电的事。

余飞觉得白敬宇神了:"你怎么知道王明他们肯定出事?"

白敬宇很享受余飞崇拜的眼神:"急功近利埋隐患,时间问题而已。"

余飞觉得他说得没错。她看过那些为了钱去跟着王明学的村民,王明在田边讲解如何操控无人机,来学的人不是在抽烟就是在聊天,因为人太多,后面还有打牌的，就这还能有好？

王明他们出事，最高兴的莫过于余强。

吃饭的时候，他唾沫横飞地形容云上科技撞机的惨状："好家伙，那机翼碰到高压线的一瞬，火光冲天，好几个桨叶都掉下来了，所有人傻眼。王明那孙子腿都吓软了，最后是棉农提醒他了才知道给供电所打电话，整个一废物。你们是不知道，就这么一撞，蒙水镇大半个镇都停电了，现在可是三伏天啊，又是一天中最热的时段，村民们现在一个个都出来骂街。王明那孙子现在只能求爷爷告奶奶，请供电所的人赶紧修好。要说供电局的人也是牛，室外三十七八度，愣是铆足了劲修了一下午，这才赶上天黑前来电了。现在蒙水镇哪个说起王明这事不啐他一口？那些个胡乱拉起来的野马队就成不了事，姓王的就等着交罚款吧。"

看余强说得唾沫横飞，坐他旁边的甄妮都捂住了碗。

余飞开口打断他："好了，这事你从早上说到现在了，消停会儿。"

跟余强一样兴奋的还有余美，她一脸兴奋："哥，那之前被王明他们抢走的客户，是不是得回头找你了？"

余妈美滋滋："那可不？我儿子那可是教过几个大队的，在村里他的技术要说第二，没人敢说第一。"

余妈刚说完，严志高就被呛了一下。余强赶紧说："妈你瞎说啥，俺师父还在这呢，啥第一第二的。"

余建国脸上也挂不住，跟白敬宇说："你余婶没太多见识，小白总见笑了。"

白敬宇淡笑说："我不是西贝村的，余婶说得没错。余强的确操控得不错，差点就赶上小飞了。"

余飞有些好笑，也开启了商业互夸："都是白总教得好，但我觉得那些客户一时半会儿不会这么快就找过来，毕竟云上科技的价格在那摆着。"

白敬宇点头："没错，还得等。"

余强急了："都出这么大事了，那些棉农还为了省钱选他们？"

"这要等到什么时候？"严志高也等不及了。

一直干饭的甄妮忽然停下筷子，说："云上科技在我们学校有专门的教学点。我之前听说他们的农业无人机有炸机问题，不知道他们有没有解决。要是没有，那就还有可能会炸机。要是他们再炸机，应该就差不多了。"

余飞现在也跟白敬宇一样，淡定多了："心急吃不了热豆腐，我们拭目以待。"

"炸机？这机器还能自己炸了？"余强有些担心地看向白敬宇。

"我们的机器到现在为止，暂时没出现过这种问题。"白敬宇说。

"我，我就是问问，不是怕咱的机器炸机。"余强尴尬笑笑，"那咱就等他们炸机？那得等到什么时候？"

严志高再次被呛到："大哥，你脑子稍微转点弯行不？那云上科技炸机又不是第一次，找点关系，让县里的报纸和电视台多报道这件事，大家不都知道了吗？"

余强一拍脑门，乐了："还是城里人脑瓜灵。"

一周之后，云上科技炸机的事在农村的小报上被详细报道，恰巧刘大柱操作的机器因为长时间工作，没得到合适的保养，很是时候地炸了。

一台机器小十万，王明不想承担这个责任，授意刘大柱让找他们打药的棉农承担炸机费用。他们的逻辑是当时他们是给棉农打的药，机器折在棉田里，就应该是棉农赔偿。

棉农肯定不服啊，这事闹腾了好一阵，最后不知道刘大柱用了啥办法，棉农还是自认倒霉地赔了一半的钱。

王明和刘大柱本以为这是占了便宜，没想到之前贪图便宜去找他们打药的客户一看这风险也太大了，全都回头找白敬宇跟余强了。

余强笑得合不拢嘴，出门干活时身后又有了左右护法。

让余强更高兴的是，张燕终于跟刘大柱那边离完婚了，现在总算能名正言顺地跟着余强一起学无人机了。用她的话来说，人生终于看到了希望。

这天白敬宇开着摩托车跟余飞一起去棉田了。余强原本是开着余飞的小面包去邻村打药的，但车上的油不够了，严志高就让他开自己租来的那辆去；他则开着余强那辆，载着同样晚起的甄妮去市场买菜。

自从送书那事之后，两人的关系就缓和了许多。两人都是喜欢睡懒觉的，棉田也不太需要他们帮忙，他们就干脆做点买菜之类的后勤事务。

两人把车停在菜市场旁的一座废弃的石桥底下。拔了钥匙的严志高刚一开门，忽然一桶金黄色的污秽物从天而降，把他从头到脚浇了个遍。

从另一侧下车的甄妮被这突如其来的"天屎"给惊呆了，再抬头看去，只见石桥上两个男人飞速逃跑的身影。

严志高一大少爷,从小到大连气都没怎么受过,如今被人当街泼粪,他整个人都石化了。臭气熏得他差点窒息,他想要骂人,但又没法开口,一开口这些污物就进嘴里了,他觉得自己的肺已经气炸了。

不少人听到声音跑过来看,但闻到味道后又躲远了。

甄妮看着他身上那些黄黄绿绿的东西,脑中也是一空,不明白这是什么仇什么怨,这年头怎么还有人能干出这种事。她被臭味顶得想吐,但又不能丢下严志高。看到不远处有个野水潭,她忍着刺鼻的味道,伸手去拉连眼都睁不开的严志高:"跟我走。"

严志高像瞎子一样,被她拉着往前走。他感觉到那些黏黏糊糊的东西沾到了她的手上,但她并没有放开他。

在甄妮的帮助下,严志高顺利下了水,在里面好一个洗,直到眼睛能睁开了,嘴巴能说话了,这才从水里出来,但整个人还是散发着难以描述的味道。"这附近还有干净的水塘吗?"严志高欲哭无泪。

"卖鱼那儿好像有水管,我去帮你买块香皂。"甄妮手上的味道都洗不掉,更别说严志高了。

甄妮给了卖鱼的老板一百块,人家这才同意用自家水管给臭烘烘的严志高冲洗。

折腾了一上午,等甄妮开车把全身上下只剩一条裤衩的严志高带回家的时候,看余美在院子里,甄妮转头跟后座上的他说:"你在车上等着,我进屋给你拿衣服出来。"

此时心灵受伤,身上还隐隐带着臭味的严志高红着眼看向她,缓缓说出一声"谢谢"。

白敬宇和余飞回来知道了这件事,两人都气坏了。在文涛的发动下,村里很快就有人提供了线索,说看到过王明和刘大柱提着臭桶经过菜市。

这事严志高报了警,警察一审两人就招了。原因跟白敬宇和余飞想的差不多:王明对炸机的处理方式让曼歆大发雷霆,王明憋着火找刘大柱喝酒。刘大柱本以为找到了个好差事,没想到被余强给抢了,加上张燕的事,刘大柱咽不下这口气。两人一合计,就要给余强点教训。

可他们只知道余强今天要开的是哪辆车,却没想到余强跟严志高换了车。看认错人了,两人一慌就跑了。

虽然派出所处罚了两人，但余强晚上还是叫了几个人，给王明和刘大柱套了麻袋，狠揍了一顿。

严志高也不可能白吃这个亏，严氏集团在业内也算是人脉不错，明里暗里，又让内忧外患的云上科技吃了不少亏。

白敬宇也没闲着，在云上科技的多事之秋，他匿名给之前在云上科技那儿吃过亏的同行，发了不少自己挖出的云上科技的黑料。毕竟同行之间才是赤裸裸的仇恨。

事情的发展果然按着白敬宇预料的一样，爆出来的云上科技的负面新闻一波未平、一波又起。甚至还传出云上科技内部爆发了大规模辞职潮，高层都走了好几个，留下来的全都焦头烂额。

林睿也不是吃素的，很快查到后面的推手就是白敬宇，眼睁睁看着原本如日中天的公司就这么摇摇欲坠。他前段时间被白敬宇弄得腾不出手来收拾他，现在他得让白敬宇好好知道知道，惹了他的下场。

转眼就到了九月初。

余美已经提前回学校了。在余飞家住了接近两个月的甄妮和严志高，从来时的针锋相对，到现在离开时，严志高不仅主动给她搬行李上小破车，连开车门都不用甄妮自己动手。

余飞和白敬宇把两人送到门口，甄妮依依不舍地拉着余飞的手："我舍不得你，也舍不得白总做的菜。"

刚搬完行李的严志高擦了把汗，说："这还不简单，我回头跟白总学，你想吃什么就给你做什么。"

甄妮脸上一红，余飞笑着，轻轻抱了抱甄妮，轻声说："严老师人不错，假戏真做也不是不行。"

甄妮脸红到脖子根，不甘示弱地小声回道："白总人更不错，你考验的时间也太长了，小心好男人被人抢走。"

"我也很不错，该担心的人是他。"

甄妮笑着上了车，余飞和白敬宇挥手目送车子朝村外开去。

白敬宇忽然转头问余飞："刚才甄妮跟你说什么？"

余飞灿烂一笑："不告诉你。"

第四十九章　火灾

半个月后，棉田里的棉花自然吐絮率已经达到了 50% 以上，而且上部铃的铃期也达到了四十天，余飞和白敬宇商量着要给棉花农场喷洒脱叶剂了。

脱叶剂要在采收前十八到二十五天内喷洒，且一共要喷洒两次，中间间隔七到十天。所以施药之前，白敬宇和余飞查看了半个月内的天气和平均温度以及田间数据，才最终确定了打脱叶剂的时间。

白敬宇挑了个前后十天没雨的日子，又选了个无风天，避开中午高温时段，一大早就跟余飞、余强他们来棉田准备施药，防止药物因为高温蒸发过快。

喷洒脱叶剂对村里的棉农来说，又是个新奇事件。

余飞他们比其他棉农早播种一个月，所以每次余飞这边有什么新鲜举动，村里人都会过来长长见识。不同的是，以前大家过来纯是看热闹看笑话，如今过来，是为了看门道、学经验。

上午七点半，余强带领着出师的张燕和其他两名飞手，每人各操控一台机器向天空缓缓飞去，白敬宇和余飞则负责给他们补充药水和更换电池。

文涛特意把余爸余妈也拉出来看热闹，余爸感叹说："咱以前用那机车打药水跟浇水似的，那么多药都流进土里浪费了，更别提那机车在棉花地里一过，成垄成垄的棉株被车轮轧死，棉桃都挂在了机车上，哪个辛苦种出来的棉农不心疼啊！现在也不用担心这个了，谁不愿用这农业无人机啊？"

文涛看着棉田上空正在作业的无人机，点头说："叔您说得没错，这无人机打脱叶剂不轧棉株，不伤棉桃，效率还高。这六百亩几个人一起打也就一两个小时的事，要搁以前，咱都不敢想啊。这次施药结束后，看到效果的棉农，估计又要来预订飞手服务了。"

一周之后，棉花农场的吐絮率达到了百分之八十以上。

第二次施药之后，白敬宇跟余飞并肩站在田埂上，看着自己细心照顾长成的棉花，他那张已经晒成古铜色的脸上全是笑意："这次打完药，吐絮率应该就能达到百分之九十五以上了。辛苦了这么久，我们终于离采收不远了。"

余飞看着已经是一片雪海的棉田，笑着跟白敬宇说："你知道棉花的花语是什么吗？"

阳光清透，白敬宇抬眸看她："珍惜身边人。"

余飞有些惊讶："你知道？"

他脸上竟然有了些许委屈："希望你也能早点知道。"

余飞哪里会不知道？这段时间她已经确定了自己的心意，只是现在临近采收，每天都太忙了，棉花农场是她和白敬宇的心血，她不想在这个时候分心。

她已经打算好了，等这茬棉花丰收了，她就结束考察，跟他在一起。

第二天，白敬宇陪着余飞去县里给余美送东西，被严志高硬留下来吃了晚饭。

饭间严志高不停跟余飞打听甄妮的喜好。想到严志高之前变着法在自己面前吐槽甄妮的那些话，要不是余飞在旁边，白敬宇都想问问他脸疼不疼。

吃饭期间，白敬宇电话响了，他看了眼号码，没接。

吃完饭，两人送严志高回学校，余飞在校门口遇到陈双，白敬宇知道她们有一阵没见了，让她们好好聊会儿，他自己先上车等着。

坐在车上的白敬宇看着再次来电的号码，终于摁下接通键。

"敬宇，你终于肯接我电话了。"曼歆急促的声音传来。

"之前余飞车子的刹车线是不是你们剪断的？"白敬宇开口冷声问道。

"什么？你们刹车线被剪断了？"曼歆一怔，随后问，"你没事吧？"

曼歆没想到林睿已经按捺不住了，她是给余飞发过恐吓短信，但剪断刹车线的事，她是真不知情。

白敬宇没空跟她绕弯子，他也就是没在摄像头里找到证据，不然他根本不用跟他们在这废话。他压着火警告她："你们别以为用这种下三滥的手段就能掩盖干过的肮脏事。你们对余飞做过的事，我会连本带利跟你们讨回来。"

那头的曼歆沉默几秒："敬宇，不管你相不相信，我对这件事是真不知情。我给你打电话是想告诉你，我说服了林睿，他同意让你入股了。"

白敬宇像是听笑话一样："他让我入股？"

"是的，我把合同带来了。我现在人就在东山县，你看你现在有没有时间，我去找你。我们见一面，谈谈合同的事。"

其实曼歆自己也感到奇怪，林睿不知道为什么忽然就同意让白敬宇入股了,而且还说他明天就要飞往国外出长差,让她今晚无论如何都要让白敬宇把合约签上。

"这么着急?"

曼歆听出他语气中的讽刺,耐着性子解释说:"你也知道林睿这个人的想法一时一变,如果不马上把合同签下来,我怕他到时候又要反悔。"

白敬宇之前说要技术入股,是想通过股东身份调查云上作假的事。但现在老白那边已经查到了一些重要线索,再说以林睿现在的谨慎程度,怕是他就算入股,估计也找不到什么蛛丝马迹了。既然这样,他也就不需要再用自己研发出的技术去喂给云上那些人了。只是他不明白,林睿为什么会同意他入股的要求。

本想直接拒绝的白敬宇,因为他们的反常举动,又改变了主意。他看了眼时间:"今晚不行,改天吧。"

"你是外出了吗?小镇不大,你说个地方,我去找你。"曼歆锲而不舍。

云上一向无利不起早,这么着急要跟他签约,白敬宇越发确定这件事没这么简单。他今晚得跟老白再通下电话,好好确认情况,所以今晚他不想跟曼歆见面。"不用,我今天有事,明天再说。"白敬宇说完直接挂了电话。

曼歆听着手机里的忙音,再回想整件事,忽然越想越不对。余飞他们的车子被剪断刹车线,如今林睿又让她今晚一定要拿到签约的合同。她一直觉得自己跟林睿是一条船上的,但现在林睿做的很多事,并没有跟她解释甚至没跟她提过。被排挤在外的感觉让她觉察到了危险,事情肯定没这么简单。

自从云上科技接二连三出事之后,曼歆早已焦头烂额。想到以前白敬宇还在云上的时候,一切欣欣向荣的样子,她悔得肠子都青了。林睿就是个疯子,谁都不知道他下一步会做出怎样的事来。她现在被迫跟他捆在一起,要是白敬宇他们出事了,她也逃不了干系。

她跟林睿合作,一开始是为了权势。后来发现只是被利用之后,就想要找回白敬宇,却又发现白敬宇喜欢上了别人。受到双重背叛的曼歆不甘心,一度只能依靠酒精来麻痹自己。她想要借林睿的手来让白敬宇付出代价,但现在发现,她才是林睿用来对付白敬宇的棋子。

曼歆被酒精控制的神经难得清醒过来,她知道林睿恨不能把白敬宇置于死地。她不能再继续跟着林睿作恶,不然她最后的下场,肯定就是给林睿垫背。所以今晚她必须跟白敬宇在一起,她要提醒他,不管白敬宇相不相信,她都不能再看着林睿害他。这么想着，曼歆把杯里的酒喝完，走出县里的酒店，打了辆出租车朝西贝村赶去。

此时余家老两口正在堂屋里坐等着余飞和白敬宇回来，就听门口有人喊："飞哥在吗？"

余妈走到院子里，朝铁门外喊："谁啊？"

"余婶，我是王明，我找飞哥有点儿事。"

余妈没好气道："是你啊，小飞不在，去县里了。"

"那行，我明天再来找她吧。"王明拿出手机发了条信息，走了。

余妈边往屋里走边抱怨："都有手机，咋不知道打个电话？"

余飞跟陈双聊完才上了车，回去的路上，她看出白敬宇有些心不在焉，像是有什么心事。

晚上路不好走，余飞不再分散他的注意力，想着一会儿回到家再问问他。

车子还刚开到村口，远远就看到棉花农场方向一片浓烟跟火光。余飞心中隐隐有些不安，棉花最怕火，尤其是他们的棉花农田现在已经吐完絮，就等着采收了。

白敬宇也下意识加快了油门，余飞刚要拿出电话打给余强，想让他去棉田那看看情况，没想到余强的电话就先打过来了："你们赶紧回来，我们的棉田着火了！"

余飞脑中"轰"的一声，整个人像是被雷击中了。

那头的余强也急得忘了挂电话，从里面断断续续传来余强敲着铁盆，叫村里人一起帮着去灭火的声音。

白敬宇太知道棉花烧起来有多快多迅猛了，这个时候光靠村民用水盆接水浇灭太难了，只有专业的人员和设备，才能迅速灭火。他把油门踩到底，沉声跟余飞说："快报火警！"

余飞被他这么一提醒，也迅速拉回理智，拨通火警电话，跟对方讲了棉田的具体位置。

车上白敬宇和余飞都没说话，车子朝着棉田着火的方向迅速驶去。

等他们开到棉田，看到文涛已经领着一众村民在扑火。大伙手里都拿着桶和盆，棉田旁有个小水沟，大伙在文涛的指挥下，轮番接水扑火。

此时已经吐絮的棉田陷入一片火海，看着自己从小苗就开始照顾到现在的棉花，就这么被吞噬在火海里。余飞急得什么都顾不上了，拿过旁边一个空盆就冲到水沟边接水，然后再跑到棉田边泼到燃烧着的火海里。可火势越烧越猛，没有连续性的大水来浇，火只是暗了几秒，又重新烧起来。

跟着一起泼水灭火的白敬宇不停打着电话，询问消防员到哪里了，现在就靠着这些水桶水盆来泼，根本灭不了，只会越燎越多。

电话接通，消防员是赶到了，但通往棉花田的路只有一条小土路。他们的小面包开进来将将好，但带着装备的救火车根本进不来，车子就卡在了离棉田五公里的地方。

余飞看着眼前的火海，眼底全是绝望。棉田的火势已经从西边朝东烧了过去，她发了疯似的提着水，要去泼最前面那些迅速吞噬棉田的火苗。此时浓烟加上烈火，没人敢靠近燃烧得最猛的火舌，只有余飞不要命似的朝着火海里冲，此时她只有一个念头：死也要保住棉田。

白敬宇看她冲向火海，紧紧拉住她："你疯了，消防员很快就到了，你再等等。"

余飞眼眶发红，甩开他手的同时，几乎是吼出来："棉田都被烧完了，我等不了！"她力气极大，挣脱了他的阻拦，提着水桶朝着火堆就冲了过去。

白敬宇想也没想，就要跟着冲过来，没想到一下被人抱住。

"别去！"曼歆气喘吁吁地拦住他。刚才车子把她送到村口的时候，她就知道余飞的棉田着火了。她赶紧让司机往这儿开，刚下车就看到白敬宇要往火海里冲。

白敬宇回头看向一脸惊恐摇头的曼歆，他怔了半秒，不知道她为什么会出现在这里。可他现在已经没时间去想这么多了，余飞已经冲进去了，他不能让她一个人去涉险。他用力扒开曼歆的手臂。

曼歆带着哭腔苦苦哀求，死命拉住他："你不要命了！一片棉田而已，她不值得你这么做！"

"放手！"白敬宇不能再浪费时间，一把推开她，扎进了浓烟里。

"敬宇！"曼歆看着白敬宇的背影，喊得撕心裂肺。

人声嘈杂，在混乱中，曼歆在人群里看到了几个颇为眼熟的人影。那是林睿的手下，他们面无表情，如催命的鬼差般，朝她走来了。

来的路上曼歆就一直在想林睿为什么今晚一定要让她找到白敬宇签约，如今看到这场时间点卡得刚好的火灾，她才知道那老狐狸已经把她也算计进来了。

曼歆早该知道，她知道了林睿这么要命的秘密，林睿怎么会让她好好活着？可笑她之前竟然还想与虎谋皮，根本不知道自己几斤几两。一场大火解决掉三个眼中钉，林睿真是打得一手好算盘。

看清了形势，曼歆知道，要是白敬宇死了，她也活不了了。只有让白敬宇扳倒林睿，她才能活下来。

曼歆一咬牙，趁着那些爪牙没抓到她，她一头冲进了火海里。

被烧过的棉田弥漫着浓重的烧焦味，稍微靠近就烤得慌。穿着短袖跟凉鞋的余飞被烤得呼吸都急促了，凉鞋的底因为太热，已经被烤化了。可余飞只顾着灭火，压根都没注意到。

白敬宇用湿毛巾捂着口鼻，一路在烟雾缭绕的棉田里喊着余飞的名字。

余飞提着水冲进了火堆里，在火舌和浓烟的环绕下，除了燃烧的噼啪声，压根儿听不见别的声音。

余飞泼完水，脚被烫得生疼，但刚才烧得旺盛的地方火势稍微小了些。她想要返回再提水，却在不知不觉间吸入了不少浓烟。她不停咳嗽，烟雾越来越浓，眼睛被迷得不停流泪，眼前一片模糊，竟看不到出去的路。

不远处隐隐听到白敬宇在叫她，她想要回应，但嗓子里却发不出声音。她咳嗽不止，呼吸不上来。就在她要倒在烧焦的棉株上时，一双大手及时托住了她。

"小飞，坚持住，我带你出去！"白敬宇刚把她抱起来，后脑勺忽然挨了一记闷棍。

一阵晕眩之后，湿热的血从他头上流到脸上。浓烟中，他看不清是谁打的，只看到打他的男人还要朝着他的头再补上几棍，就听烟雾中有个女人喊："大家快来，他们在这儿。"

拿着棍子的男人怕被发现，只能不甘心地转头消失在另一头的黑暗中。

白敬宇听出那一嗓子是谁喊的，他用力睁开眼，看到曼歆慌慌张张扑到他面前，哭着把他扶起来："白敬宇你不能死，你死了我也活不成了。"

白敬宇头疼欲裂，他被曼歆拖着，手里还紧紧拉着余飞。直到听到文涛他们赶过来的声音，他才支撑不住，晕了过去。

第五十章　最后的希望

余飞醒过来已经是第二天中午，发现自己躺在村里的卫生所里。

文涛和陈双一脸焦急地守在旁边，余飞想起火灾，也顾不得烧伤的疼痛，立马就要起来。

陈双红着眼让她躺下："火灾已经扑灭了。消防员们带着装备跑了五公里过来，抽了小池塘的水来灭火。多亏他们来得及时，不然别说棉田，连你和白总都有危险了。"

"棉田现在怎么样了？白总呢，他是不是在别的病房？"余飞问。

陈双不说话，余飞心里咯噔一声，又看向文涛："快告诉我啊。"

文涛咽了咽口水，艰难道："棉田……估计一大半是没救了。白总……他头受伤了，已经送去县里医院了。"

余飞整个人僵住，一大半？那是她辛苦了大半年、即将收获的棉花啊，转眼间，就变成灰烬？还有白敬宇，要是他因为救她而出了什么事，那她一辈子也没法原谅她自己。

余飞忍着身体和心里的痛，撑着坐起来："白总的头是怎么受伤的？"

文涛脸色有些难看："医院那边说他头上的伤是被人打出来的。当时救火那会儿太乱了，天又黑，也不知是谁趁着这个时候下的黑手。这是想要让你俩都死在火里啊，这是多大的仇啊！"

"有人趁乱袭击他？"余飞越想越揪心，"那他现在伤势怎么样了？"

"还在抢救。"陈双说。

"我们已经报警了，你们到底得罪了什么人？有没有头绪？"文涛想到生死未卜的白敬宇，心里难受。

余飞握紧拳头，咬牙切齿："是云上科技的人干的！"

文涛夫妇一脸惊讶，陈双问她："你怎么确定？"

"直觉！"

陈双欲言又止，最后还是文涛开口说："消防员赶到的时候，看到一个女人正拖着你和白总离开高热区。如果没有她，你和白总现在肯定更严重。那女人说自己是那个云上科技的员工，叫曼歇。她也被烧伤了，现在跟白总

237

一起在县医院治疗。"

"曼歆？"余飞震惊，"是她救了我们？"

文涛不想让她情绪反应太过激烈："飞哥，现在先别想这么多。既然已经报警了，你就安心养伤，剩下的事就交给警察吧。"

余飞胸口堵得慌："白总现在这个样子，我怎么能安心养伤？"

"我和文涛明天去县医院看看情况，你别担心了。白总身体素质好，一定能扛过来的。"

余飞如今头上、手臂上和腿上都缠着白纱布，她要是能走，现在就去县里了。

"双姐，我这边没事，你能不能别等明天，下午就帮我去县医院看看？"

文涛朝陈双使眼色，陈双马上应道："好，我一会儿就去。"

陈双夫妇看余飞情绪平复了，坐了一会儿就走了。

病房里的余飞拿出手机，她知道他现在可能没法接听，但还是给他发了信息，让他醒了第一时间给她打电话。做完这些，她实在担心棉田的情况，忍着疼从床上下来，发现这种程度的皮肉疼痛还可以忍受。此时的她没法去县里，但可以去田里看看。没亲眼看到，她不放心。

这么想着，余飞扶着床头慢慢朝门口走去。刚推门出去，就被来送药的护士撞了个正着："你怎么下来了？水泡破了要留疤的。"

"我想去看看棉田，能不能让我出去一下？"余飞吸着冷气，脚上的水泡在她刚才下地的时候磨破了，此时疼得她直咧嘴。

"你都这样了还去棉田，这不是胡闹吗？赶紧回床上躺着。"护士扶着她就要往回走，"这么好一双腿，留疤就可惜了。"

余飞一动不动，用力抓住对方的手："帮我叫医生，我要出去。"

护士看她脚上的血都渗出白纱布了，不敢再耽误，急急跑了出去。

医生拗不过她，给文涛打了电话。最后文涛开了车过来，把坐在轮椅上的余飞带到了棉田。

余飞看着原本满目所及的一片雪白变成了无尽的灰烬，整个人僵了好几分钟，说不出话来。

来之前她已经能想象到这样的场景，但亲眼所见，还是让她心痛得无以复加。这是她和白敬宇大半年的血汗啊，原本茁壮的三百多亩棉花就这样毁在了火海里。要不是最后消防员及时赶到，要不是全村人都出来帮着救火，她这六百亩现在已经烧得连渣都不剩了。

余飞闻着空气中还飘散着的焦糊味,欲哭无泪,心如死灰。好端端的棉田怎么会忽然就起火了?曼歆为什么会忽然出现在这里?即便是曼歆救了她和白敬宇,也不代表火灾跟云上科技没关系。毕竟除了他们,她想不出还有谁想要置她和白敬宇于死地。

此时余强和张燕正端着水盆在棉田周围检查,昨晚的火灾让所有人都吓得不轻。余飞和白敬宇被送进医院后,他就跟其他飞手轮流到被烧毁的棉花地里检查。虽然火是灭了,但还是有些冒烟的地方,一群人就轮番检查,发现冒烟的地方就赶紧泼水。

等冒烟的地方全给泼灭了,余强又领着大伙来棉田捡棉花。这次棉田损失惨重,余强只能把那些没烧全的,还能看到白色边的棉花捡出来,希望能减少点损失。

看到余飞竟然来了,余强和张燕急急跑了过来。余强知道余飞担心棉田,但还是忍不住责怪道:"你不好好在医院养着,过来干啥?棉田都已经这样了,你来又能改变啥?还不如好好在医院养着,还能让爸妈少担点心。"

余飞想到余爸余妈在家肯定也担心得不行,她深吸了一口气:"医生说出来一会儿没事,你别跟爸妈说。"

看余飞坐在轮椅上,腿上全是白色的纱布包着。一旁的张燕心疼得不行,这么辛苦种出的棉花,一把火就没了,搁谁谁能受得了?她红着眼眶安慰道:"飞哥你别太难过了,只要人没事,棉花来年还能种。"

文涛没说话,这些话在来之前他已经跟余飞说了太多,但谁都知道,想要迈过这个坎,实在太难了。

余飞看着围在她旁边,想要安慰她的大伙,打起精神说:"我没事,你们不用担心。"说完她目光落在余强手里的编织袋上,说:"你捡那些干什么,这种质量的棉花还能卖出去吗?"

余强苦着脸:"能不能卖,不捡怎么知道?总不能眼睁睁看着这些棉花全都烂在地里吧?"

这话让余飞一口气顶上来,她紧握着轮椅,目光冷冽:"昨天下午你们在村里打药,有没有注意到棉花农场附近有陌生人出现?"

余强摇头:"我光看机器了,哪能注意这些?"

张燕认真想了想:"打完药临走的时候,我好像看到一辆面包车开到棉花农场附近,具体去哪儿不知道。当时他们的车窗没关,我就看到副驾驶那坐着一个光头。这头型太特别了,我就有些印象,那人绝对不是咱村里的。"

余飞心头一沉:"这事你跟警察说了吗?"

"说了,昨晚灭火后文书记就报了警,警察来的时候我就跟他们说了这事。"

文涛开口说:"警方已介入调查了,这件事一定会水落石出的。"

白敬宇一直到晚上也没给余飞来个电话,重新躺在病床上的余飞忍不住,还是给他打了过去。没想到白敬宇的手机竟然关机了。她打给陈双,陈双说敬宇现在ICU,医院不准探视,情况还不明确。

余飞呼吸一紧:"我现在马上过去。"

"你别过来,过来也没用。我一直在门外守着,到现在也没见着面。你现在要做的就是照顾好自己,别一会儿白总出来了,你再撑不住。"

余飞知道陈双说得没错,她现在这样,过去帮不了忙,只能添麻烦。她现在要做的就是让自己的伤赶紧好起来,然后去处理棉田的事。她不能让伤势不明的白敬宇躺在病床上还要操心她和棉田。

挂上电话躺在床上,余飞看着床前的那一轮月亮,忽然捂着被子,忍不住呜呜哭了起来。

她不明白老天为什么要这么对她。回想她这二十几年的人生,从小被亲生父母抛弃,在小山村辛苦考出去却被人陷害导致前途尽毁。等她好不容易鼓足勇气,要在小山村从头再来的时候,在她用尽全力,总算看到一丝曙光的时候,一把莫名其妙的火就烧掉了她所有的希望。

想到白敬宇,她眼泪掉得更凶。她好不容易愿意敞开心扉,也终于能接纳爱情,要是白敬宇真有什么三长两短,那她往后余生又该要如何面对?这么多年她一直不信命也不认命,再难熬的时刻她都咬牙挺过来了,但这一刻,她实在绷不住了。

等哭累了,她抬手擦了一下被眼泪模糊的双眼,转头却看到门外的玻璃前闪过一个男人的影子。

第五十一章　　永远幸福下去

转眼过了三天，这三天白敬宇那边没有任何消息。余飞度日如年，人眼可见地消瘦下去。

余强和张燕每天都来，安慰的话不外乎就是让她赶紧想开点，白总吉人自有天相，一定会没事的。

第四天余飞说什么都要出院去县里看白敬宇，文涛和陈双看实在摁不住她，只能支支吾吾地跟她说了实话："白总已经不在县医院了，他早就转到了海城的医院。"

余飞心口一沉："什么时候的事？"

陈双满脸愁容："你醒来之前，白总就转走了。我跟熟人打听，说是因为他病情太严重，县里的医疗设备跟不上，所以白总和那个姓曼的女人一起被转走了。当时帮他们办理转院的是严老师。"

余飞僵住，声音沙哑："为什么现在才告诉我？"

陈双看着她无助的样子，心疼地过去搂住她："我和文涛也是怕你担心，我这段时间一直跟严老师联系。白总那边要是有什么消息，严老师会第一时间告诉我们的。"

"那严老师说什么了吗？"余飞胸口顶着一口气。

"这……还没有。"

都这么多天了，海城这么好的医疗条件，白敬宇还是一点消息都没有，这代表什么？余飞浑身发凉，她不敢去想，眼泪再次模糊了眼睛。

三天后，余飞出院回家了。余强叮嘱家里所有人不要在余飞面前提白总的事，一家人小心地照顾着余飞的情绪。

家里人的小心翼翼余飞都看在眼里，她不敢表露太多，害怕他们担心，只能在夜深人静的时候，自己在被窝里掉泪。

这晚余美已经睡了，余飞翻来覆去地睡不着，她拿着手机，尝试着又给白敬宇发了条短信。

这些天她没有一天不给白敬宇打电话，但毫无意外全是关机。

她知道她发的信息他大概率看不到了，但她还是要给他发。她想告诉他，她很担心他,她要他赶紧好起来。他们的棉田虽然只剩一小半,但也不能没有他。只要他能平安回来,她就答应做他女朋友。

这条信息发出去后,余飞疲惫地闭上双眼,在胡思乱想中迷迷糊糊地睡去。

第二天早上,哭得眼睛都肿起来的她想着要怎么掩盖才能不让家人担心,随手摸到手机,发现里面有条未读短信。点开一看,竟然是白敬宇发来的,只有四个字:等我回去。

余飞心头猛烈一震,他没事了,他终于醒过来了!这一刻,她之前所有的痛苦和愤恨全都被她抛到了脑后。她拨通他的电话,还没说话就先哭了起来。

白敬宇心疼得不行:"对不起,让你担心了。"

听到他如常的声音,余飞擦掉眼泪:"你现在怎么样了?你知不知道我很担心你,为什么要关机?为什么不联系我?听说你转回海城治疗,我有多揪心你知道吗?"

面对余飞连珠炮似的问题,白敬宇又愧疚又心疼,低声哄道:"对不起,这段时间让你担心了。我现在就把事情的前因后果告诉你。我当晚被送到县医院的时候其实已经醒了,曼歆已经承认云上科技上市财务造假的事,并愿意实名举报。这场火灾是林睿那边动的手脚,而且他的人还在东山县和西贝村里。为防止夜长梦多,我跟严志高商量后,决定马上带着曼歆回海城投案自首。现在云上科技已经被立案,林睿为 IPO 造假,非法集资,诈骗了不少人。你哥当时网贷,就是无数个被骗的人之一。因为诈骗金额巨大,现在警察已经对林睿实施批捕,可没想到他竟然收到了风声,提前跑了。好在所有的事在今天一早终于告一段落了。"

听完白敬宇这番话,余飞只觉得背后冷汗阵阵,她没想到事情竟然会是这个样子,好在云上科技现在已经被控制住了。

"你当时为什么没告诉我?你知道我这些天是怎么熬过来的吗?我现在人都瘦脱相了。"余飞想到他没有第一时间告诉自己,火气就上来了。

"我知道林睿肯定派人盯着你,如果你表现异样,我怕他们有所察觉。再者就是我不知道他们有没有对我手机进行追踪定位,所以这些天委屈你了。别生气了,好吗?等我回去,一定给你天天做好吃的,把你养回来。"

"我只是生自己的气,你经历了这么多危险,我却一点儿没帮上忙。"她眼里的潮气又涌了出来。

她没有怪他,她想起自己在卫生所的时候,的确时常有奇怪的男人身影在她门口晃悠，现在想起来真是不寒而栗。要是他当时在逃离的时候出现差池，被林睿的手下发现，那后果肯定不堪设想。

白敬宇忽地笑了。

"你笑什么？"她的情绪被他的笑声打断，疑惑问道。

"傻丫头，要不是你，我到现在也不知道林睿在背后干的那些勾当。是你让我看清了事实，也因为你，林睿以及跟这件事相关的人才受到了应有的惩罚。"

余飞所有的沮丧都被他的话扫掉了，她吸了吸鼻子，笑出了鼻涕泡："听你这么说我舒服多了。可那林睿逃了，还能抓回来吗？"

"肯定可以，警察不会放过任何一个坏人。"

"嗯，等林睿被抓回来，我这罪就算没白遭。"余飞恨恨地说。

白敬宇在那头说："你那边没事我就放心了，等我处理完这边的事就回去。"

"云上的事不是已经处理完了吗？"余飞恨不能马上见到他。

"是擎翼科技的事。我之前申请了好几项实用新型专利，现在都通过了。这次回来，有几家投资公司想要入股。"

"真的？"余飞替他高兴，此时的她，终于有种否极泰来的感觉了。她兴奋地说，"擎翼科技终于能重新起飞了，我就说你一定可以的。"

白敬宇语气有些淡："我跟他们接触过了，感觉都不太理想。"

"没事，慢慢来。只要有投资人感兴趣，就说明擎翼一号越来越被市场接受了。你看现在村里那些棉农的变化就知道了。"

"嗯。对了，棉田的事我都知道了，你别担心，等我回去一起处理。"

"好。"从知道白敬宇没事的那一刻起，余飞就对棉田重新燃起了希望。

两人又聊了会儿棉田整顿的事才挂电话，余飞收线之前，白敬宇笑着说："你之前发给我的信息我都保存了，你别说话不算数啊。"

余飞红着脸："我说话算话。"

余飞从房里出来，余美惊讶地看着她："姐，你脸怎么这么红？"

余飞装傻："可能是太热了吧。"

余家人看余飞像是变了个人，虽然不知道原因，但看她终于吃得下东西，也放下心来。

余飞的伤已经好得差不多了,她骑着白敬宇留下的摩托车去棉田。午后微风习习,路边的树叶已经变成了金黄色,地上的落叶如铺了一层金色地毯。

这一刻,要是白敬宇在身边该有多好。

这个想法一出来,余飞自己都有些愣了。自从跟白敬宇接触之后,她好像再也不是那个特立独行、硬得跟石头一样的余飞了,她习惯了跟他商量,习惯了有他在旁的日子。她想起一句话:让你坚强的,是你从不被人理解;让你脆弱的,是突然遇到一个理解你的人。

十月中下旬,仅剩三百亩的棉花农场终于到了收获的季节。

余飞看着白敬宇娴熟地开着棉花采收机,把丰收的棉花卷成一个个金色的蛋,简直帅不可言。休息的时候,她把水递给白敬宇,眼睛弯得像月牙:"小哥哥,之前你说喜欢我这件事,还算数吗?"

白敬宇故意摇摇头:"过期了。"

"你敢!"两人笑着打打闹闹。

旁边田里的二叔笑着跟二婶说:"看来咱得提前准备好礼钱了。"

虽然棉田少了一半,但这剩下的两百多亩长势喜人,达到了亩产量四百五十公斤。这个产量就算是西贝村种植棉花最鼎盛的时期,也是从来没有过的事。余爸每天都乐呵呵地推着轮椅出门,逢人就夸自己闺女厉害。

余飞自己算过一笔账,除去前期请人工、肥料、水费等种植成本,按机器采摘棉的价格算下来,竟然赚了四十多万,比白敬宇之前给余飞估算的还要多。

这个盈利和产量让所有的棉农都震惊了,县里的电视台还邀请了余飞上电视,跟全国棉农推广种植经验。

余飞也没藏着掖着,大大方方地把自己和白敬宇的先进经验都介绍给了大家。在余飞的大力推广下,几乎在一夜之间,擎翼科技这个公司在全国的农业领域就火起来了。

赶上了国家种植棉田的好政策,擎翼科技也得到了国家在农业科技方面的扶持。白敬宇终于可以不依靠其他人的投资,也能重新站起来了。

原先那群手下还没等白敬宇招呼,全都回到了公司。老蒋拍着自己原来坐的位置感慨:"还是这里舒服,以后你就是赶我们,我们也不走了。"

过年前，余飞带着余美去海城艺考。临考前白敬宇看余美太紧张，晚上带着姐妹俩出去看夜景吃宵夜。余美吃到一半要上厕所，白敬宇拉着余飞的手说："我之前的房子卖了，以后你想住海城哪个区，我们就在哪儿买房子。"

余飞看着灯火辉煌、人声鼎沸的海城夜市摇了摇头："这里的房子太贵了，我们还是在西贝村自己起一栋吧，反正我已经决定在村里种一辈子棉花了。"

白敬宇点了点她的鼻子："你想种棉花我支持你，但海城的房子一定要买。我爸说了，不能亏待儿媳妇。"

两人说说笑笑，憧憬着未来。这种踏实安心的感觉，是她之前在海城工作的时候从未体会过的。

第二年春天，余飞包了两千亩地种棉花，擎翼科技新的研发基地也在旁边开工了。与此同时，余爸在海城做的手术也成功完成了。

余强跟张燕终于结婚了。在白敬宇和余飞的帮助下，余强自己贷款买了农业无人机，成立了自己的飞行队，专门给县里的棉农打药。

文涛做的村支书得到了村民的认可和爱戴，陈双也不再拦着他继续留在西贝村做村支书了。

有了余飞这个回乡创业成功的例子，过完年后，村里的年轻人出去打工的少了，都在家开始研究起科学种植、勤劳致富的道路。

转眼两千亩棉花又到了收获的季节，白敬宇用采棉机把棉花打包成一个个"金蛋"。在这个堆满金蛋的地方，两人举行了婚礼。

仪式举行前，白敬宇接到了警局的电话，说逃窜在外的林睿终于落网，这件事终于有了一个圆满的结局。

所有人都来见证这场幸福且意义非凡的婚礼，新郎白敬宇把新娘余飞抱到了"金蛋"上。穿着婚纱站在"金蛋"上的余飞觉得此时的自己就是全天下最幸福的人。她朝着棉田大声喊："谢谢你给予我的一切，我会努力幸福下去的。"说完她背着身子，笑着把捧花往后一抛，花束稳稳落到了身后等着接好运的甄妮手里。